警視庁ＳＭ班Ⅱ

モンスター

富樫倫太郎

角川文庫
22162

目次

プロローグ

平成二一年（二〇〇九）六月一七日（水曜日）

「すぐにでも放射線治療と化学療法を始めることをお勧めします」

「ほう、癌か」

「それをやれば治るのか？」

「いや、それは……」

「あと、どれくらい生きられる？」

「個人差がありますので……」

「正直に言え。そのために大金を払っている」

「一年半……長くて二年というところでしょうか。しかし、治療次第では……」

「死ぬのを先延ばしにできるか？」

「はい、恐らく」

「ベッドから動くこともできず、機械に繋《つな》がれて、副作用に苦しんで、結局、死ぬことになる。そういう意味だな？」

「……」

「余計なことをしなければ、少なくても今の状態で一年以上は持つということだな？」

「そうですね」

「痛みは？」

「本当の末期になるまで痛みに苦しむことはないはずです。痛みそのものは鎮痛剤で緩和できますし」

「それでいい」

「は？」

「何もしないということだ。今のままでいい」

「本当に、それでよろしいのですか？」

「そう言っている」

「わかりました」

「言うまでもないが、他言無用だぞ」

「承知しております」


平成二二年（二〇一〇）四月一二日（月曜日）

牛島典子《うしじまのりこ》は三二歳のシングルマザーである。

二年前に離婚し、四歳の一人息子、春樹《はるき》と二人で暮らしている。

典子は株式会社ＫＦＯで事務員をしている。社長が樺沢不二夫《かばさわふじお》で、社員は典子一人しかいない。二人だけの小さな会社である。

元々は派遣社員として短期契約で働いていたが、樺沢に気に入られて正社員として採用された。甲斐性《かいしょう》のない駄目男と結婚して以来、不運続きの人生だったが、ようやく幸運に恵まれたと典子は喜んだ。

さして儲《もう》かっているとも思えないし、どういう会社なのかもよくわからなかったが、待遇は恐ろしいほどによかった。それまでは、フルタイムで働いても年収が二〇〇万に届かず、春樹を保育園に預けることすらできなかった。

樺沢が提示してくれた条件は初年度の年収が四五〇万である。毎年五％の昇給を約束してくれたから、三年後には五〇〇万を超える。まるで夢のようだ、何かの詐欺ではないかと疑ったほどだが、夢なら覚めないでほしかったし、たとえ騙《だま》されたとしても失うものもない。あり得ないような好条件を断る理由はなかった。それが一年前のことだ。

樺沢は自分の部屋に閉じ籠《こ》もることが多いし、ふらりと外出して、そのまま戻って来ないことも珍しくない。仕事は楽で、来客もほとんどない。電話もかかってこない。勤務時間は九時から五時までで残業することもない。

（こんなに楽していいのかしら。本当に夢みたいだわ……）

今でもたまに、机に頬杖《ほおづえ》をついて、ぼんやり考えることがある。

この日の朝、出勤すると、すでに樺沢がいた。

典子は驚いた。今まで樺沢が典子より早く出社したことなどなかったからだ。

しかも、これまで続けてきた業務を中止し、手許《てもと》にある金券類を処分するように命じた。その理由は説明されず、典子も唯々諾々と指示に従った。何か疑問を感じても、それを口に出さないことが習慣になっていたからだ。樺沢を怒らせて、仕事を失うことを怖れた。

金券類の処分を終えて典子がオフィスに戻ると、樺沢はどこかに出かけていた。

夕方、ドアを乱暴に押し開けて、樺沢がオフィスに飛び込んできたので、典子は椅子から跳び上がりそうになる。

「社長、どうなさったんですか？」

樺沢の様子は、ただ事ではない。髪を振り乱し、顔にはびっしり細かい汗が浮いている。目が血走っており、鬼のような形相をしている。

「牛島さん、悪いけど、今日はもう帰ってくれないか」

「え？　でも、まだ片付けなければならない仕事が……」

「いいから！」

樺沢が怒声を発する。

その剣幕に驚き、典子が後退《あとずさ》る。

「大きな声を出してすまない。だけど、何も質問せず、とにかく、今日は帰ってほしい。明日、きちんと事情を説明するから」

「わかりました」

典子は机の上の私物を手早く片付けると、ロッカーからコートを取り出し、バッグを手にしてオフィスから出て行く。まさか、ＫＦＯで仕事をする最後の日になるとは想像もできなかった。

第一部　マリア

一

サイドテーブルに置かれたグラスに手を伸ばそうとして、氏家星一郎《うじいえせいいちろう》が身をよじる。視線をテレビ画面に向けたままなので、グラスをつかみ損ねてしまう。グラスが倒れ、ブランデーで作ったハイボールがサイドテーブルの上にこぼれる。アルコールと氷が床に落ちて、赤い絨毯《じゅうたん》を濡《ぬ》らす。本物のペルシャ絨毯だから、かなりの高級品である。

だが、星一郎は気にする様子もなく、ポケットから携帯を取り出す。

「ハイボールをこぼしてしまった。掃除してくれ。お代わりも頼む」

広い屋敷なので、鈴を鳴らしたくらいでは台所まで聞こえないのだ。だから、何か用があるときは携帯で連絡するようにしている。使用人の数は、それほど多くないので、さして面倒でもない。

携帯をしまうと、前のめりになってテレビ画面を凝視する。体を動かすと、車椅子が微《かす》かに軋《きし》む。

四年前、三一歳のときに事故で脊髄《せきずい》を損傷して以来、歩くことができなくなり、車椅子生活を強いられている。

初めのうちは、下半身不随という事実を受け入れることができず、リハビリを拒否して酒に溺《おぼ》れた。

父の清治郎《せいじろう》は一人息子を溺愛《できあい》していたから、星一郎がどんなわがままを言っても、それをかなえてくれた。リハビリ施設に出向くのが嫌だと言えば、専門の介護士を自宅に呼んだ。あれが気に入らない、これが嫌だと些細《ささい》なことを理由に介護士を拒否すると、別の介護士を依頼した。

事故の一年後、清治郎が心臓麻痺《まひ》で急死した。

清治郎は莫大《ばくだい》な遺産を残した。

氏家家は先祖代々の富豪というわけではない。祖父の栄作《えいさく》が裸一貫から築いた財産を、清治郎が手堅く運用して何十倍にも増やしたのである。

栄作は先物相場で成功したが、財を築くまでに何度か破産の憂き目に遭っている。身近で先物相場の怖さを思い知らされた清治郎は、栄作が亡くなると先物相場から手を引き、スターファーストという投資会社を設立した。この会社名は「星一郎」にちなんで付けられたものだ。先行きに見込みがありそうな新規上場の会社に集中的に投資し、かなりの成功を収めた。

今ではスターファーストが所有する株式は五〇〇社以上になり、その投資総額は時価で二〇〇〇億円を優に超えている。会社四季報に掲載されている三〇以上の会社の主要株主欄にスターファーストの名が記されている。

星一郎が住んでいる広大な那須《なす》の屋敷も、それに東京や大阪の一等地に所有しているマンションも、軽井沢《かるいざわ》や伊豆《いず》の別荘も、御殿場《ごてんば》にある牧場も、すべてスターファーストの所有物で、清治郎個人の財産ではなかったから、相続税はまったくかかっていない。

星一郎と母の華子《はなこ》が相続したのはスターファーストの株式だけである。清治郎が生きている頃から、星一郎と華子は役員としてスターファーストの株を二〇%ずつ所有していた。相続によって、その持ち分が増えた。相続税はかなり高額だったが、スターファーストという緩衝材が存在せず、すべてが清治郎の個人財産だったら、相続税を払うことなど不可能だったに違いない。

星一郎は清治郎には溺愛されていたが、華子からは愛されていなかった。

そもそも華子は清治郎を嫌っていた。旧華族の血を引く名門の生まれである華子を、栄作が金にモノを言わせて息子の嫁に迎えたのである。

最初から二人の間に愛などなかった。

清治郎には何人も愛人がいたし、華子も好き放題に遊び歩いて金を使った。

二人の不仲を栄作は知っていたが、何も気付かない振りをしていた。名家の血を引く孫さえ生まれれば、息子夫婦が不仲であろうと、栄作にはどうでもよかったのだ。

清治郎の一周忌が済むと、華子は若い愛人とハワイに移住した。その際、一時的に多額の現金が必要になったこともあり、星一郎は華子からスターファーストの株をかなり買い取った。おかげで星一郎の持ち分は五〇％を超え、実質的にスターファーストの単独オーナーになった。

華子はスターファーストの経営には何の興味もなく、配当さえきちんと安定的に支払ってもらえれば何も文句はなかったのだ。ハワイの一等地に豪華なコンドミニアムを構え、高級車に乗り、若い愛人と遊び暮らすことができれば満足だったのである。

星一郎が真剣にリハビリに取り組むようになったのは、華子がハワイに移住したことがきっかけだ。

（金は腐るほどある。たとえ歩くことができなくても、何でも好きなことができるじゃないか）

そう気が付いたのだ。

大嫌いな母親が最後にひとつだけ星一郎に有益な助言をしてくれたわけである。

すなわち、

「お金があれば何でもできる」

と。

ドアがノックされ、お盆を手にした島田《しまだ》房江《ふさえ》が部屋に入ってくる。

「遅いぞ」

「申し訳ございません」

房江が無表情に答える。少しも申し訳なさそうな顔ではない。一六二センチで四八キロだから、かなりスリムである。四五歳という年齢のせいなのか、手は骨張っていて血管が浮き上がっている。シミもかなり目立つ。

房江は、ただの家政婦ではない。元々は看護師で、星一郎の健康管理も任されている。月給は五〇万以上で、賞与を含めると年収は一〇〇〇万以上になる。様々な役割を期待されているから、それに見合った報酬を得ているのだ。

グラスをサイドテーブルに置くと、

「もう染み込んでしまいましたね。タオルで拭《ふ》くくらいではダメじゃないですか、クリーニングに出さないと」

ペルシャ絨毯を見下ろしながら言う。

「ああ、じゃあ、明日にしてくれ。今夜は、もういいから」

「他にご用は？」

「ない」

「では、失礼します」

房江が頭を下げる。ちらりとテレビに目を向けると、

「随分熱心にご覧になってらっしゃいますのね」

「……」

星一郎は返事をしない。

房江が部屋から出て行く。

「余計なことを言う女だ」

ちっ、と舌打ちして、グラスに手を伸ばす。ハイボールをぐいっと飲む。

リモコンを手に取る。

夜のニュース番組をいくつも録画してある。

いつもニュース番組を観ているわけではない。今夜は、どうしても知りたいニュースがあるのだ。どこのチャンネルでも同じような内容を報じているが、それは仕方がない。犯人が逮捕されたのは、ほんの数時間前なのである。警察による正式な記者会見も行われていないから、テレビ局もわからないことばかりなのであろう。

逆に言えば、時間の経過と共に少しずつ新たな事実が判明しているということでもある。だからこそ、時間差でいくつものニュース番組を録画しているのだ。

樺沢不二夫が椎名町《しいなまち》のオフィスで逮捕されたのが夕方で、その二時間ほど後、千葉市で宍戸浩介《ししどこうすけ》が逮捕された。樺沢は抵抗することなくおとなしく逮捕されたが、浩介は警察官を負傷させた。車で逃走を試みたという。

しかし、逃げ切ることはできずに逮捕された。

早い時間には、樺沢の逮捕がニュースの中心だったが、時間が経つにつれ、浩介に関する報道が多くなってきた。浩介の自宅から四人の遺体が発見され、しかも、浩介に拉《ら》致《ち》されたらしい二人の若い女性が救出されたという衝撃的な事実が明らかになったからである。

星一郎は樺沢と何度も取引している。取引したのは法に触れる品物である。品物と金銭の交換は慎重に行われ、お互いの個人情報がわからないように工夫されていた。

万が一、樺沢が逮捕されたとき顧客に捜査の手が及ばないためであり、逆に、顧客が警察に尻尾《しっぽ》をつかまれたときに、捜査の手が樺沢に及ばないようにするためである。できるだけ接点を少なくして、お互いのことを知らない方が、結果的に双方の利益になるということだ。

しかし、星一郎は樺沢について、かなり詳しく知っている。金を使って調べたのである。椎名町にダミー会社のオフィスを構えていることも知っているし、自宅がどこにあって、離婚した妻子がどこに住んでいるのかということも知っている。

ただ、最も知りたいことがわからない。どうやって品物を調達していたのか、ということである。

「ふんっ、捕まったか。もう終わりだな」

星一郎はリモコンのスイッチを押して、テレビを消す。次は一一時からのニュースを観るつもりだ。それまで時間がある。

車椅子は電動式である。医者からは腕の筋肉を鍛えるために手動式の方がいいと勧められているが、星一郎に、その気はない。今の星一郎にはやりたいことがたくさんあるが、その中に腕の筋肉を必要とすることは含まれていない。

レバーを操作して、隣の部屋に向かう。テレビを置いてある部屋が二〇畳、隣の部屋も二〇畳の広さがある。かなり広い続き部屋だが、家具や調度品は少ない。車椅子で移動しやすいようにしてあるのだ。

隣の部屋に入ると、念のためにドアを閉めてロックする。いきなり使用人が入ってきては困るからだ。

部屋を突っ切って奥まで進む。そこに本棚がある。本を何冊か取り出すと、一〇センチ四方の白いパネルが出てくる。蓋《ふた》を開けて、暗証番号を打ち込む。

すると、本棚が左右に動き始める。

ドアが現れる。そこにも別のパネルがある。また暗証番号を打ち込む。ドアのロックが外れる。ドアを開けて部屋に入る。

元々は、パニックルームとして作った小部屋である。強盗などに侵入されたとき、そこに閉じ籠《こ》もって助けがやって来るのを待つのだ。空調や自家発電の設備も整っており、トイレとシャワーもある。数日分の食べ物や水も保存されている。頑丈な造りで、たとえ大地震で屋敷が倒壊しても、この小部屋が潰《つぶ》れることはない。ブルドーザーがぶつかっても平気だし、手榴弾《しゅりゅうだん》くらいではドアを壊すこともできない。

部屋の中はひんやりしている。人が入るとセンサーが感知して自動的に青白い照明がつく。

壁に沿って、一メートルほどの高さの陳列台が設置されている。陳列台の上には横幅七〇センチ、高さ五〇センチ、奥行き四〇センチのガラスケースが並んでいる。ガラスケースは五つあるが、そのうちのふたつは空である。

あとの三つには手前に写真立てが置かれており、それぞれに別の女性が写っている。三人とも若くて美しい女性たちだ。

一番左側のガラスケースの中にはホルマリンのボトルが置かれ、ボトルの中には人間の手首と耳が浮かんでいる。もちろん、写真の女性のものである。

真ん中のガラスケースの中にあるホルマリンのボトルには薄いお面のようなものが入っており、ゆらゆらと動いている。よく見ると、人の顔だ。顔面から抉《えぐ》り取られた皮なのである。

三番目のガラスケースの中にあるホルマリンのボトルは空である。写真が飾られているだけだ。本当であれば、そこには女性の足と目が入っているはずだった。そう樺沢に注文したのだ。

しかし、樺沢が逮捕されてしまったので取引は自動的にキャンセルとなった。

手首と耳、人の顔……その三つを手に入れるために、星一郎は樺沢に二五〇〇万を支払った。少しも惜しいとは思っていない。もう足と目を手に入れることができないのが残念でたまらない。

この部屋にいると、星一郎は時間が経つのを忘れてしまう。見ず知らずの人間に拉致監禁されるだけでも死ぬほど恐ろしかったであろうに、自分の肉体が切り刻まれて奪い取られていくのを見るのは、どういう気持ちなのであろう、きっと声を出すこともできずに震え、中には失禁する女性もいたに違いない、それとも頭がおかしくなるほど泣き叫んだのだろうか……様々な想像が脳裏を駆け巡り、じっとしていられないほど興奮してしまう。排尿以外の機能を失ってしまった男性器が勃起《ぼっき》したかのような錯覚すら覚える。

こんなことになるのなら、もっと多くの人体パーツを買っておけばよかった、あれもほしかった、これもほしかった、どんな相手と取引するのかわからないので調査に時間をかけすぎて、あまりにも慎重になりすぎてしまったことが悔やまれる……ニュースの内容を思い起こしながら、様々な感情が星一郎の胸に去来する。

やや顔を火照らせながら、星一郎が部屋を出る。

ドアを閉める。パネルを操作して、本棚を動かす。

車椅子を動かし、今度は本棚の横にあるドアに近付く。これは隠しドアではなく、隣の部屋に続く普通のドアだ。

そのドアを開け、明かりをつける。

この部屋の広さは五〇畳くらいある。

だが、他の部屋と違って、この部屋には所狭しと様々なものが並べられている。日本と西洋の拷問・処刑道具である。さすがに本物は少なく、ほとんどがレプリカだが、精巧に作られているので、本物とレプリカの見分けをつけるのは難しい。すべてが本物だとしたら、博物館に展示してもおかしくないほど貴重な道具ばかりである。

まず、目につくのはギロチンだ。フランス革命の頃から一九七〇年代まで実際に使用された断首道具である。見た目は恐ろしいが、痛みを感じる間もなく一瞬で死に至るので、ある意味、人道的な道具とも言える。

その横には、ファラリスの雄牛がある。中が空洞になった真鍮《しんちゆう》製の雄牛で、罪人を雄牛の中に入れて、その下で火を焚《た》く。熱が通ると、真鍮が黄金色になり、罪人は焼け死ぬことになる。

ガロットもある。一見すると、ただの椅子だが、背もたれに長い棒がついている。罪人を椅子に坐《すわ》らせ、首に縄を巻く。その縄が棒に繋《つな》がっており、その棒を回転させると縄が締め付けられる仕組みだ。仕組みは単純だが、その効果は絶大で、罪人は悶《もだ》え苦しみながら絞め殺されることになる。近代までスペインで実際に使われていた処刑道具だ。

中央に置かれているのは中世ヨーロッパで使われていた鉄の処女である。ギロチンと共に歴史上、最も有名な拷問道具と言っていい。聖母マリアを模した鉄製の人形の中に罪人を入れる。長い釘《くぎ》が何本も扉の裏側に打ち込まれており、扉を閉じると、その釘が罪人の体に突き刺さるようになっている。しかも、わざと急所を外すように工夫されているため、罪人は出血多量で死ぬまでの長い時間を苦しみ続けなければならない。

審問椅子もある。仕掛けは単純すぎるほど単純で、坐る板にも背もたれにも手摺《てす》りにも鋭い釘が打ち込まれている。この椅子に坐ったが最後、尻《しり》にも背中にも腕にも無数の釘が刺さる。

それ以外にも中世の宗教裁判で用いられた拷問道具がいくつも並んでいる。大きな道具ばかりでなく、異端者のフォークのような小道具もある。胸と顎《あご》の間に鋭いフォークを固定し、罪人が下を向いたらフォークが喉《のど》に刺さるようになっている小道具だ。

日本の拷問道具もある。算盤《そろばん》責め、釜茹《かまゆ》で、木馬《もくば》責め、海老《えび》責め……それらの拷問に使われたおぞましい道具が整然と並べられている。

もっとも、日本で最も恐ろしい拷問と言われる海老責めは縄を使って罪人の体を縛るだけだから、人形に縄をかけて海老責めの姿勢を取らせている。縄だけ飾っても何に使うのかわからないからだ。

ここも手狭になってきたので、地下室にもっと広い展示室を作って、このコレクションを移すことを計画している。ただの展示室ではなく、様々な創意工夫を凝らした秘密の部屋にするつもりでいる。

体が不自由になってから、屋敷のどこにでも車椅子で行けるように、屋敷を大がかりに改造している。エレベーターを増設し、階段の横に緩やかなスロープを拵《こしら》えたりしている。それ以外にも壁の背後に秘密の通路を作ったり、スイッチひとつで屋敷を封鎖し、窓に頑丈なシャッターが降りるようなシステムも設置したりした。工事が遅々として進まず、この二年ほど、常に屋敷のどこかで何らかの工事が行われているのは、星一郎が頻繁に施工業者を変更するせいだ。もちろん、それには屋敷全体の秘密を守りたいという理由がある。つまり、業者は自分が担当した部分のことしかわからず、それ以外の部分でどんな工事が行われているかわからず、そもそも、何のために、そんな工事が必要なのかもわからないのである。

星一郎自身、最初のうちは、何のためにそんなことをするのかという目的が曖昧《あいまい》で、ただ金を惜しむ理由もないから、何かを思いつくと、それを次々に実行してきたに過ぎなかった。

最近になってようやく、この屋敷をどうしたいのかということがわかってきた。巨大な蟻地獄を拵えているのである。誰かが屋敷に足を踏み入れ、星一郎がその誰かを屋敷の外に出したくないと思えば、いくつかのスイッチを操作するだけで、簡単に屋敷を封鎖することができるのだ。屋敷を脱出不可能の牢獄《ろうごく》に変えることができるのである。

その牢獄に誰を入れ、そこで何をするのか、それは漠然としていたが、樺沢不二夫と宍戸浩介が逮捕されたことを知ってから、星一郎の頭の中には具体的なイメージが形をなしつつある。

拷問・処刑道具を眺めていると、

（使ってみたい……）

という疼《うず》きが体の奥深いところから湧き出てくるのを抑えようがないのである。

父親が亡くなり、母親がハワイに移住して、この広い屋敷で使用人たちに傅《かしず》かれて一人で暮らすようになってから、金にモノを言わせて収集したコレクションである。

目の前に並べてある拷問道具を実際に使ってみたい、若く美しい女性たちを痛めつけ、苦しめ、自分の手で人体パーツを手に入れてみたい……そんな妄想がむくむくと胸の中で膨らんでくる。

巨大な牢獄と化したこの屋敷でなら、人知れず、そんな喜びを味わうことも不可能ではないのだ。

テレビ画面で観た樺沢不二夫は、これといって特徴のない平凡な男に思えた。あの程度の男が人体パーツを手に入れていたのであれば、自分にもできるのではないか、なぜなら、おれには金がある、半端な額の金ではない、莫大《ばくだい》な財産があるのだ、それがあれば不可能なことなど何もないはずだ……そんな気がして仕方ないのである。

ふーっと大きく息を吐くと、星一郎は明かりを消して部屋から出て行く。またニュースを観ようと思った。

二

四月一三日（火曜日）

警視庁特殊捜査班、通称「SM班」の部屋。

「ちょっと早いけど、朝礼を始めようか。取り立てて連絡もないんだけどさ。あ……課長が、よくやった、と誉めてくれたわよ。理事官もね」

班長の薬寺松夫《くすでらまつお》警部が言う。身長一六五センチ、体重一二〇キロ。プロファイリングの専門家で、以前は科学警察研究所にいた。四四歳。

どう見ても、ただの太ったおっさんだが、なぜか、オネエ言葉を使う。

「理事官は本音じゃないでしょう。内心、悔しくてたまらないんじゃないですか」

柴山《しばやま》あおい巡査部長が肩をすくめる。

身長一六〇センチ、体重四八キロ。二八歳。

以前は男性社会の象徴とも言えるSATに所属していた。警視庁の特殊急襲部隊だ。

体つきは華奢《きゃしゃ》だが、鋼のように強靭《きょうじん》な筋肉の持ち主だ。武道の達人というだけでなく、五〇メートルを七秒弱で走るほど足が速く、趣味がトライアスロンというだけあってスタミナも十分すぎるほどだ。

「同じ一課だし、やっぱり、事件が解決したことを喜んでるでしょう」

白峰栄太《しらみねえいた》警部が言う。中野《なかの》警察署刑事課から異動してきたキャリアである。身長一七九センチ、体重六二キロ。三〇歳。明治時代から続く警察一族の出身で、父親の政夫《まさお》は警察庁の警備局長、姉の優美子《ゆみこ》は新宿《しんじゆく》警察署刑事課の警部補である。

「新参者に面子《メンツ》を潰《つぶ》されたと思ってるんじゃないのかな。違いますか？」

あおいが田淵《たぶち》に訊《き》く。

「否定はしないわ」

田淵ゆたか警視がうなずく。身長一六八センチ、体重五〇キロ。五一歳。

同僚の女性警察官と結婚し、子供ももうけたが、子供の死をきっかけに性同一性障害であることをカミングアウトし、性転換手術を受け、戸籍上も女性になった。キャリアであり、優秀な捜査官として多くの実績を残しながら、管理職にもならず、大部屋からSM班に移ったのは、その異色の経歴がマイナスに働いたからだ。

もっとも、田淵本人は何の不満も持たず、与えられた仕事をこつこつこなしている。

「これで一件落着と考えていいんでしょうか？」

栄太が小首を傾げる。

「主犯は捕まえたけど、事件の全容を解明するには時間がかかるでしょうね。少なくとも被害者の数が明らかになるまでは本当の解決とは言えないかもしれないわね」

田淵がつぶやく。

「いったい、何人殺したのか想像もつかないものねえ……」

薬寺が身震いする。

宍戸浩介の自宅では畑中《はたなか》夫婦、瀬川《せがわ》兄弟の遺体が見付かった。三輪吉信《みわよしのぶ》も焼き殺された。それだけでも被害者は五人だ。

松岡花梨《まつおかかりん》は無事だったが、荒川真奈美《あらかわまなみ》は精神的にも肉体的にも大きなダメージを受け、命に別状はないものの絶対安静の状態が続いている。

三輪吉信のマンションで栄太が浩介から奪ったリュックからは四人の女性の耳と指が出てきた。彼女たちが生存している可能性は低いだろうと捜査本部は考えている。

「二〇人どころの犠牲者では済まないよね。まさか二〇人？　嫌だわ、想像したくない」

薬寺が首を振りながら溜息《ためいき》をつく。

「これだけ短期間に事件を解決できたのは、何と言っても佐藤《さとう》さんのおかげですよね。総監賞だって狙えるかもしれませんよ。ねえ、佐藤さん？」

田淵が佐藤に顔を向ける。

「……」

佐藤は無反応だ。と言うか、出勤してから誰とも話をしていない。黙りこくって机に向かっているだけだ。

佐藤美知太郎《みちたろう》警部は警察庁情報分析室から異動してきた。身長一七六センチ、体重五二キロ。三三歳。

コミュニケーション能力ゼロ、協調性ゼロのキャリアだが、数学の天才で卓越した分析能力を備えている。極度の対人恐怖症で、たまにパニック障害の発作を起こすことがある。

「お地蔵さんになっちゃったわね。事件が解決した後でよかったわあ」

薬寺がしみじみとつぶやき、ふと、

「何だか、普通の朝礼じゃないの。何なの、この平穏な空気。うちって、前からこうだったかしら？」

「糸居《いとい》君がいないだけで、だいぶ違いますよね」

田淵がくすっと笑う。

「そうか、糸居がいないのか。本音を言うけど、すごく嬉《うれ》しい。なんまいだぶ、なんまいだぶ、成仏してくれ、糸居」

薬寺が目を瞑《つぶ》って、胸の前で合掌する。

「なんまいだぶ、なんまいだぶ、地獄に墜《お》ちろ、ターミネーター」

あおいが薬寺に唱和する。

「二人とも何てことを！」

栄太が悲鳴のような声を発する。

「あ」

いきなり佐藤が顔を上げる。

何が起こったのか、と皆の視線が佐藤に向けられる。

「そうか、糸居君、死んだのか。知らなかった。なんまいだぶ、なんまいだぶ」

「……」

四人が絶句する。

三

牛島典子の住むマンションは練馬《ねりま》区の富士見台《ふじみだい》にある。職場が同じ西武池袋線《せいぶいけぶくろ》の椎名町なので、六駅しか離れておらず一五分弱で着く。駅からも近く、歩いて一〇分ほどだが、その分、家賃の相場が高いので、四〇㎡ほどの狭い部屋である。息子の春樹はまだ小さいし、二人暮らしなので、今のところは、さほど狭さを感じることはない。

以前は、東武東上線《とうぶとうじょう》の下赤塚《しもあかつか》にあるアパートに住んでいた。母の秋恵《あきえ》が中板橋《なかいたばし》に住んでいるので、何かあったとき、すぐ頼れるのが心強かった。

ただ不満もあった。椎名町までは三〇分くらいで着くものの、大混雑する池袋での乗り換えが大変だった。駅からも離れていたし、何より、アパートそのものに不満があった。安い家賃相応の古ぼけて汚らしいアパートで、ゴキブリやネズミが当たり前のように徘徊《はいかい》していた。住人たちも何をしているのかわからないような怪しげな連中ばかりで、夜中に奇声を発して部屋の中で暴れるような者もいた。

ＫＦＯで働くようになって収入が増え、いくらか蓄えもできたので、半年前に思い切って引っ越した。

「春樹、ふざけてばかりいないで、ちゃんと出かける支度をしなさい」

朝食の食器を片付けながら、牛島典子が春樹に声をかける。食事の後には歯磨きをするという約束をしてあるにもかかわらず、床に腹這《はらば》いになってミニカーで遊んでいる。

「ほら、テレビも消してちょうだい」

しかし、春樹は典子の声など耳に入らないかのようにミニカー遊びに夢中になっている。車が大好きで、ミニカーさえあれば、一人でいつまでも遊んでいられる子なのである。

「約束したことくらい、やってちょうだいね」

タオルで手を拭《ふ》きながら、典子がテレビに近付く。

(え)

朝の幼児番組が終わり、ニュースが始まっている。

典子の表情が凍り付いたのは、テレビ画面に椎名町の事務所が映し出されていたからだ。画面の下方には「大量殺人か　容疑者二名逮捕」というテロップが流れており、画面の右上には男性二人の顔写真と名前が映っている。そのうちの一人が典子の雇い主である樺沢不二夫だ。

「社長だわ……。これ、どういうこと？　何なの、大量殺人って……」

典子が呆然《ぼうぜん》とする。わけがわからない。

インターホンが鳴る。

しかし、典子は気が付かない。

春樹が立ち上がり、典子の袖《そで》を引いて、

「ママ、誰か来たよ」

「え？」

また、インターホンが鳴る。慌てて玄関に向かう。ドアスコープを覗《のぞ》く。スーツ姿の男の姿が見える。嫌な予感がする。

「はい？」

「警察です」

「あ、あの……」

「ドアを開けていただけませんか」

「……」

チェーン錠を外して、ドアを開ける。

「牛島典子さんですね？」

スーツ姿の男が四人いる。

「そうですが……」

「お話を伺いたいので、ご同行願います」

「わたしが何を……？」

「株式会社KFOと社長の樺沢不二夫についてお話を聞かせていただきたいのです」

「わたし、逮捕されるんですか？」

「……」

刑事たちがちらりと鋭い視線を交わし合う。何か後ろめたいことがあるから、逮捕などという言葉を口走ったのではないか、と疑う顔つきである。

「逮捕ではありません。任意同行をお願いしているだけです」

「では、お断りすることもできるんですか？」

「牛島さん、樺沢不二夫が逮捕されたことは、ご存じですよね？」

「たった今、ニュースで知りました」

「これは大事件です。何人も死んでいるのです。殺人事件なんですよ。協力を拒むということになれば、そうせざるを得ない何らかの事情があるのではないかと疑われても仕方がありませんよね？　こちらとしても逮捕状を請求しなければならないことになりますが、逮捕ということになれば、しばらく警察から帰ることはできませんよ」

「そ、そんな！」

典子が悲鳴のような声を発する。

「困りますよね？　同行して、こちらに協力して下されば、そう長くはかかりません。すぐに帰宅できます。樺沢について知りたいだけですから」

「わたしは何も知りません」

「ＫＦＯは、樺沢とあなたの二人でやっていた会社ですよね？　何も知らないでは済まないんですよ」

「でも、本当に……」

「続きは警察で聞かせていただけませんか？」

「……」

頭の中が混乱して、どうすればいいのか、典子にはわからない。

しかし、逮捕されるのは困る。それくらいならば、任意同行に応じた方がいいのではないか、と思案する。

そもそも任意同行を求めるということは、現時点では逮捕状を請求するだけの容疑がないということだから、逮捕などできるはずもない。根拠のない脅しに過ぎないのだが、法律に疎い典子にそんなことはわからない。

「わかりました。行きます。子供を保育園に送ってからでいいですか？　まさか警察に一緒に連れていくわけには行かないでしょうし……」

「他にご家族は？」

「二人で暮らしています」

「わかりました。お子さんを保育園で降ろします」

四

「ママ、すごいね。あれ、見て！」

春樹は車の窓から外を眺めて歓声を上げる。車が大好きなのに、普段、車に乗る機会はほとんどないから、たまに乗ると大興奮なのだ。

「……」

わたしは何も悪いことなんかしていない、それなのに、なぜ、警察に連れて行かれなければならないのか……典子の胸は不安で押し潰《つぶ》されそうだ。

（あ）

ハッと気が付いて、携帯を取り出す。何時に警察から帰してもらえるかわからないから、母の秋恵に春樹のお迎えを頼んでおいた方がいいだろうと思いついたのだ。

「どちらに電話されるのですか？」

隣に坐《すわ》っている刑事が鋭い視線を向ける。

「実家の母です。保育園のお迎えを頼もうと思って……。電話してはいけませんか？」

「いいえ、それなら構いません」

「……」

秋恵に電話をし、迎えを依頼する。

「そんなことを急に言われても困るわよ。こっちにも都合があるんだし」

秋恵は五六歳で、近所のスーパーマーケットでレジ打ちのパートをしている。普段は一〇時の開店から、夕方六時まで仕事だから、早退しなければ保育園のお迎えには間に合わない。

「これから警察に行くところなの。何時に戻れるかわからないから、どうしてもお迎えを頼みたいの」

「警察って……。あんた、何かしたの？」

秋恵が息を呑《の》む。

「わたしは何もしてないわ。会社のことを聞きたいんだって」

「そんなの断ればいいじゃないの」

「断れば、逮捕することになるって言われたから」

「逮捕……」

「お願い」

「わかったよ」

秋恵が溜息《ためいき》をつきながら承知する。

典子は携帯を切って、バッグにしまう。

刑事たちが耳を澄ませて、秋恵との会話を聞いていたことはわかっている。母親ではなく、事件の関係者に連絡するのではないか、と疑っていたのに違いない。

(もしかして……)

ニュースでは大量殺人事件ではないかと報じていた。刑事が典子を疑うということは、つまり、典子が殺人事件に関わっていると疑っているということであろう。

(わたしが人殺しの仲間……)

今にも気が遠くなりそうになる。

五

「では、昨日の朝のことを最初から話して下さい」

テーブルの向こう側に坐っている中年の刑事がにこやかに言う。

「またですか……」

典子の口から溜息が洩《も》れる。さっきから同じ話を三度も繰り返しているのだ。

「まあ、そうおっしゃらずに。何か忘れていることがあるかもしれませんし、こうやって話しているうちに思い出すことだってありますから」

「何を思い出すっていうんですか？　わたしは、社長に命じられたことをやっただけなんですよ」

「いつもと違うことを命じられたんですよね？」

「はい」

「樺沢の様子も、それまで見たことがないほどおかしかった、とおっしゃった」

「そうです」

「ひどく慌てている様子で、いつもとは顔つきまで違っていたんですよね？」

「はい」

「変だと思ったわけですよね？」

「そう思いました」

「いきなり金券類を処分しろと命じられて、何を感じましたか？」

「何って、別に……社長の命令だから素直に従っただけですけど」

「大金ですよね？」

「そうです」

「逃走資金だとは考えなかったんですか？」

「なぜ、わたしがそんなことを……」

典子の顔が強張《こわば》る。

「つまりですね、オフィスにある金券類を処分して現金化し、二人で逃げるための資金にするつもりだったのではないか、という意味なんですが」

「……」

典子が絶句する。

やはり、樺沢とグルだと疑われているのだ、と思い知らされる。

「先程も伺いましたが、樺沢とは本当に深い関係はないんですか？　ただの従業員にしては、かなり厚遇されていると思うんですけどね。正直、この不景気な世の中に、これほど条件のいい仕事なんか、なかなか見付からないのではないでしょうか」

「……」

呆然《ぼうぜん》として言葉を失ったまま、頭の中が真っ白になる。

「おい！」

取調室には二人の刑事がいる。典子と向かい合っている中年の刑事と三〇前後の若い刑事だ。あとは記録を取っている制服警官がいる。

その若い刑事が、机をどんと拳《こぶし》で叩《たた》き、

「樺沢と寝てたんだろう？　愛人だったから、お手当代わりに高い給料をもらってたんじゃないのか」

「そ、そんな……」

典子の顔色が変わる。

「隠しごとをしたり、嘘をついたりすると自分のためになりませんよ。樺沢を庇《かば》うのもよくない。正直に言うのが一番です。わたしたちも力になります。悪いのは樺沢だ。あなたは何も知らずに仕事を手伝わされていただけなんでしょう？　だから、樺沢の裏の仕事について、あなたの知っていることを正直に話して下さい」

中年の刑事が優しげに訊《き》く。

「裏の仕事って……。わたし、何も知りません。本当に何も知らないんです」

典子の目に涙が溢《あふ》れる。


取調室の横にある小部屋に火野《ひの》理事官、薬寺、田淵、佐藤の四人がいる。マジックミラー越しに取り調べの様子を眺めている。

胡散臭《うさんくさ》い目で見られている新設部署だが、樺沢不二夫と宍戸浩介を逮捕した功績を認められ、容疑者の取り調べに関与することが認められたのだ。

しかし、火野は、

(こいつらは信用ならない。どうせ、まぐれ当たりで逮捕したに決まっている)

という色眼鏡で見ているから、SM班が単独で取り調べに関わることを許さず、自分が同席することを義務づけている。何しろ、隣室で取り調べの様子を眺めるだけでも火野の許可が必要なのだ。

「どう思う?」

火野が佐藤に訊く。佐藤の分析・観察能力だけは、火野も高く評価している。

「あの人は嘘をついていない。何も知らない」

佐藤が答える。

「わたしも、そう思うわ。KFOという会社を隠れ蓑《みの》にして、裏で人体パーツを販売していたんでしょうね」

薬寺がうなずく。

「どうでもいい会社の事務員にしては、あの女性の年収、普通では考えられないくらい高額ですよ。口止め料込みということなんでしょうか。二人だけの会社だから、裏の仕事について何か気が付いていたかもしれませんし」

田淵が言う。

「口止め料込みでも高いわよ。まあ、それだけ儲《もう》かっていたということなんでしょう。ということは、つまり、あの連中の犠牲者がたくさんいるということになるわね。恐ろしいわ〜」

薬寺が顔を顰《しか》める。

六

「では、今日はこれで結構ですよ」

「帰っていいんですか？」

「ええ。明日もお願いします」

「明日も……」

典子がふらふらと椅子から立ち上がる。椅子に坐《すわ》って話をしただけなのに、体が鉛のように重く感じられる。一瞬、立ちくらみがする。

朝はマンションに押しかけてきて、強引に車に乗せて警視庁に連れてきたくせに、帰りは電車で勝手に帰れ、ということらしく、二人の刑事は典子に見向きもしない。

取調室を出て、エレベーターホールに歩いていくと、

「あら、あなた……」

廊下に置かれた長椅子に坐っていた女性が声を発する。

「あ……」

「牛島さんだったわね？　あなたも事情聴取に呼ばれたの」

「はい、奥さまもですか？」

「いやだ、奥さまだなんて言わないで。元奥さまだけど、今は、そう呼ばれるのも嫌だわ。何の関わりも持ちたくないもの。さっさと離婚して旧姓に戻っておいてよかったわ」

顔を顰《しか》めて、舌打ちする。

「……」

樺沢不二夫の元妻、徳山《とくやま》千春《はる》である。三五歳で、良太《りょうた》という七歳の息子がいる。金に不自由のない気楽な暮らしをしているせいか、実際の年齢より、ずっと若く見える。肌もきれいだし、皺《しわ》などまったく目に付かない。

二度ほどオフィスで会ったことがある。詳しい事情は知らないが、急にまとまったお金が必要になったらしく、自分でオフィスに取りに来たのだ。長居することもなく、用意したコーヒーとケーキにも手を付けず、一五分ほどで帰った。自己紹介したことは覚

えているが、それ以外に話をした記憶はない。

「警察って、しつこいわよね。なかなか帰してもらえないもの。あなたは、もう終わり？」

「はい」

「わたしは、まだ解放してもらえそうにないわ。迷惑な話よねえ。確かに、慰謝料や養育費は受け取っていたけど、まさか犯罪に手を染めて手に入れたお金だなんて知らなかったもの。そんな汚れたお金だって知っていたら……」

「受け取りませんでしたか？」

「え」

千春が驚いたように、典子を見つめる。

「すいません」

典子が慌てて謝る。なぜ、そんなことを口にしてしまったのか自分でもわからない。しかも、明らかに棘《とげ》のある口調だった。長時間の事情聴取で疲労困憊《こんぱい》し、気持ちがささくれ立っているのかもしれなかった。

「ねえ」

「はい？」

「あなたも関わっていたの？　樺沢の悪事を手伝っていたの？」

「してません。わたし、何もしてません」

典子が激しく首を振る。

「そうよね。共犯だったら、警察から帰してもらえるはずがないわよね。ごめんなさい、変なことを言って。何だか、混乱して頭の中がぐちゃぐちゃなの」

「わかります。わたしも、そうですから」

失礼します、と会釈して、典子が歩き去る。

七

「ただいま」

典子がマンションに帰り着く。

「ああ、お帰り」

秋恵が出迎えてくれる。

「遅かったわね。大変だったでしょう」

「頭から、わたしを疑ってるんだもの。社長が何をしてたかなんて何も知らないのに」

「警察は、しつこいんだよ。大きな事件になれば張り切るらしいしさ。ニュースでも大きく取り上げられてるよ。びっくりした。殺人事件なんだってね」

「春樹は？」

「さっきまで、ミニカーで遊んでたけどね」

「あら、寝てるわよ」

パジャマ姿の春樹が寝室の床にひっくり返って、すやすや眠っている。

「いつの間に」

「この子、よく寝るの」

「楽でいいわね」

「まだ何もわからない年齢でよかった。小学生くらいになれば、学校でいろいろ言われるかもしれないから」

春樹を抱き上げて、ベッドに寝かせる。

「マンションの外に変な連中がいたよ。保育園から帰ってきたとき、うろうろしてた」

「警察？」

「さあ……違うと思うけどね。お話を聞かせてもらえませんか、なんて気安く話しかけてきたから無視して部屋に入った。新聞記者なのかね？」

「嫌だなあ、何で、そんな人たちがうちに来るの」

典子が顔を顰めて溜息《ためいき》をつく。

「あれこれ考えても仕方ないよ。お風呂《ふろ》にでも入ったら？　すっきりするよ。それとも、ごはんを先にする？」

「お風呂にするわ」

典子が風呂場に向かう。

一時間ほど後……。

入浴して疲れが取れたのか、典子がくつろいだ表情で、秋恵が用意してくれた晩ご飯を食べている。

「ねえ、母さん、春樹なんだけど、明日もお願いできないかな？」

「え」

「明日も警察に来てくれと言われているの。同じ話ばかりさせて何の意味があるのかわからないけど、あの感じだと明日で終わるかどうかもわからない。明後日《あさって》も呼ばれるかもしれないし、帰りの時間もはっきりしないし……」

「そう言われてもねえ」

秋恵が渋い顔になる。

「こんな状態だと春樹の世話もきちんとできないし、さっき母さんが言ったようにマンションの周りを変な人たちがうろうろしているとなったら、こっちも落ち着かないし……。できれば、何日か春樹を預かってもらえると助かる。春樹にとっても、その方がいいと思う。その間、保育園を休ませてもいいし」

「そんな自分の都合ばかり言われても……」

「わたしのせい？　わたしが悪いの？　どうして、わたしばかり責めるのよ」

典子の顔色が変わり、声を荒らげる。目尻《めじり》が吊《つ》り上がって、形相が変わっている。

「誰もそんなこと言ってないよ」

「言ってるじゃないの！　まるで、わたしが悪いことをしたみたいな目で見て。わたしも犯罪の片棒を担いだと疑ってるんでしょう」

「違う、違うから」

秋恵がおろおろし、落ち着きのない様子で視線をあちこちに走らせる。かなり動揺しているようだ。

「そうじゃなくて、あんたの事情もわかるけど、こっちにも事情があると言いたいだけだよ。責めてなんかいないよ。電車に乗って保育園の送り迎えをするのも大変だし、保育園を休ませるとなれば、わたしは仕事に行けなくなる。生活も苦しいし」

「もちろん、わかってる」

典子が立ち上がり、食器棚の引き出しから茶封筒を取り出す。中身を確かめてから、その封筒を秋恵に差し出す。

「八万円、入ってる。これでお願い」

「くれるって言うの？」

「ええ。いろいろ迷惑もかけてるし、無理なお願いだということもわかってるから。仕事を休めば、その分、収入だって減るわけだし」

いくらか落ち着きを取り戻した様子で、典子が言う。いつもの表情に戻っている。

「そう……」

秋恵が遠慮がちに封筒を受け取る。

「明日も保育園に行かせた方がいいかね？　わたしと二人でうちにいても退屈だろうし」

「母さんが仕事を休んでくれるのなら、保育園も休ませるわ。ミニカーがあれば一人で遊ぶのも平気だし、短い時間でも近くの公園に連れて行ってやれば、すごく喜ぶと思う」

「わかった。じゃあ、明日の朝、連れて行こうか。今夜は、わたしがここに泊まってもいいし」

「ううん、今日のうちに連れて行って。警察が来るのは朝早いと思うし、母親が警察に連れて行かれる姿なんか見せたくないから」

「車に乗ったんだよって嬉《うれ》しそうに話してたけどねえ」

「何もわからないからよ。大きくなれば何があったか思い出すかもしれない。そんなの嫌なの。すぐに着替える。持っていく荷物もまとめないと」

「春樹は寝ているし、大荷物になりそうだね」

「タクシーで帰って。電車だと大変だろうから」

八

着替えやおもちゃをリュックに詰め、典子が春樹をおんぶしてマンションを出る。タクシーを拾うことのできる広い通りまで歩いて行く。

しばらくすると、背後から徐行しながら黒っぽい車が近付いてきて、典子たちの少し先で停まる。助手席からスーツ姿の男が降りてくる。

（え）

典子は息が止まりそうになる。取調室にいた若い刑事である。

「失礼ですが、どちらに行かれるのですか？」

「母が息子と帰るので見送りに出ただけです」

声が震えそうになるのを必死にこらえながら答える。

「牛島さんは自宅に残るわけですね？」

「はい」

「それならいいのですが、できるだけ外出を控えていただけると助かります」

そう言うと、刑事が車に戻る。

「行こうよ」

秋恵が典子を促す。うん、とうなずいて、典子がまた歩き出す。車の横を通るとき、横目で運転席を見る。運転席と助手席にいる二人の刑事が、じっと典子たちに視線を注いでいるのがわかる。

（やっぱり、わたし、疑われてるんだわ。だから、刑事が見張っている……）

背筋を冷や汗が流れ落ち、典子は身震いする。

秋恵と春樹が乗ったタクシーが走り去るのを、典子が淋《さび》しそうな顔で見送る。春樹はずっと眠ったままだったので、今夜は話をすることもできなかった。

タクシーが角を曲がり、テールランプが見えなくなると、ようやく典子は踵《きびす》を返して、重い足取りで歩き出す。エンジン音が聞こえたので周囲を見回すと、刑事たちの乗った車が徐行してついてくる。マンションの前に停車し、エンジン音が聞こえなくなる。エンジンを止めて見張るのであろう。もし典子が秋恵や春樹と一緒にタクシーに乗り込んだら、後を追うつもりだったのに違いない。

（まるっきり犯人扱いじゃないの。わたしは何もしてないのに……）

泣きたいような気持ちでマンションに戻る。

部屋の中は、しんとしている。さして広い部屋でもないのに、妙に広く感じられる。

台所の椅子に坐《すわ》って、テーブルに頬杖《ほおづえ》をつく。

典子の目に涙が溢《あふ》れ、涙がぽたりぽたりと滴り落ちる。ふーっと大きな溜息をつくと、テーブルに突っ伏す。声を押し殺し、肩を震わせて泣き出す。

九

氏家星一郎が録画したニュースを観ている。何度となく繰り返し観ているが、取り立てて目新しい情報はなさそうだ。逮捕された樺沢不二夫と宍戸浩介が自供を拒み、取り調べに苦労しているのかもしれない、凶悪な事件を犯した悪人どもが、そう簡単に口を割るはずがない、とも思う。

当然、念入りな家宅捜索も行っているはずだが、それによって新たな事実がわかったということもないのだろうか、何かわかっているのに、何らかの事情で公表を控えているのだろうか……そんなことを考える。

ハイボールを飲みながら、物思いに耽《ふけ》る。

今の星一郎の関心は樺沢不二夫ではなく、宍戸浩介にある。二人が主犯格とはいえ、それぞれの果たした役割には大きな違いがあったことが判明している。

樺沢は、浩介が調達した人体パーツを販売していたに過ぎない。人体パーツをほしがる客を見付け、客の要望を聞き、客と値段の交渉をして、交渉が成立すれば、人体パーツと代金を引き替える。言うなれば、セールスマンである。

女性を拉致《らち》・監禁し、人体パーツを確保していたのは宍戸浩介である。

優秀なセールスマンなら、世の中にいくらでも存在するが、浩介のようなシリアルキラーは滅多にいるものではない。

まだ全容は解明されていないものの、今現在わかっている事実と、星一郎の想像力を駆使すれば、必要な人体パーツを奪い、用済みとなった女性たちは、浩介の玩具《おもちゃ》となり、拷問されて殺されたに違いないのである。なぜなら、自分が浩介の立場にいれば、きっとそうするからだ。

地下室の様子も報道されているが、その設備から推察するに、ただの監禁部屋とは思われない。拷問部屋としての機能を備えていたはずだ。

（何という奴だ……）

星一郎は浩介に共感を覚える。いったい、その拷問部屋でどれくらいの数の若い女性たちをいたぶったのであろうか。想像するだけで胸が高まり、強い羨望《せんぼう》の念を感じ、ねたましさで身《み》悶《もだ》えしてしまう。

樺沢と浩介が逮捕されることなく、二人がどんなやり方で人体パーツを調達・販売していたのかを知ることができていれば、星一郎はどんな手を使ってでも、二人を抱き込んだに違いない。金、暴力、あるいは、それ以外のどんな手段を使っても、だ。

だが、二人は警察に捕まった。できることなら、浩介だけでも救い出したいが、さすがにそれは不可能である。星一郎も国家権力には太刀打ちできない。

とすれば、浩介のやり方をできる限り正確に踏襲して、自分が宍戸浩介になるしかない、と星一郎は思い至った。

（荒川真奈美、松岡花梨……）

荒川真奈美は、長期間監禁され、その間に耳や指などの人体パーツを切除された。肉体的にも精神的にもぼろぼろの状態だ。深刻なPTSDを患い、今のところ回復の見込みは立っていないという。面会謝絶状態で治療を受けている。

その点、松岡花梨は違う。拉致されてから短期間で救出され、まだ肉体に危害を加えられていなかったこともあり、入院はしているものの、それほど深刻な状態ではない。

警察の事情聴取にも応じており、数日中には退院する予定だと報じられている。

ポケットから携帯を取り出し、河村以蔵《かわむらいぞう》に電話する。

「すぐに来てくれ」

一分もしないうちにドアがノックされ、以蔵が、失礼します、と声をかけながら部屋に入ってくる。身長一九〇センチ、体重八三キロ。四四歳。贅肉《ぜいにく》のない引き締まった体をしている。星一郎の側近で、星一郎が外出するときには運転手を務め、ボディガードの役割もこなす。自分の身が安全だと確信し、高額の報酬を提示されれば、違法行為でもためらわない。

元々はフランスの外人部隊に所属していた。外人部隊のエリート集団、第二外人パラシュート連隊（2REP）の第一中隊に配され、夜間戦闘と市街戦のエキスパートとして活躍した。二五歳のとき、湾岸戦争で実戦を経験し、その後、ルワンダとユーゴスラヴィアにも派遣された。三三歳のとき、コソボで地雷の爆発に巻き込まれて大怪我をした。その後遺症で、今でも右足がいくらか不自由である。

除隊して帰国し、短期契約のボディガードとして生計を立てていたが、今は星一郎と専属契約を結び、屋敷に住み込んでいる。月給制ではなく、年俸制で契約している。現在の年俸は二〇〇〇万円だ。

「ご用ですか？」

「この女性だがな……」

テレビ画面を静止状態にする。そこには松岡花梨の顔写真と名前が映し出されている。

「調べてくれ。できるだけ詳しくな」

「この女性を……」

以蔵が目を細めてテレビ画面を見つめる。

「何か言いたいことがあるのか？」

「いいえ、調べるだけなら構いませんが」

「報酬とリスクが見合わない、そう言いたいのか？」

星一郎が以蔵を睨《にら》む。二〇〇〇万という破格の年俸を支払っているのは、もちろん、運転手やボディガードとしての働きだけを期待しているからではない。樺沢から人体パーツを購入したとき、人体パーツと代金の引き替えに出向いたのは以蔵である。当然、それが違法な取引であることも承知していた。星一郎が人体パーツをコレクションしていることも知っている。違法行為に手を貸し、余計なことを口にせず、黙々と星一郎の指図に従う見返りに高額の年俸を得ているのだ。

「わたしの想像が間違っていれば何も申しませんが……」

「どんな想像だ？」

「例えばですが、この女性をさらいたいとか」

「そうだとしたら？」

「かなりのリスクです。中身のわからない品物を受け取るのとはわけが違います」

「三〇〇〇万にしよう」

「……」

「不満か？」

「年俸をアップして下さるということですか？」

「そうだ。三〇〇〇万だ」

「それで結構です」

さして嬉《うれ》しそうな顔もせず、以蔵がうなずく。

「このニュースを知っているのか？」

「わたしも新聞やテレビは観ますので」

「宍戸浩介という男が若い女性を拉致して、自宅の地下室に監禁していた」

「そうらしいですね」

以蔵がうなずく。

「同じような地下室に改造したい。宍戸浩介の地下室について調べろ」

「工事そのものは難しくないでしょう。どんな地下室だったのか、それを調べるのに時間と金がかかるかもしれません。逮捕されたばかりですし、取り調べも始まったばかりでしょうから」

「金はいくら使ってもいいが、時間はかけるな」

「裁判が始まれば、詳しい事情はわかると思いますが？」

「そんなには待てない。いや、待ちたくないと言った方がいいな。とにかく、急げ。肝心なのは、スピードだぞ」

「念のために申しますが、コネを使って警察関係の情報を集めたり、女性をさらったりするくらいのことであれば三〇〇〇万で結構ですが、万が一、殺人にまで踏み込むとなると、それでは不足です」

「いくらだ？」

星一郎が苛立《いらだ》った様子で訊《き》く。

「五〇〇〇万いただきます。それに一人につき、追加ボーナスとして一〇〇〇万」

「おい、欲が深すぎないか？」

「事が露見すれば、この国にはいられません。海外に逃亡することになります。五〇〇〇万でも足りないくらいです。わたし以外の人間を探すのも悪くないと思いますが、信用できて、かつ、腕の立つ人間はそう簡単には見付かりませんよ。暴力団関係の人間を使うと、後々、それをネタに恐喝される怖れもあります。それらを考慮すれば、わたしの条件は格安と言ってもいいのではないか、と」

「わかった。もういい。払ってやる。年俸を五〇〇〇万にする」

「なるほど」

以蔵が冷たい目で星一郎を見つめる。

それだけの年俸を支払うということは、女性を拉致するだけでなく、最終的には殺人にまで手を染めるつもりでいるということであろう。

「おい、『なるほど』とは何だ？　そういうときには、ありがとうございます、と頭を下げるものだろうが。物知らずが！　そんな当たり前のことも知らんのか」

興奮して、星一郎の顔が赤くなる。うっ、と呻《うめ》いて両手で胸をかきむしる仕草をする。

「旦那《だんな》さま、大丈夫ですか？」

「うぐっ、ぐぐぐっ……」

口から泡を吹きながら、首を振る。大丈夫ではないという意思表示だ。

以蔵が携帯を取り出し、ボタンを操作して耳に当てる。

「旦那様が発作を起こした。来てくれ」

慌てる様子もなく、表情も変えずに以蔵は星一郎の車椅子の傍らに背筋を伸ばして立っている。どうでもいいと思っているわけではなく、自分にできることは何もないとわかっているだけだ。

苦しげに唸《うな》りながら、

（かわいげのない奴だ）

星一郎は横目で以蔵を睨む。しっかりして下さい、すぐに島田が来ますから、と声をかけて背中でもさすってくれれば、たとえ大して意味のない行為だったとしても、こいつはおれを心配しているのだな、と悪い気はしない。

だが、そんな見え透いた無駄なことはしない男なのだ。有能で役に立つとわかっているから高額の報酬で雇っているものの、決して友達にはなりたくない男である。

ドアが開き、島田房江が足早に部屋に入ってくる。

「どきなさい」

高飛車に以蔵に命じると、星一郎に歩み寄り、必要な処置をてきぱきと始める。

「ゆっくり息をして下さい。そう、ゆっくり、ゆっくりですよ」

そう言いながら、星一郎の首筋から背中にかけてマッサージをする。慢性的な運動不足のせいで、首や肩が凝り、背中が張りやすくなっている。それが血液の循環を妨げて、臓器に悪影響を与える。興奮して血圧が上がると、致命的なダメージを与えかねない。薬を飲ませる前に、まず星一郎を落ち着かせなければならないのだ。

「お薬を飲みましょう」

「うむ」

房江が星一郎に薬を飲ませる。ただの精神安定剤である。

しばらくすると星一郎の呼吸が安定し、顔色もよくなってきた。

「興奮しすぎたようですね。体に毒だと申し上げたはずです」

「わかっている」

「河村が余計なことを言ったのではないですか？」

房江が以蔵を睨む。

「……」

以蔵は、そっぽを向いている。

反りが合わないことはお互い承知している。

どちらかと言えば、房江が以蔵に対して敵意を抱いていると言っていい。以蔵が何かをしたというわけではなく、房江は誰に対しても、そうなのだ。常に自分が上にいないと許せない性格で、この屋敷の中でも傍若無人に振る舞っている。

（嫌な女だ）

反吐《へど》が出るほどムカつく女だが、以蔵はそういう感情を表に出さないようにしている。どんな復讐《ふくしゅう》をされるかわからないからだ。

かつて房江が勤めていた病院で、高齢者が立て続けに急死するという事件があった。わがままで自分勝手な年寄りばかりが、特に深刻な病状でもなかったのに、深夜、容態が急変して亡くなったのである。警察が調べると、いずれの患者も房江が夜勤の夜に亡くなっており、その数日前に房江とトラブルを起こしていたことがわかった。

しかも、その病院に移ってくる前に勤めていたふたつの病院でも同じように何人かの患者が亡くなっていた。使用された薬物も同じだった。

房江の関与が疑われた事例は一〇件以上あった。

直接的な証拠はなかったにもかかわらず房江が逮捕されたのは、亡くなった患者すべてに同じ薬物を投与できる者が房江以外に存在しない、という理由だった。消去法で容疑者を絞っていくと房江以外には誰も残らなかったのだ。

房江は取り調べで完全黙秘を貫いた。世間話にすら応じず、一切、口を開かなかった。証拠がなく、自供を得ることもできず、結局、不起訴処分になった。限りなくクロに近いが、現状では公判を維持できないと検察が判断したのだ。

起訴はされなかったものの、元の病院を解雇され、業界内で名前が知れ渡ってしまったため、房江を雇おうとする病院もなかった。

失業状態が一年ほど続いた頃、人を介して、住み込みで看護師の仕事をしないかという依頼がきた。

その依頼をしたのが星一郎だったのだ。

星一郎は房江の事件に強い関心を抱き、房江を追い続けていた。ほとぼりが冷めた頃に声をかけたというわけであった。

なぜ、房江のような女をそばに置きたがるのか、以蔵には理解できない。世界中の拷問道具を集めたり、人体パーツを高額で買い取ったりするという星一郎の変態趣味を知っているから、

(今度は殺人鬼のコレクションでも始めるつもりなのか……)

と思っただけである。

華奢《きゃしゃ》な房江が以蔵にかなうはずもないが、房江がその気になれば、以蔵に一服盛ることなどたやすいであろうし、恐らく、顔色ひとつ変えずにそれができることもわかって

いるから、虫の好かない女ではあるが、あまり刺激しないように心懸けている。

「旦那様は、お休みになります」

「……」

星一郎が目を閉じて舟を漕《こ》いでいる。どうやら薬が効いてきたらしい。

「もう用はないでしょう。さっさと下がりなさい」

あたかも女主人の如く、房江が以蔵に命令する。

「失礼します」

軽く会釈して、以蔵が部屋から出て行く。触らぬ神に祟《たた》りなし、である。

一〇

四月一四日（水曜日）

出かける支度をして、ぼんやりテレビのニュースを観ているとインターホンが鳴る。

（ああ、来たな……）

物憂げに典子がソファから腰を上げる。玄関のドアを開けると、昨日と同じ刑事が立っている。

ゆうべ、パソコンで警察のやり方について調べてみた。任意同行というのは、あくまでも「任意」で強制力はない。任意同行を拒否することも不可能ではない、と典子は知った。

しかし、拒否すれば、あの手この手を使って警察が嫌がらせを始める、ということも知った。めげずに拒み続けたとしても警察が諦《あきら》めることは決してない。最後には別件逮捕という強硬手段に訴えることも珍しくない、という。

何の力もない一般市民が警察に逆らうことなどできないということである。それならば、おとなしく任意同行に応じて、できるだけ早く解放してもらう方がいい、と典子は諦めた。


事情聴取と言いながら、実際には取り調べである。

昨日のように、またもや延々と同じ話を繰り返すことを強要される。

(わたしがぼろを出すのを待っているのだ)

うっかり辻褄《つじつま》の合わないことを口にしようものなら、そこから執拗《しつよう》に追及されることになる。一瞬も気が抜けない。

「樺沢から何か預かっていませんか?」

「何も預かっていません」

「現金だけでなく、金券や食事券など、どんなものであれ、隠すと罪になりますよ」

「何も隠していません」

「預かったことを忘れているだけかもしれませんよ。よく考えることです。思い出して、すぐに提出すれば罪に問われることはありませんからね」

「……」

典子が疲れ切った様子で溜息《ためいき》をつく。何を言っても信じてもらえないという絶望感が胸に広がっていく。

取調室の隣の小部屋には火野新之助《しんのすけ》理事官と村山正四郎《むらやませいしろう》管理官、ＳＭ班の薬寺松夫の三人がいる。

「あの女、シロだろう」

火野がつまらなそうに言う。

「そうですね。彼女も会社も裏稼業の隠れ蓑《みの》として樺沢に利用されていただけじゃないんですかね。もう自宅を見張る必要もないでしょう」

村山がうなずく。

「残念ですね。樺沢も宍戸も黙秘を続けているそうですから、彼女が突破口になるのではないかと期待していたのに」

薬寺が言う。

「なあに、樺沢たちとグルでないのなら別の使い道がある。検察側の証人として、奴らを追い詰めるのに手助けをしてもらう」

マジックミラー越しに典子を見つめながら、火野が言う。

「だけど、本当に何も知らないのでは何の役にも立たないいんじゃないんですか？」

薬寺が首を捻《ひね》る。

「身近にいた人間が何も気が付かないほど、奴らの犯罪が巧妙で悪質だったと証明できるでしょう。多くの犠牲者が出たのは、警察の捜査が後手を踏んだせいではないことを世間に知らしめることができますよ」

村山が、そうですよね、という顔で火野を見る。

「うむ」

火野がうなずく。

（今から責任逃れを考えているわけか。つまりは保身ということね。セコい奴ら）

薬寺は何も言わずに肩をすくめる。

一一

「今日は、これで結構です。お帰りになって構いませんよ」

「あの……明日もでしょうか？」

「いいえ、明日はありません」

「ああ……」

典子がほっと安堵《あんど》の吐息を洩《も》らす。

「ご自宅とご実家の住所は承知しています。それ以外の場所に行く予定はありますか？」

「いいえ」

「できれば旅行などは控えていただき、常に連絡の取れる状態にしておいて下さい。できる限り、自宅にいていただけると助かります」

ごく当たり前のことのように刑事が言う。その横柄な態度に腹が立つものの、苦情を申し立てるような元気もない。昨日と今日の二日間で心身共に疲れ切ってしまったからだ。怒りを感じるよりも、明日は来なくてもいいのだということに喜びを感じる。


警視庁を出て、地下鉄の駅に向かって歩いて行く。

背後から、

「牛島さん」

と呼ばれて振り返る。

徳山千春が立っている。樺沢の元妻だ。

「あっ、奥……」

奥さまと呼びそうになって、慌てて言葉を飲み込む。そう呼ばないでくれ、と昨日釘《くぎ》を刺されたばかりだ。

「ふふふっ、徳山さんでいいわよ」

「すいません」

「向こうの都合で呼びつけて、朝から夕方まで……一日損をした気分よね。どこまで帰るの？」

「富士見台です。西武池袋線の」

「ああ、それなら池袋で乗り換えでしょう？　お茶しましょうよ」

「ああ……」

正直、お茶を飲みたい気分ではない。さっさと家に帰りたいのだ。どうやって断ろうかと思案していると、

「時間は取らせないわ。ほんの少しでいいから」

哀願するような口調で、千春が言う。

「わかりました」

断るのも面倒なので、典子は承知した。どっちみち池袋は通り道だから大した手間ではないし、この人もわたしと同じようにひどい目に遭っているのだと思うと、同胞意識すら感じる。今の典子の気持ちをわかってくれる唯一の人間かもしれないのだ。

丸《まる》ノ内《うち》線で池袋に行き、駅の近くの喫茶店に入る。

注文したハーブティーが運ばれてくると、千春は身を乗り出し、周りの者たちに聞かれないように声を押し殺して、

「お金のこと、しつこく訊《き》かれなかった？　現金だけでなく、金券とか、金貨、宝石、

高級時計……とにかく、金目のものを樺沢から預かってないかって」

「はい。訊かれました」

「何て答えたの？」

「何も知りません、と正直に答えましたけど」

「本当なの？」

「何がですか？」

「本当に何も知らないの？　だって、あなた、樺沢の秘書だったんでしょう」

「秘書というか、ただの事務員です」

「たった二人の会社じゃない。いつも樺沢と一緒にいたわけだし、樺沢はあなたを信用していたみたいだし」

「どういう意味ですか？」

「樺沢が捕まった後、オフィスや自宅を警察が調べたらしいのね。かなりの現金や貴金属類が見付かったらしいの。もちろん、具体的な金額までは教えてもらえなかったけど、刑事の口振りだと一千万単位のお金らしいわ。だけど、警察は、それでも少なすぎると考えているみたいなのよ」

「そう言われても、わたしには何のことだか、さっぱりわかりません」

「ねえ、誤解しないで。わたし、警察の回し者なんかじゃないのよ。だって、わたしたち被害者じゃない。樺沢のせいでひどい目に遭ってるのよ。少なくとも、わたしは」

「え？」

「ごめんなさい。変な意味じゃないの。あなたと樺沢がただの関係でなかったとしても、わたしは全然気にしないわ。今更、嫉妬《しっと》なんかしないもの。樺沢があなたを信用してお金を預けたとしても不思議はない……。というか、当然よね。他に信じられる人がいないんだもの」

「あの、わたし、そろそろ……」

「独り占めする気？」

「は？」

「警察には何も言わない。黙ってる。半分寄越《よこ》せなんて図々《ずうずう》しいことも言わない。できれば、二千万くらい分けてもらえると嬉《うれ》しいんだけど」

「何を言ってるんですか？」

典子の顔色が変わる。

「だから、変な意味じゃないって……」

「失礼します」

財布から千円札を取り出してテーブルに置くと席を立ち、慌てた様子で典子が店を出て行く。

池袋駅に向かいながら、

（みんながわたしを疑っている。殺人犯の仲間だと思われている……）

警察も千春も、典子が樺沢の愛人だったのではないか、大金を預かっているのではないか、と疑っている。

(冗談じゃない。ふざけるな。よってたかって、わたしを馬鹿にして……)

悔し涙が目に滲《にじ》んでくる。

二

「犬に騙《だま》されたんです」

松岡花梨は、インタヴューでそう答えた。

もちろん、名前は出ていないし、目のあたりにはモザイクがかかっている。日本のマスコミは、被害者が亡くなると、平気で本名を報道し、どこかで手に入れた顔写真を映し出す。

しかし、被害者が生きていると、人権侵害で訴えられることを怖れて及び腰になる。被害者の名前を調べたり、顔写真を手に入れたりくらいのことは、氏家星一郎ほどの大富豪にとっては朝飯前である。この世の中、金で手に入らないものなど、ほとんどないのである。

宍戸浩介の自宅地下室から救出された二人の被害者のうち、荒川真奈美は今も面会謝絶状態が続いており、警察の事情聴取にすら応じることができない。必然的にマスコミは松岡花梨に注目する。

とは言え、松岡花梨も積極的にインタヴューに応じているわけではないし、言葉数も多くはない。恐らく、余計なことを言うなと警察に口止めされているに違いない。

だから、松岡花梨に関する報道は多いものの、テレビに映っている時間そのものは決して長くはない。

さして長くもない松岡花梨の映像を星一郎は繰り返し観ているのである。その結果、

「犬に騙されたんです」

という言葉に引っ掛かりを覚えた。

それがどういう意味なのか、何ら詳しい説明はない。その言葉が出てきた前後の言葉が露骨にカットされているせいだ。警察の横槍《よこやり》が入って、テレビ局側がカットに応じたことは容易に想像できる。

それなら、その言葉そのものもカットすればよさそうなものだが、何らかの手違いで残ってしまったのであろう。

詳しい説明などなくても、星一郎には宍戸浩介のやり方を想像することができる。連続殺人犯が被害者を油断させるときには、よく小道具が使われる。

例えば、松葉杖《まつばづえ》や車椅子を使い、自分が不自由な体であると思い込ませて同情を引こうとするやり方だ。子供と動物もよく使われる。夜道に男が一人でいれば、普通の女性は警戒するが、その男が犬を散歩させていたり、子供と一緒だったりすれば警戒心はか

なり緩む。星一郎自身、何度となくそういうやり方を使ったことがあるから、すぐに想像できたのだ。

携帯電話で河村以蔵を呼ぶ。

「お呼びですか？」

「犬を探せ」

「犬？」

「宍戸浩介は犬を飼っていたはずだ。その犬を探して連れて来い」

「どこにいるのでしょうか？」

「おい」

星一郎の顔が赤くなってくる。怒りで頭に血が上ってきたのだ。

「おまえ、ふざけているのか？　それとも、おれを馬鹿にしてるのか」

「とんでもない。本当にわからないから伺っただけです。犯人の飼っていた犬なら、警察が保護しているのではないのですか？」

「ふんっ、何も知らないんだな。警察は犯人のペットなんか保護しない。放置なんだよ。犯人に身内がいるか、近所に親しい友達でもいれば世話するかもしれない。しかし、犯行現場となった宍戸浩介の自宅はまだ警察が封鎖しているから、勝手に立ち入ることはできない。ペットの世話をしたいと申し出ても許可されないだろう」

「じゃあ、ペットはどうなるんですか？」

「室内犬や家猫、それに金魚なんかは餌もらえないから飢え死にだな」

「そうでなければ、どうなるんですか？　つまり、室内犬でなければ、ということですが？」

「野良犬になって近所をうろうろしているだろうが、今のご時世、野良犬がうろうろしていたら、すぐに保健所に通報されて捕獲されてしまう」

「なるほど……まず近所を探し、見付からなければ保健所を探せばいいわけですね。で、どういう犬なのでしょうか？」

「それはニュースで報道されていない。調べろ。宍戸浩介がどんな犬を飼っていたか、近所に住んでいる者なら知っているだろう」

「わかりました。では、早速探してみます」

「急げ。保健所に捕獲されていると面倒だからな」

「はい」

河村以蔵が足早に部屋から出て行く。

一三

マンションの前に見慣れないワンボックスカーが何台も停まっているのを見て、典子は足を止める。野次馬らしき者たちもうろうろしている。

胃のあたりにきりきりと鋭い痛みを感じ、暗い気持ちになる。できることなら、このまま踵《きびす》を返して姿を消してしまいたい。

自分の家に帰るだけなのに、なぜ、こそこそしなければならないのか、何も悪いことなんかしていないのに……そう思い直し、大きく息を吸うと、エントランスに向かって歩き出す。

おっ、あの女だ……そんな声が聞こえた。

いきなり顔を照明で照らされる。

カメラを担いだカメラマンが前を塞《ふさ》ぐ。

顔の前にマイクを突き出され、

「警察では何を訊《き》かれたんですか？」

「……」

「樺沢不二夫や宍戸浩介とは、どういう関係ですか？」

「……」

「彼らがお金のために殺人を繰り返していたことを知っていたんですか？」

「……」

典子はうつむき、固く口を引き結んで何も話そうとしない。早くマンションに入りたいが、カメラマンやインタヴュアーが邪魔で前に進むことができない。

「おい、黙っていればいいと思ってるのか？」

「何人も死んでるんだぞ」

「何とか言え」

周囲から罵声《ばせい》が飛ぶ。

思わず、

「わたし、何も知りません。何の関係もないんです」

と口走ってしまう。

「バカ野郎、何も知らないで済むか。樺沢の会社で高い給料をもらってたんだろうが」

「死んだ人たちに悪いと思うなら、きちんと説明しろ」

野次馬が好き勝手なことを言い始める。

「どいて下さい」

立ちはだかる者たちを押し退けて前に進もうとする。誰かに二の腕をつかまれる。それをふりほどくと、背中をどんと強く押される。横っ面にマイクがぶつかる。尚《なお》も進もうとすると、髪の毛まで引っ張られる。

「いい加減にして下さい！」

何とかマンションに走り込む。

マスコミや野次馬もマンションの中までは追ってこない。

しかし、マンションの中では住民たちの冷たい視線が待っている。

ドアを薄く開け、

「やかましいわね。いい迷惑だわ」

と吐き捨てる老婆がいる。

何も言わずに、じろじろ典子を見つめる者もいれば、スマホで典子を撮影している者もいる。彼らの目には憎しみや好奇心、嫌悪感が滲《にじ》んでいる。同情してくれる者は誰もいない。

急いで部屋に入り、ドアを閉める。心臓の鼓動が速くなっており、顔にはべっとり汗をかいている。

ドアにもたれたまま、ずるずると滑り落ち、床に尻《しり》をついてしまう。体から力が抜けている。三〇分くらい、そのままの姿勢で動くことができなかった。

やがて、のろのろと立ち上がると、風呂場《ふろば》に行き、シャワーを浴びる。それで少しすっきりした。

すっきりすると空腹を感じる。朝からろくに食べていなかった。

冷蔵庫を開けるが、ほぼ空っぽである。昨日も今日も買い物をしていない。駅前で惣《そう》菜《ざい》か弁当でも買ってくればよかったと後悔する。今から買い物に出かける気はしないので、買い置きのカップ麺《めん》を食べることにする。お湯を沸かし、容器に注ぐ。テーブルに向かい、一人でカップ麺を食べ始める。何とも言えない侘《わび》しさと心細さを感じ、目に涙が滲んでくる。

（春樹に会いたい……）

こんなところに一人でいるのは嫌だ、実家に行きたい、春樹のそばにいたい、と思う。

しかし、外でマスコミが張り込んでいるかもしれない。あとをつけられて実家の所在まで知られたら、自分だけでなく秋恵にも迷惑をかけることになる。

（今夜は我慢しよう）

そう自分に言い聞かせる。

食事を済ませると、実家に電話をかける。

秋恵が出る。

「警察、どうだった？」

「昨日と同じよ。しつこく同じことばかり訊かれるの」

「明日も警察？」

「ううん、明日は来なくていいって」

「疑いが晴れたのかね？」

「そうだといいんだけど……」

「こっちに来る？」

「そうしたいけど、表にマスコミとか野次馬がいるの。つきまとわれると嫌だから明日にする」

「じゃあ、春樹と話す？」

「お願い」

秋恵が春樹に電話を代わる。

「ママ！」

「春樹、いい子にしてる？」

「うん、いい子だよ」

「何をして遊んだの？」

「おばあちゃんと公園に行った。ブランコに乗ったよ、滑り台にも」

「よかったわね」

「ママも来てよ。一緒に遊びたいな」

「今日は無理だから、明日、そっちに行くね」

「約束だよ」

「うん、約束」

電話を切ると、悲しみが胸に込み上げてくる。

「ううっ……」

こらえることができず、声を上げて泣き出してしまう。

一四

路上駐車した車の運転席で、河村以蔵は居眠りしている。

と言っても熟睡しているわけではない。眠ってはいるものの、頭の片隅は目覚めており、ちょっとした異変も察知できる。外人部隊での厳しい訓練と実戦経験の賜物《たまもの》である。戦地で熟睡などしたら、敵襲を受けたとき逃げ遅れて命を失いかねない。どんな場所でも、どんなときでもすぐに眠ることができて、しかも、すぐに目を覚ますことができる……それが優秀な兵士の証《あかし》であり、生き残るためのコツだ。

そんな男だから、車のウィンドーをコツコツ叩《たた》かれる前に目を開け、ウィンドーを下ろしていた。

車の傍らに二人の男が立っている。三十代半ばくらいの髭面《ひげづら》の男と、二十代前半の青年だ。

「見付かりましたよ」

三十男が中型犬用のキャンピングキャリーを持ち上げて、以蔵に示す。

以蔵が首を伸ばして、プラスチック製のケースの中を覗《のぞ》き込む。薄汚れた灰色っぽい犬が体を丸めて縮こまっている。

「間違いないか？」

「白のフレンチブルドッグ、名前はマリア。間違いないと思いますよ」

「ふうん……」

氏家星一郎から宍戸浩介の飼っていた犬を探せと命じられ、以蔵は犬の専門家を雇うことにした。

保健所には、それらしき犬が保護されていなかったので、近所をうろうろしているのだろうと考えたのだ。

屋敷にも犬が何頭もいて、庭師を兼ねた山室武夫《やまむろたけお》という老人が世話をしている。山室に頼めば話は早いが、気難しい老人なので以蔵は苦手だ。星一郎もそれを承知しているから、山室に頼めとは言わなかったのだ。ドッグトレーナーを派遣している会社に連絡し、大急ぎで犬を探したいので腕利きの専門家を二人ばかり雇いたいと告げた。

最初、うちは犬の訓練をするのが仕事で、迷い犬を探すようなことはしていないと断られたが、とても大切な犬なので、どうしても急いで探したい、一人につき一〇万円払うからお願いできないか、もし一時間で見付かったとしても、ちゃんと金は払うし、たとえ見付からなくても夜になったら探すのを打ち切って金を払うと以蔵が言うと、相手も承知した。

宍戸浩介が飼っていたのは、マリアという白いフレンチブルドッグで、五歳の雌だということは簡単に調べがついた。

もっとも、手に入った情報はそれだけで、以蔵も二人にそれ以外のことを伝えることはできなかった。

だが、専門家には、それだけで十分だったらしい。

三時間ほどで、二人は犬を連れて戻ってきた。実働三時間で、一人あたり一〇万円なら悪くない報酬だろう。以蔵も少しも惜しくはない。どれほど高額な料金だとしても、それを払うのは星一郎で、以蔵ではないからだ。

「白には見えないな」

「汚れているだけですよ。洗えば、白になります」

「扱いは難しいかね？」

「おとなしくて従順です。利口だし、とても扱いやすいと思いますよ。この犬はきちんと訓練されてますね。指示を出すときは英語がいいですね。お坐《すわ》りなら、シット。待てなら、ウェイト。そんな感じです」

「他には何か注意することはあるかな？」

「それほど痩《や》せていませんから、迷子になっていたのは二日か三日くらいじゃないでしょうか。その間に何を食べたかわかりませんし、念のために獣医の診察を受けるのがいいと思います。寄生虫にでも感染してると厄介ですから」

「わかった。車に乗せてもらえるかね」

「はい」

後部ドアを開け、キャンピングキャリーを後部座席に置く。きちんとシートベルトで固定する。

「確かめてくれ」

以蔵が封筒を差し出す。

三十男が封筒の中身を確かめる。二〇万円だ。

「ありがとうございます。領収書です」

「こちらこそ助かったよ。ありがとう」

ウィンドーを上げ、以蔵が車を発進させる。

（どんな分野であれ、プロの仕事は手際がいい。スマートだ。高い料金を払うだけの価値がある。おれと同じだな……）

以蔵がほくそ笑む。

一五

「もう下がっていい」

氏家星一郎が言うと、山室武夫は黙って頭を下げ、部屋から出て行く。

星一郎の車椅子の傍らで、マリアががつがつドッグフードを食べている。

以蔵がマリアを連れ帰り、どういうやり方でマリアを見付けたか、ドッグトレーナーからどんなアドバイスを受けたかを説明すると、星一郎はマリアを山室に預けた。星一郎の指示で、山室はマリアに獣医の診察を受けさせ、体をきれいに洗った。もちろん、餌も食べさせたが、よほど腹が減っているのか、マリアは何度も餌をほしがった。

「よくやった」

二人きりになると、星一郎は以蔵を誉めた。

「ありがとうございます」

「早速だが……」

「はい」

「樺沢は椎名町でダミー会社を経営していた。樺沢の他には事務員が一人しかいない。その事務員も事情聴取されたようだが、まだ逮捕されていない」

「本当の仕事について何も知らなかったということですか？」

「あるいは、よほど嘘をつくのがうまくて警察に尻尾《しっぽ》をつかまれていないだけかもしれない。たった二人だけの会社なのに、まったく何も知らなかったというのは不自然だ」

「警察も、そう思っているでしょう」

「しかし、逮捕されていない。事件について何かしら重大な秘密を握っているかもしれない女が野放しになっているのは気になる」

「さらってこいという命令ですか？」

「それは、まだ早い。とりあえず調べろ。女に張り付け」

「了解しました」

「下がっていいぞ」

以蔵が部屋から出て行くと、星一郎がマリアを見下ろす。まだ満足できないのか、空になった皿を盛んにぺろぺろ嘗《な》めている。星一郎を見上げて、悲しげに、く〜ん、く〜

んと鳴く。もっと食べたいらしい。

「食べ過ぎだぞ。もう駄目だ」

ぴしゃりと言うと、その言葉を理解したかのように、マリアは部屋の片隅に移動し、体を丸めて目を瞑《つぶ》る。

（犬は手に入れた。だが、これだけでは足りない。果たして事務員は何か知っているのか……）

星一郎が物思いに耽《ふけ》る。

と、いきなりマリアが立ち上がってテレビに駆け寄っていく。適当なチャンネルに合わせて付けっぱなしにしてあり、今はBS放送の海外ニュース番組が流れている。当然ながら音声は英語である。

映像はシリア内戦のものだ。アメリカ人の特派員が戦況を解説し、その合間に反政府軍兵士のインタヴュー映像が挟まれる。

政府軍の兵士は、ISの連中と何も変わらない。残忍なやり方で市民を虐殺している。そうさ、殺しを楽しんでやがる……

さして英語は得意ではないが、その程度の内容であれば星一郎も理解できた。

マリアがばったりと床に倒れる。

「え」

星一郎が驚く。

どこか具合が悪くなったのか、と思った。

だが、すぐにマリアは起き上がり、じっとテレビ画面を見つめる。

しばらくすると、マリアは、くんくんと悲しげに鼻を鳴らしながら後ろ脚を引きずって歩く。怪我をしているように見える。

すぐに普通に歩き出すと、また画面を凝視する。

ニュースが終わり、日本語のニュースが流れ始めると、マリアは興味を失ったように元の場所に戻って、体を丸めて居眠りを始める。

「……」

星一郎がじっとマリアを見つめる。頭の中で松岡花梨の話していたことを思い出す。

「犬に騙《だま》されたんです」

と、花梨は言ったのである。

マリアは英語の指示に従う。Ｄｏｗｎという言葉に反応して、ばったり床に倒れ、ＧｅｔＨｕｒｔという言葉に反応して、怪我をしている振りをした。そういうマリアの演技に騙されて、松岡花梨は宍戸浩介の罠《わな》にはまったのに違いなかった。

「なるほど、そういうことか……」

星一郎がマリアを優しげに見つめる。

「大した役者だよ」

一六

少しでも暇な時間があると、氏家星一郎はニュースやワイドショーをチェックしている。樺沢不二夫と宍戸浩介が黙秘を続け、まだ事件の全体像がはっきりしないこともあり、どこの局も大きな枠を取って報道を続けている。二人が自供して、新たに報道する材料がなくなるまでは報道は沈静化しそうにない。それだけ衝撃的な事件だということでもある。

報道する材料が少ないせいか、犯人グループや被害者だけでなく、犯人逮捕に功績のあった捜査陣にまでスポットが当たっている。

地上波のニュースやワイドショーだけでなく、星一郎は衛星放送のニュースもチェックしているが、捜査陣に関する情報は、深夜のニュースで短時間流れた。今回の逮捕に関しては、警視庁捜査一課が大きな役割を果たしたが、その中でも特に一課内に新たに設置された新設部署、すなわち、特殊捜査班が活躍した、と伝えられた。関係者の間では「SM班」とも呼ばれているらしい、と付け加えられた。

そこまでは星一郎は大して興味を引かれることもなく、あまり集中することもなくテレビ画面に目を向けていたに過ぎない。

（ん？）

捜査陣の映像が映し出されると、星一郎は身を乗り出して目を細める。その中に見覚えのある顔がある。

「こいつ、薬寺じゃないか」

身長一六五センチ、体重一二〇キロというダルマ体形に、奇妙なオネエ言葉……薬寺松夫の姿は星一郎の脳裏にしっかり焼き付いている。一度会ったら忘れることのできない強烈な印象を受ける。

星一郎が薬寺に抱いているのは好意ではない。憎悪である。それも当然だ。なぜなら、星一郎が車椅子生活を余儀なくされているのは薬寺のせいなのである。いくら憎んでも憎み足りない相手なのだ。

（よし）

星一郎の表情が引き締まる。

これで決意が固まった。

樺沢不二夫と宍戸浩介が逮捕されて以来、二人がやっていたことを自分が引き継ごうと思いつき、その準備を少しずつ始めている。

しかし、心のどこかでは、

（本当にそんなことがやれるだろうか？）

という不安もあり、どことなく及び腰のところがあった。

今は違う。はっきり、やると心に誓った。

二人がやっていたことを自分が引き継ぐ。二人との違いは、その目的が金儲《かねもう》けではないということだけだ。金は必要ない。自分の喜びのためだけにやるのだ。

そして、もうひとつ新たな目的が加わった。

薬寺への復讐《ふくしゅう》だ。

これまでにも考えたことはあったが、現役警察官の殺害となれば重大事件である。しくじって逮捕されれば死刑、軽くても一生刑務所暮らしであろう。だから、二の足を踏んだ。

しかし、今は違う。一年前にすべてが変わったのだ。残された寿命がわずかだというのに刑務所暮らしを怖れる必要などあるはずがない。

チャンスがあるのなら、薬寺を殺したいと思う。

殺すといっても簡単に殺すのではない。楽に死なせるつもりはない。この世の地獄を味わわせ、薬寺の方から、お願いだから殺してちょうだい、と哀願させるのだ。

無論、それでも殺さない。そこから本当の苦しみが始まることになる。

（あのデブ、どうやって痛めつけてやろうか……）頭の中で拷問方法をあれこれ思案しているうちに、うふふっ、と無意識のうちに星一郎の口から笑い声が洩《も》れる。これほど機嫌よさそうにしているのは滅多にあることではない。

一七

四月一五日(木曜日)

「ううん……」

牛島典子がソファで薄く目を開ける。カーテンが完全に閉め切られておらず、その隙間から朝日が差し込んでいる。その光が顔に当たって目が覚めた。

ゆうべ、気分が落ち込んで仕方ないのでワインを飲んだ。どうやら、そのままソファで眠り込んでしまったらしい。テーブルには、飲み残しの入ったグラスとワインボトルが置いてある。

(ああ、そうだった……)

引っ越しについて考えていたのだった。思案がまとまらずに悩んでいるうちに眠ってしまったのだ。

半年前に引っ越してきたばかりだし、部屋も立地も気に入っているが、いつマスコミが押し寄せるかわからないのでは安心して暮らすことなどできない。

とりあえず、典子に対する警察の疑いは晴れたようだが、樺沢不二夫や宍戸浩介の裁判が始まれば、関係者の一人として、また注目されるだろうし、裁判がいつまで続くのかもわからない。長い裁判になれば、何か新たな事実が判明するたびにマスコミが押し寄せるかもしれない。

そんなのは真っ平だ。

仕事もなくなったし、この土地に執着があるわけでもないから、できれば、どこか遠い土地に引っ越して身を隠したい。

問題は、その資金である。

そこそこ貯《たくわ》えはあるものの、それほど余裕があるわけでもない。すぐに次の仕事が見付かるとは限らないし、恐らく、ＫＦＯのように条件のいい仕事は決して見付からないだろうと思う。そうなると、貯えを取り崩して生活していくことになる。

ＫＦＯに勤めるまでは生活が苦しく、多額ではないが借金もあった。その借金を返済し、ようやく貯金するゆとりが出てきた。だから、思い切って引っ越した。引っ越し費用や、家具の買い換えなどでかなりのお金を使ってしまった。そのお金が今あれば、と悔やまれる。

まったくお金がないというわけではなく、かなりまとまった現金を銀行の貸金庫に預けてあるのだが、樺沢が逮捕されたことで、そのお金に手をつけることはできなくなってしまった。迂闊《うかつ》なことをすると、樺沢の共犯にされてしまいかねないからだ。それ故、典子にとって、そのお金は存在しないに等しいのである。

（どうしよう……）

考え始めると、自然と口から溜息《ためいき》が洩れる。

玄関の方で、カタンと音がした。

朝刊が来たのかと思って腰を上げる。ここに引っ越すまで新聞を取っていなかった。今は朝刊だけ取っている。

新聞受けを開けると、朝刊と一緒に白っぽい紙が出てくる。何枚もある。

それを見て、典子の顔色が変わる。

「出ていけ」

「人殺し」

「バカ親子」

「めざわり」

紙には、目を覆いたくなるような罵詈雑言《ばりぞうごん》が書き散らしてある。

「なぜ……なぜ、こんなことを……？」

紙の束を握り締めたまま、典子はへなへなとその場に坐《すわ》り込んでしまう。

「もう嫌だ……本当に嫌だ。耐えられない……」

一八

ドアをそっと開け、典子が廊下の様子を窺《うかが》う。人気もなく静かである。大きなバッグを手にして外に出ると、ドアに鍵《かぎ》をかける。

しばらくマンションに戻らないつもりだ。実家に泊めてもらい、今後の身の振り方を考えるのだ。このマンションを引き払い、どこかに引っ越す。春樹のことを考えると実家のそばがいいと思うが、引っ越し先をマスコミに嗅《か》ぎつけられれば秋恵にも迷惑がかかるかもしれない。秋恵ともよく相談して転居先を決める必要がある。

（お）

電柱の陰に古ぼけた軽自動車が停まっている。その運転席でうたた寝していた男がハッとした様子で目を大きく開ける。

フリーライターの本郷和正《ほんごうかずまさ》だ。四三歳。

身長が一八五センチもあるので、軽自動車の狭い運転席で一晩過ごすのは辛《つら》かった。体の節々が痛む。

しかし、辛抱強く待った甲斐《かい》があった。テレビ局や新聞社、週刊誌の記者たちは終電がなくなる前に引き揚げてしまったが、

（マスコミが引き揚げたら、きっと動くはずだ）

と、本郷は考え、徹夜で張り込むことにしたのだ。

その判断は正しかった。

早朝、大きなバッグを持ち、人目を忍ぶようにこそこそとマンションから出てきたのは、どこかに姿を隠すつもりなのに違いない。

ゆっくり車を発進させる。

タクシーを拾ったら、そのまま車で追いかけるつもりだったが、駅に向かうのを見て、これはまずい、と考えた。できれば電車に乗って尾行を続けたいところだが、そのためには車を駅前に路駐していくことになる。駐禁の切符を切られることを覚悟しなければならないが、今の本郷にはそんな金を払う余裕はない。

(仕方ない)

本郷は路肩に車を停めると、車から降りて小走りに典子を追いかける。

「牛島さん」

「……」

典子が引き攣《つ》ったような顔で振り返る。

「フリーライターの本郷と申します。KFO事件に関してお話を伺いたいのです」

樺沢不二夫と宍戸浩介の犯した事件を、一部のマスコミはKFO事件と呼び始めているのだ。

「わたし、何も知りませんから」

典子は何度も首を振り、また歩き出そうとする。

「待って下さい」

本郷が素早く典子の前方に回り込み、行く手を塞《ふさ》ぐ。

「わたしはテレビや新聞とは関わりのない人間です。面白おかしく興味本位に記事にしようなどとは考えていません。正確な事実を世間に知らしめたいだけなんです。どうか警戒しないで下さい。本当に何も知らないし、話すこともないんです」

「すいません。本当に何も知らないし、話すこともないんです」

典子は本郷の横を通り抜けようとする。

「待てって」

本郷が典子の二の腕をつかむ。それほど力を入れているようには見えないが、体格が違いすぎるから、典子は身動きもできなくなってしまう。

「おい、ふざけるなよ。あんた、樺沢の会社で働いて高い給料をもらってたんだろう？　それがどんな金かわかってるのか？　若い女の子をさらって、腕や足、目や耳……人体パーツを変態に売り捌《さば》いて手に入れた金なんだぞ。用がなくなった女の子は殺されたんだ。それなのに、知らん顔をして済むと思ってるのか？」

「わ、わたし、本当に何も……」

言葉遣いや態度を豹変《ひょうへん》させた本郷に、典子は恐怖を感じて声を震わせる。

「樺沢がどんな人間だったか、会社ではどんな様子だったか、あんたはどんな仕事をしていたか……いろいろ話せることはあるんじゃないのか？」

「もう警察に……」

「それをおれにも聞かせろという話なんだよ」

「放して下さい！」

ほんの少しだけ本郷の力が緩んだ隙に、典子は本郷の手を振り払って走り出す。必死に逃げるが、すぐに追いつかれそうになる。

そのとき、典子の目の前に国産の高級車が急停止する。驚いて立ち止まると助手席のドアが開き、

「さあ、乗りなさい」

と、ドライバーが声をかける。河村以蔵である。

典子はパニックに陥っている。本郷から逃れることしか頭にない。バッグを抱えて、助手席に乗り込む。ドアを閉めると、車が発進する。

「ちくしょう！」

本郷が右足を引きずりながら、悪態を吐く。日頃の運動不足が祟《たた》り、典子をつかまえようとダッシュしたとき、ふくらはぎが攣ったのだ。そんなアクシデントがなければ、典子が車に乗り込む前に捕まえられたはずである。

路駐した車に戻って後を追いかけようかと考えたが、すぐにその考えを捨てた。典子の乗った車は、もう角を曲がってしまい、姿も見えない。今から追いかけても無駄であろう。

（あ……）

車のナンバーを確認しなかったことに気付いた。

「おれって、バカなのか？」

くそっ、せっかくの特ダネを逃がしちまった、金になる美味《おい》しい記事になりそうだったのに……バカ野郎、バカ野郎、と己を罵《ののし》りながら、ゆっくり自分の車に戻っていく。

一九

以蔵が声をかける。

「大丈夫ですか？」

「……」

典子は真っ青な顔で震えている。言葉が出てこない。

「よかったら、どうぞ」

ペットボトルのミネラルウォーターを差し出す。「何か飲めば、少しは落ち着くと思いますよ」

「は、はい」

ペットボトルを受け取って、典子は飲み始める。「男性と争っていたように見えましたが、警察に行きますか？」

「いいえ。いいんです」

典子が首を振る。目立つような行動はできるだけ避けたいのだ。騒ぎになれば、たとえ典子が被害者だとしてもマスコミに追われることになる。

「では、お好きなところにお送りしましょう」

「ご迷惑でしょうから、このあたりで降ろしていただければ……」

「遠慮なさることはありません。まだ近くに、あの男がいるかもしれない」

「……」

典子の顔色が変わる。

「あの男、お知り合いですか？」

「フリーライターだと言ってましたけど、わたしにもよくわからなくて……」

「すいません。詮索《せんさく》するつもりはないんです」

「あの……」

「はい？」

「どうして親切にして下さるんですか？」

「道端できれいな女性が変な男に絡まれているのを見れば、誰だって放っておけないでしょう。それだけです。さあ、どこに行きますか？　遠慮なく言って下さい」

結局、厚意に甘えて、中板橋まで送ってもらった。

久し振りに誰かに優しくされた気がして、典子は晴れやかな気持ちになった。その男は名前も名乗らず、何の見返りも求めず、典子を車から降ろすと笑顔で走り去ったのだ。

アパートに着くと、秋恵が朝食の支度をしていた。

「あら、随分と早いのね」

「うん……」

何があったのか、かいつまんで説明する。

「まあ、嫌だ。そんな乱暴なことをする人がいるなんて信じられない」

「特ダネでも手に入ると思ったんじゃないかしら。そんなもの何もないのに」

「でも、世の中、悪い人ばかりじゃないんだね。そんな親切な人がいるなんてねえ。どういう人？」

「わからないの。何も教えてくれなかったから」

典子が首を振る。

「そういう人ばかりだったらいいのにねえ。そろそろ、春樹を起こしてちょうだい。一緒にご飯を食べるでしょう？」

「うん」

典子は奥の間で眠っている春樹を起こしに行く。

頬を膨らませて、小さな寝息を立てている。

布団の傍らに坐《すわ》り込み、かわいらしい息子の寝顔をしみじみと見つめる。いつまで眺めていても、まったく見飽きることがない。

朝ご飯を済ませると、春樹は近所の公園に行きたがった。保育園に行けない春樹が退屈しないように秋恵が昨日連れて行ったらしい。今週いっぱい、パートを休むことにしたので、秋恵も時間があるのだ。

「ママも行こうよ～」

春樹がせがむ。

ふと思いついて、

「それなら常盤台《ときわだい》公園に行こうか？」

「大きな公園？」

「そうだよ。広くて楽しいところだよ」

「行く、行く、行く」

春樹が興奮する。

常盤台公園の最寄り駅は東武東上線のときわ台だ。中板橋の隣駅である。

春樹を真ん中にして、三人で手を繋《つな》いで駅から常盤台公園に歩いて行く。

「お母さん、先に公園に行って春樹を遊ばせていてもらえない？　わたし、図書館に寄りたいの」

常盤台公園の手前には中央図書館があるのだ。

「いいよ。好きなことをしなさい。ゆっくりしてきていいからね」

秋恵と春樹は手を繋いで常盤台公園に向かう。

典子は図書館に入ると、館内の地図を確認して、新聞の閲覧コーナーを探す。そこにはお年寄りが何人もいて、熱心に新聞を読んでいる。彼らが読んでいるのは今日の新聞だ。典子が読みたいのは、それではない。火曜日と水曜日の朝刊と夕刊を何紙分か取り出してテーブルに着く。ＫＦＯ事件について、できるだけ詳しく知りたいと思ったからだ。主犯である樺沢のすぐそばにいて、警察からは仲間ではないかと疑われ、マスコミからも目を付けられているにもかかわらず、この事件について、どんな報道がされているのか、典子はよく知らないのである。それを知りたいと思った。

二〇

星一郎は車椅子に坐って背中を丸め、前屈《まえかが》みの姿勢で、目を閉じて以蔵の報告に耳を傾けている。

牛島典子の自宅マンションを見張りながら、どうやって情報を手に入れようかと思案していたところ、たまたま典子がフリーライターに絡まれているのを目撃し、典子を車に乗せて助けてやった。実家の近くまで送ってやり、好印象を与えたはずだから、今後、何かのときには典子に接近しやすくなるはずだ、と説明する。

「ふうむ……」

星一郎は目を閉じたまま、

「そのフリーライターというのは何者だ？　新聞かテレビに雇われているのか」

「わかりません」

「調べられるか?」

「車のナンバーを記憶してますから、何とか調べられると思います」

「すぐに調べろ。で……」

星一郎が顔を上げ、目を開けて以蔵を見つめ、あの二人の調査はどうなっているのか、と訊《き》く。

「はい」

以蔵がうなずく。あの二人というのは宍戸浩介の自宅地下室から助け出された荒川真奈美と松岡花梨のことである。

星一郎は、二人に強い関心を示し、ニュースで報じられている以上に詳しいことを知りたがり、以蔵に調査を命じたのだ。

「まず、荒川真奈美の方ですが……」

入院中で絶対安静状態が続いており、どういう状態なのか、どういう治療がなされているのか、そういう情報がまるで手に入らない。かろうじてわかったことと言えば、退院がいつになるかわからない、ということくらいである。

「それでは、どうにもならないな。もう一人の方は、どうだ?」

「松岡花梨は、監禁されていた時間が短かったせいか、肉体的にも精神的にも荒川真奈美に比べるとダメージは小さいようです」

「もう退院したんだな？　ニュースで観た」

「警察やマスコミのマークがきついので、近付くのは容易ではありません。本人から直《じか》に話を聞くのは難しいので、興信所を使って周辺情報を集めています」

「興信所？　そんなものを頼って、わたしのことがばれたりしないだろうな」

星一郎が以蔵をじろりと睨《にら》む。

「それは心配ありません。本名を名乗っていませんし、支払いも現金で済ませました。わたし一人でやれることには限界があるので、どうしても他人を使わざるを得ません」

「ふんっ、腕っ節は強いが、頭を使うのは苦手だということか」

「……」

「まあ、いい。話を続けろ」

「はい……」

松岡花梨の父・洋次《ようじ》はまだ四三歳の若さだが、二年前にリストラで職を失ってから、失業状態が続いている。時たま、引っ越しの手伝いや工事現場の交通整理、ビルの清掃などのアルバイトに行くくらいだから、とても家族を養うことはできない。家計を支えているのは妻の麻子《あさこ》で、朝から夜までパートをかけ持ちして働いている。当然ながら、花梨の学費など出せるはずもなく、本来であれば、高校を出て、すぐに就職するはずだったが、

「もっと勉強したいことがある」

という花梨の強い要望で、学費や交通費などは、親に頼らず、自分がバイトして賄う
という約束で専門学校に通っている。

極貧生活を味わい、今も金に困っているせいなのか、家にマスコミがやって来ると、

「話が聞きたければ金を払え」

と、洋次は露骨に金銭を要求するという。

そのせいで、取材陣からはひどく評判が悪い。

「金でどうにかなるのなら結構なことだ。わかりやすくていいじゃないか」

星一郎がにやりと笑う。

「マリアの世話はしているか?」

星一郎が話題を変える。

「それは山室さんが……」

「おまえにやれと命じたはずだ」

強い口調で星一郎が言う。

「申し訳ありません」

あれもやれ、これもやれと次々に命令されて、とても犬の相手などしている暇はない
のだが、そんな言い訳をすれば、星一郎の怒りを煽《あお》るだけだとわかっているので素直に
謝る。

「ずっと一緒にいろとは言わない。おまえの指示に忠実に従うように訓練しろと言って

いる。そうしなければ、いざというとき、何の役にも立たないではないか」

「……」

以蔵には星一郎が何を言いたいかわかっている。宍戸浩介がやっていたことを踏襲するつもりでいるのだ。いざというとき、というのは、つまり、マリアを使って女性を拉《ら》致《ち》するとき、という意味なのである。

宍戸浩介のやり方と大きく違っているのは、それで商売するつもりはないということだ。金なら、うなるほどあるから、そんなことで儲《もう》ける必要はない。ただ自分の嗜虐的《しぎゃくてき》な喜びのためだけにやろうというのである。胸くその悪い変態だが、金払いのいい雇い主だから、以蔵は黙って星一郎の言葉に耳を傾けている。

「もういいぞ、下がれ」

「失礼します」

一礼して以蔵が部屋から出て行く。

「ふうむ……」

一人になると、星一郎は以蔵から聞いた話を頭の中で整理する。その上で、これから先、どういう手順で計画を進めていくかを検討する。

しばらくすると車椅子を動かして廊下に出る。

廊下はしんと静まり返っており、人の姿もない。

星一郎はエレベーターに乗り込み、地下に降りる。車椅子の星一郎が屋敷のどこにでもスムーズに移動できるようにホームエレベーターが設置されているのだ。

地下まで降りる。使用人は、星一郎の許可がなければ、この階に立ち入ることはできない。エレベーターを降りると、明かりのスイッチを入れる。いきなり目の前に大きな鉄製のドアが現れる。

最近設置したドアである。

鍵《かぎ》でドアを開け、星一郎が先に進む。

そこは、がらんとした広い空間である。

以前は倉庫として使っていた。倉庫に入れてあったガラクタを片付け、電気設備、排水設備、防音設備などの改修工事を行った。基礎的な工事は完了している。

その部屋の中央に大きな檻《おり》が三つ並んでいる。施工業者には大型の肉食獣を飼育するのだと説明した。

もちろん、嘘である。

今では檻の中には簡易ベッドやテーブル、椅子などが置かれている。それを見れば、檻に入るのは肉食獣ではなく、人間だとわかる。

その部屋の奥には別のドアがある。このドアはパスワードで開けるようになっている。ドアを開けると、広い空間が広がっている。

近々、上階にある拷問道具のコレクションをここに移動させるつもりでいる。すでに専門業者に依頼してあり、明日、その打ち合わせに業者が来ることになっている。どこに何を置くかというレイアウトは星一郎の頭の中にできあがっている。

（いよいよだ……）

今までは、拷問道具を眺めながら、それを実際に使ったら、どんな気持ちがするのだろう、責められている人間はどんな反応を示すのだろうということを頭の中で想像するだけだった。それだけでも背筋がぞくぞくするほどの快感を味わうことができた。

今度は本当に使うことができるのだ。

拷問道具で若い女性をいたぶることができるのである。想像するだけで、めまいがしそうになり、ぞくぞくして体が震えてくる。

第二部　ＳＭ班

一

四月一七日（土曜日）

ベッドの中で薬寺松夫が目を開ける。

すでに頭の中はクリアだ。恐ろしく目覚めがいいのである。二度寝などしたことがない。ほとんど毎日同じような時間に起きるので目覚まし時計も必要ない。そういう習慣が身に付いたのはポンちゃんのおかげである。

ポンちゃんというのは薬寺が飼っているフクロウだ。アメリカワシミミズクという種類で、体長五〇センチ、体重は二キロある。翼を広げると一メートルくらいになる。この大きさだと、普通はマンションで飼うのは難しい。広い部屋に住み、しかも、一人暮らしだからこそ可能なのである。

一五畳以上の広さがあるリビングに家具が少ないのはポンちゃんの邪魔にならないよ

うにという配慮である。フクロウは暗い場所を好むので、どうしてもフクロウ専用の部屋が必要になるが、薬寺は八畳の洋室をポンちゃんのために確保してある。その部屋はカーテンを閉め切って、一日中、暗くしてある。

ポンちゃんは、その洋室とリビングを好きなように行き来して過ごしている。

洋室の隣の六畳が薬寺の寝室だ。

キングサイズのベッドが部屋のほとんどを占めている。そのベッドの上に薬寺がむっくり体を起こす。

「ほ～っ、ほ～っ」

というポンちゃんの声がリビングの方から聞こえてくる。お腹が空《す》いたよ、早く起きてよ、という呼び声である。この呼び声が目覚まし代わりなのだ。

「ほ～っ、ほ～っ」

薬寺も声を発する。

するとまた、

「ほ～っ、ほ～っ」

という声が聞こえるが、さっきとは微妙に声のニュアンスが違っていることに薬寺は気が付く。薬寺が起きたことをポンちゃんが喜んでいるのだ。その喜びが声に滲《にじ》み出ている。

寝室を出て、トイレで用を足すと、薬寺は台所に行く。顔を洗う前に、まずポンちゃんの朝ご飯の用意をしなければならない。

解凍した二羽のウズラを冷蔵庫から取り出すと、ポンちゃんがキッチンカウンターに飛んでくる。薬寺が食事の支度をするのを、待ちきれない様子でそばで眺めるのが常である。

ポンちゃんが食べやすいようにウズラを処理すると、細かく砕いた肉と骨を薬寺がピンセットで食べさせる。お腹が空いていたのか、五分もかからず、二羽のウズラを食べ終わる。満足したのか、ポンちゃんは本棚の横にある止まり木に戻る。お腹がいっぱいになったので居眠りを始める。

それを見て、薬寺はバスルームに向かう。シャワーを浴びると、よりいっそう頭脳が明晰《めいせき》になる。

朝食の用意をする前に、まずテーブルに着く。

大きく深呼吸し、心を鎮めてタロットカードに手を伸ばす。今日の運勢を占うのだ。七八枚のカードすべてを使う複雑な占いではなく、大アルカナと呼ばれる二二枚のカードだけを使う簡単な占いである。心を無心にし、目を瞑《つぶ》ってカードをシャッフルする。十分にシャッフルすると、目を開けて、カードを一枚選び取る。

「あら」

薬寺が驚いた表情で声を発する。

「せっかくの休みなのに嫌なカードが出ちゃったわねえ」

そのカードには巨大な塔が描かれている。稲妻に打たれて塔が崩れ、そこから人が落下しているという絵柄だ。

これは「塔」と呼ばれるカードで、危険、事故、災害、破滅といった不吉な出来事を象徴している。

近い将来、不吉で不運な出来事が起こるかもしれないから心の準備をしておけ、という戒めの意味があり、今現在、何か問題を抱えているのであれば、その問題が更に悪化する可能性があるので、その問題にきちんと向き合って、できるだけ早い解決を目指せという意味もある。

「トラブルやアクシデントに巻き込まれるかもしれないというわけね……」

うんうん、と何度か大きくうなずくと、そもそも今の部署に異動したことが大きなトラブルのような気もするし、あのメンバーたちと関わっていることが大きなアクシデントのような気もするわ、とつぶやく。

「あれこれ心配しても仕方ないわよね。ああ、お腹が空いちゃった。何を食べようかなあ……」

椅子から立ち上がると、薬寺が台所に入る。

冷蔵庫を開けて食材を漁《あさ》るが、その表情はどことなく冴《さ》えない。

二

「バカ野郎！」

病室から糸居秀秋《ひであき》の怒鳴り声が響く。廊下を歩いていた看護師や入院患者たちが何事が起こったのかと驚いて立ち止まるほどの大声だ。

「バ～カ、わたしは女だよ。野郎じゃないっての」

ショートカットの筋肉質の女が糸居にあっかんべーをする。糸居の元妻、白井《しらい》晶子《あきこ》である。年齢は二九歳。身長は一七六センチ、体重は五五キロ。

ジムで体を鍛えるのが趣味で、日々のトレーニングを欠かさない。トレーニングだけでなく食生活にも気を遣っている。だから、スリムで引き締まった体にはまったく贅肉《ぜいにく》がない。

アマチュアの格闘家として活動しており、月に一度くらい、総合格闘技の試合に出ている。普段はスポーツジムのインストラクターとして働いている。その給料だけではとてもやっていけないが、糸居が子供の養育費をきちんと支払っているので、特に不自由することもなく生活できている。

「こんなものが食えるか！」

糸居が白い包みを晶子に投げつける。

それを器用にキャッチしながら、

「てめえ、食べ物を投げやがったな！　しかも、子供の前で！　食べ物を粗末にする奴は人間のクズだぞ」

晶子の目が据わる。本気で怒っている証拠だ。

両親が怒鳴り合っている傍らで、三歳の美優《みゆう》がクマのぬいぐるみを抱いて、ままごとをしている。

「おれは豚まんが食いたいと言ったんだ。電話でも言った。念を入れて、メールも送った。それなのに、何だ、これは！　買ってきたのは、あんまんとピザまんじゃねえか。どこに豚まんがある？」

「だから、売り切れてたんだよ。仕方ないだろうが」

「豚まんくらい、どこのコンビニにでもある。その店が売り切れてたのなら、他の店で買えばいいだけの話だ。この世から豚まんがなくなったみたいな言い方をするな」

「あんたにそこまでする義理はない。あんまんとピザまんを買ってきてやっただけでもありがたいと思え。今月の養育費もまだ振り込まれてないのに、わたしは自分の金で買ってきてやったんだ。感謝するのが当然だろう。バカ野郎は、おまえなんだよ。文句ばかり言うのなら金を払わせるぞ」

「せこいことばかり言いやがって。本当に気の利かないバカ女だぜ」

「あんたみたいなバカ男にバカ呼ばわりされてたまるか。おとなしく寝てやがれ」

晶子が糸居の足元をバンと叩《たた》く。

「うお〜っ！」

糸居が悲鳴を上げてベッドの上で跳ねる。

宍戸浩介に刺された傷はかなりの重傷で、動脈が傷つけられていたら命に関わったほどだ。幸い、動脈は逸《そ》れていたから命に別状はなかったものの、骨にまで達する深い傷だったので、あと一〇日くらいは入院し、その後は自宅療養が必要だと医者から告げられている。

それほどの重傷だから、容赦なく叩かれれば、跳び上がるほど痛いのは当然だ。

「糸居さん、いったい、何事ですか？」

中年の主任看護師と若い看護師が病室に入ってくる。

「いやあ、このバカ女が豚まんを……」

「パパ」

それまでおとなしく遊んでいた美優が顔を上げて糸居を睨《にら》む。

「もうやめなさい。大きな声を出さないで」

「けどなあ……」

「泣くよ」

美優がじっと糸居を見つめる。その目に微《かす》かに涙が滲んでくる。

「わかった、わかった。パパが悪かった。おとなしくする。だから、泣くな」

何が苦手といって、かわいい娘の涙ほど苦手なものはない。美優を溺愛《できあい》しているのである。

「もうママと喧嘩《けんか》しない？」

「しない」

「約束だよ」

「よし、約束だ」

「いい子」

美優はにこっと笑うと、また、ままごとを始める。

「てことで、別に何でもないっす」

糸居が主任に笑いかける。

「ものすごい声が聞こえましたよ。看護ステーションにまで聞こえたんですからね」

「すいません。おれたち、声が大きいもんで。自分たちにとっては普通の会話のつもりでも、他人様《ひとさま》が聞いたらびっくりするかもしれませんね。気を付けますんで」

「そうなんですか？」

主任が晶子に顔を向ける。

「はい。わたしたちには普通なんです。これからは、もっと小さな声で話します。申し訳ありませんでした」

「それならいいですけど……。安静が必要な患者さんも多いので、できるだけお静かに願いますよ」

そう注意して、主任たちは病室から出て行く。

三

「うわ〜っ、きれいだねえ」

タオルで顔の汗を拭《ぬぐ》いながら、柴山あおいが野尻湖《のじりこ》を見下ろす。ツーリング中は、ずっとヘルメットを被《かぶ》っているから、それでなくても汗をかきやすいのだ。

「あおいと一緒に走ると体を鍛えられるな。足の筋肉がパンパンだよ」

水分補給しながら、佐伯琢磨《さえきたくま》が言う。

琢磨は、叔父《おじ》の営む時田《ときた》サイクルで働いている。あおいがよく利用する店だ。ロードバイクに関する幅広い知識、ロードバイクを組み立てたり分解したり修理したりする優れた技術を信頼している。あおいの趣味はトライアスロンなので、ロードバイクを常に最高の状態で維持することが必要になる。そのメンテナンスのために琢磨の力を借りているのだ。

二ヶ月に一度くらい、あおいは琢磨を誘ってツーリングに出かける。娯楽というより、トレーニングである。

夜明け前に東京を出発し、一〇分程度の短い休憩を何度か取っただけで、昼過ぎには長野県上水内郡《かみみのちぐん》信濃町《しなのまち》に着き、今は野尻湖の銀色に輝く水面《みなも》を眺めている。

長野県といっても、かなり北部であり、新潟との県境にある。それだけの距離を一日で往復するのだからロードバイクに乗ったことのない人間からすれば、あり得ないことのように思われるが、片道三〇〇キロくらいのツーリングを一日でこなすことは割とありふれている。

実際、あおいと琢磨が野尻湖に着くまでに、たくさんのサイクリストと行き合ったり、すれ違ったりしたが、そういうサイクリストたちと休憩場所で話をすると、関東地方ばかりでなく、東北地方や中部地方からやって来たという者が何人もいた。年季の入ったサイクリストにとっては一日に数百キロ走るというのは決して珍しいことではないのだ。

「あ……」

目の前を通り過ぎたサイクリストに顔を向けながら、あおいが声を発する。

「どうかした？」

「いや、何でもないんだけど」

「あれか……」

あおいが目に留めたサイクリストの姿を、琢磨が目で追う。

「ロレンツォじゃないよ」

よく似た偽物さ、と琢磨が笑う。

「そうだよね。本物のロレンツォなんて、そうあるはずがないよね」

あおいがうなずく。

宍戸浩介に殺害された双子の兄弟は悪事で稼いだ金で本物のロレンツォに乗っていた。ロレンツォは高額というだけでなく、ほとんどの部品が手作りなので製作に時間がかかり、生産台数が極端に少ない。オーダーメイドで注文しても、手に入るのは何年も先になってしまう。幻のロードバイクと呼ばれる所以《ゆえん》である。

そんなロードバイクだから、日本で本物を見かけることは滅多にあることではない。その稀少《きしょう》で高価なロードバイクを、宍戸浩介は証拠隠滅のために破壊し、スクラップにしようとした。

「あの二台のロレンツォ、犯人に壊されたんだよな?」

「うん」

「捨てられてはいなかったんだよな?」

「捨てる前に逮捕したからね。だけど、もう完全にばらばらだったよ。あの残骸《ざんがい》を見ても、あれがロレンツォだったなんて誰にもわからないよ」

「もったいないよなあ。ばらばらの残骸でもいいからもらえないかなあ。部品ひとつでも役に立つんだけど」

二年前、事故で廃棄されたロレンツォをたまたま手に入れ、こつこつ修理を続けているが、必要な部品がなかなか手に入らないので修復作業は遅々として進まない。宍戸浩介が破壊したロレンツォの残骸は、琢磨にとっては宝の山のようなものなのであろう。

「無理だよ。あれは犯罪の証拠品だもん」

「そうか。残念」

琢磨が肩を落とす。

「……」

あおいと琢磨は、次第に視界から遠ざかっていくロレンツォの偽物をじっと見つめる。

四

仕事のときは、びしっとしたスーツ姿だが、今日の田淵は違う。かなりラフな格好だ。ダンガリーシャツにジーンズという姿で、ジョギングシューズを履き、野球帽を被ってリュックを背負っている。ノーメークといっていいほど、化粧も薄い。

総武《そうぶ》線の快速で千葉駅まで行き、外房《そとぼう》線の各駅停車に乗り換える。一五分ほどの乗車である。車内は空《す》いており、その駅で降りる乗客もまばらだ。駅は新しいが、駅前はがらんとして殺風景だ。

タクシー乗り場はあるが、タクシーはない。この駅には常駐するタクシーは一台しかないので、誰かが乗っていくと、いつ戻ってくるかわからない。何度も来ているので、そういう事情は田淵にもわかっている。だから、タクシーを当てにせず、できるだけバスを利用するようにしている。

田淵はバス停に向かう。バスも午前と午後、二便ずつしかない。うっかり乗り遅れると大変なことになるので、いつも早めに来ることを心懸けている。

駅前にある花屋で供花《くげ》を買う。ロウソクと線香、翔太《しょうた》が好きだったお菓子類は持参してきた。

バス停のベンチには、地元の人らしい年寄りが二人坐《すわ》って、おしゃべりしている。田淵もベンチの端に腰掛ける。出発時間まで、あと一〇分ほどだ。

バスがやって来る。ベンチに坐っている年寄りは動かない。どうやらバスを待っていたのではなく、単におしゃべりするためにベンチを利用していただけらしい。

車内には他に乗客が二人しかいない。

駅前も寂れているが、駅から離れるに従って、更に寂れ方はひどくなる。人通りも少なく、家もまばらになってきて、田畑が目立つようになる。そのうち人の姿も見なくなり、家もなくなる。そんな道をバスが進んでいく。途中で他の乗客が降りたので、車内には田淵一人になる。

田舎道を二〇分くらい走る。ほとんど信号がないような道なので、わずか二〇分とはいえ、かなりの距離を走っている。途中のバス停には待っている客もおらず、二人が降りてから終点までノンストップである。

田淵はバスを降り、帰りのバスの時間を確認してから墓地の管理事務所に向かう。駐車場には車が何台も停まっている。辺鄙《へんぴ》な場所にある墓地だから、車で来る者が多いのであろう。

管理事務所で受付をし、手桶《ておけ》と柄杓《ひしゃく》、雑巾《ぞうきん》、竹箒《たけぼうき》を貸してもらう。手桶に水を汲《く》んで墓地に入っていく。

広い墓地である。五〇メートル以上歩いて、田淵は古い墓石の前で足を止める。墓石には、田淵家之墓、と刻まれている。昭和の初めにできた墓で、ここには田淵の曾祖父《そうそふ》母《ぼ》に始まって、何人もの血縁者が眠っている。その一人が翔太である。

翔太の月命日は一七日なので、毎月、田淵は、この墓地を訪れる。そのたびに墓石とその周囲を丁寧に掃除するが、ひと月も経つと、また荒れた感じに戻ってしまう。

腕まくりすると、雑巾を水で絞り、墓石を磨き始める。せっせと作業を続け、墓石がきれいになると、竹箒を手にして墓の周囲を掃き清める。一連の作業が終わる頃には、額に大粒の汗が浮かんでいる。

供花を生け、その横に翔太が好きだったお菓子を並べる。毎月同じように並べるが、翌月やって来ると、お菓子はなくなっている。誰かが持っていくのか、カラスが奪っていくのか、管理人が片付けるのかわからないが、別にそれで構わないと思っている。

ロウソクを灯《とも》し、その火で線香を焚《た》く。

「翔太……」

四年前、交通事故に遭い、わずか九歳でこの世を去った一人息子の名前を呼ぶ。

翔太の死がきっかけで、田淵は自分が性同一性障害であることをカミングアウトすることを決意した。性転換手術を受け、肉体的にも戸籍の上でも女になった。

翔太が生きていれば、今頃、自分はどうしているだろうと考えることがある。恐らく、今もまだ男として、本当の自分の姿を隠したまま生きているのではないか、という気がする。女の心を持ちながら、男として生きるのは辛《つら》いことだし、そのことでずっと苦しんできたが、それでも、翔太のためなら我慢できたのではないか、と思うのだ。たとえ本当の自分を押し殺したとしても、翔太と暮らしていれば、そこに幸せを見出《みいだ》すことができたに違いないと思う。

ちらりと腕時計を見る。

バスがやって来るまで、あと一時間ある。

それまで、この静かな広い墓地の中で、翔太が眠る墓の前で、ぼんやりしていようと田淵は決める。悲しいけれど、心が安らぐひとときなのである。

五

「いやあ、すごいじゃないか。見直したぞ。異動したばかりなのに、こんな大事件を解決するとは」

リビングのソファでゴルフクラブを磨きながら、白峰政夫が機嫌よさそうに笑う。

「おれは大したことをしてないんだよ。他のメンバー、特に今回は佐藤さんの力が大きかったんだ。何度も、そう言ったじゃないか」

栄太がげんなりした様子で言う。

「そう謙遜《けんそん》するな。これだけやれるのなら、なぜ、強行犯に移さないのかな。今度、阿《あ》部《べ》に話しておく」

「お父さん、それはやめてほしい」

「なぜだ？　遠慮することはない。大部屋で二年くらい実績を積んで、警察庁に戻ればいいじゃないか。現場で大活躍したという勲章をぶら下げているキャリアは、そう多くない。みんなに一目置かれるぞ」

「……」

栄太が小さな溜息《ためいき》をつく。何を言っても、政夫は聞く耳を持たない。樺沢不二夫と宍戸浩介を逮捕し、事件を解決に導いた功労者は栄太だと信じて疑っていないのだ。

そこにパジャマ姿の姉の優美子が、リンゴを丸かじりしながら入ってきて、

「あんたなりにがんばったんだろうから、素直に喜べばいいのよ。誉めてあげる」

「だから、おれじゃないんだって」

「大活躍しなかったとしても、足を引っ張ったわけでもないんでしょう？　それならいいじゃない。糸居みたいに、犯人にやられて入院しただけっていうバカもいるんだから」

「それは、ひどすぎるよ。糸居さんは柴山さんを庇《かば》って刺されたんだから」

「体を張るくらいしか取り柄がないんだから、それでいいんだよ。とりあえず、自分の

役割だけは、きちっと果たしたわけだよね」

あははは、と優美子が笑う。

「……」

栄太は絶句している。

六

部屋の真ん中にリクライニングチェアが置かれ、そこに佐藤美知太郎が体を横たえている。ヘッドフォンをつけ、目を瞑《つぶ》っている。眠っているわけではないらしく、何事かつぶやきながら、指揮者のように両手を動かしている。

モーツァルトの「魔笛」が耳の中で鳴り響いているのだ。この完璧《かんぺき》な芸術作品を、佐藤は月に一度くらい、休みの日に、朝から通しで聴くのが習慣になっている。もう数え切れないくらい聴いているが、それでも聴き飽きることがない。まさに、これは真の天才が創造した天上の音楽なのである。

「おおっ……」

あまりの素晴らしさに、佐藤の口から感嘆の声が洩《も》れる。涙が頬を伝っているが、それを拭《ぬぐ》おうともしない。

七

四月一八日（日曜日）

ポンちゃんに朝ご飯を食べさせると、薬寺はシャワーを浴びてテーブルに向かう。大きく深呼吸しながら、しばらく目を瞑る。心の中から雑念を追い払うためだ。

タロットカードに手を伸ばし、二二枚の大アルカナのカードをシャッフルする。

カードを一枚選び取る。

「あら、嫌ねえ」

薬寺が顔を顰《しか》める。出てきたカードは「塔」である。昨日の朝と同じカードだ。不吉なカードなのである。近い将来、何かしらよくないことが起こることを暗示している。

そんなカードが二日も続けて出たとなれば、薬寺が深刻に受け止めるのも当然だ。信じる信じないという話ではなく、薬寺の場合、タロットカード占いを人生の指針にしており、日々の生活も、カードの指し示す暗示には決して逆らわないように心懸けている。

「何が起こるかわからないけど、心の準備だけはしておかないといけないわね」

そう自分に言い聞かせる。

八

病室から賑《にぎ》やかな笑い声が聞こえている。

「おまえら、いい加減にしろ。傷が開くじゃないか」

笑い涙を手の甲で拭いながら、糸居が叫ぶ。その傍らで、元妻の白井晶子が腹を抱えてゲラゲラ笑っている。

美優は自分だけの世界に引き籠《こ》もり、クマのぬいぐるみで遊んでいる。

「この人たち、面白いわあ」

「いやだ、奥さま、わたしたち、これでもプロですのよ。この芸で飯を食ってるんですから」

「そうですわ。そのへんのオカマと一緒にされては困るんですの」

「並みのオカマじゃないんですよ。五〇近いおっさん三兄弟のオカマショーなんか、なかなか見られませんよ。しかも、ただですからね」

糸居の行きつけの新宿のバー「シグナル」の三兄弟である。

長男のブルーは五〇歳で、本名を桐山蒼一郎《きりやまそういちろう》という。次男のレッドは四八歳で本名は桐山紅次郎《こうじろう》、三男のイエローは四六歳で本名は桐山輝一郎《きいちろう》だ。

三人揃って糸居のお見舞いにやって来ると、

「病院なんか退屈で仕方ないぜ」

という糸居のぼやきを聞き、それならというので、いきなり、店で演じているコントショーを始めたのである。これが糸居にも晶子にも受けた。病室の外にまで二人の馬鹿笑いが響いたほどだ。

そこに、

「失礼します」

戸口で声がする。

何気なく顔を向けた糸居が驚愕《きょうがく》する。

「おおっ、ホームズ先生じゃないすか」

そこに佐藤がぽつんと突っ立っているのだ。

「お一人ですか？」

「うん、そう」

佐藤がうなずく。

「かなりの重傷だと聞いたけど、それだけ元気があるのなら何も心配ないな」

「同僚の方？」

晶子が訊《き》く。

「ああ、すごい人だぜ。キャリアの警部さまだからな。警察庁の情報分析室にいたんだけど、まあ、何かしら問題があるらしくて、今では、おれと同じ窓際よ」

「いやだ、糸居ちゃん、窓際なの～？」

三兄弟が腰をくねらせながら声を合わせる。

「切れ者は周りからやっかまれるんだよ。ほとぼりが冷めたら、また新宿に戻してもらえるさ」

「待ち遠しいわ。糸居ちゃんがいないと淋《さび》しいんだもん」

「おっさんたちに言われてもなあ……」

糸居が肩をすくめる。

「……」

佐藤がつかつかと糸居のベッドに歩み寄る。

「これ」

紙袋を差し出す。

「まさか……見舞いですか？」

「うん」

「嬉《うれ》しいなあ……。ん？」

紙袋からは、みかんとリンゴがひとつずつ出てくる。あとはＣＤが一枚入っている。

「これ、誰？」

糸居が晶子にＣＤを渡す。

「クラウド・アチル・デブ……」

晶子が首を捻《ひね》る。

「クロード・アシル・ドビュッシー」

「誰すか、それ？　ラッパーですか」

「糸居君は落ち着きがないから、入院したときくらい、心静かに崇高な音楽に耳を傾けるべきだ」

ふと佐藤は美優に目を留め、

「お嬢ちゃん」

「え？」

美優が佐藤を見上げる。

「君には、これをあげよう」

ロボちゃんのシールを渡す。

「ありがとう」

美優がにこっと微笑む。

「では、お大事に」

佐藤が逃げるように病室から出て行く。

「何だか、変わった人だね」

晶子が言う。

「頭がよすぎると、かえってバカになっちまうのかもしれないな。すごい人だとは思うけど、あの人になりたいとは思わない」

「なれるはずないだろ。あの人、キャリアでしょう？　あんたの場合、巡査部長になれたのだって奇跡なんだからさ。定年まで万年巡査部長確定だよ」

「うるせえよ、この野郎。何だ、その言い方は？」

「本当のことを言っただけだよ」

「ムカつく女だなあ」

糸居が晶子を睨《にら》む。

「あ……糸居ちゃん、わたしたち、もう帰るね。また来るから」

不穏な空気を察知して、三兄弟もそそくさと病室から出て行く。

「おまえがうるせえから、みんな、帰っちまったじゃねえか」

「残念だなあ。もうちょっとあの人たちのコントを見たかったのに。ねえ、今度、お店に連れて行ってよ。歌舞伎町《かぶきちょう》でしょう？『シグナル』っていうお店だよね」

「おれは忙しい。と言うか、入院中で外出禁止だ」

「それなら誰か友達を誘って行くよ。あんたにつけておくから」

「おまえ、本当にやりそうだから怖いわ」

「あら、本気だけど」

「だから、ふざけるなって……。あれ？」

糸居が戸口に顔を向ける。

薬寺と田淵がいる。その後ろには栄太とあおいもいる。

「どうしたんすか、お揃いで？」

「一応、お見舞いに来たんだけどね。さっき、ここから出ていった人、逃げるように小走りで去って行く後ろ姿が何となく佐藤さんに似ている気がしたんだけど」

薬寺が首を捻る。

「あ、そっす。ホームズ先生ですよ」

「お見舞いに来たの？」

「そうみたいです」

「へえ、いいところがあるじゃないの。何か持ってきた？」

「ええっと、みかんとリンゴ、それに、よくわかんないＣＤ」

「あんたが知らないだけでしょう。きっと有名な人なのよ」

晶子が口を挟む。

「この人は？」

薬寺が訊く。

「何て言うか、別れた妻と言いますか……」

「えっ、あんた、結婚したことがあるの？　まさかと思うけど、そこにいるかわいい女の子、あんたの娘だとかいうんじゃないわよね？」

「娘です。美優といいます」

「まあ、何てかわいいの。お母さん似なのね。よかったね〜、お父さんに似ないで」

「班長、それはないでしょう」

糸居が顔を顰《しか》める。

「ご挨拶《あいさつ》が遅れましたけど、わたし、班長の薬寺と申します」

薬寺が晶子に挨拶する。続いて、田淵、栄太、あおいも挨拶する。

「いつも糸居がお世話になっています。ものすごく皆さんに迷惑をかけていることは想像がつきます。おかしなことをしたときは、はっきり言ってやって下さい。言われなければわからない人なんです。言われてもわからないことが多いので、何度でも言ってやって下さい」

「おいおい、ふざけたことを言うなって。何も知らないくせしやがって」

「この方たちのことは知らないけど、あんたのことはよくわかってる。頭もよくないし、気配りもできない男だよ。腕っ節だけが自慢のバカだから」

「あははは、面白い奥さんね。あ……失礼、元奥さんだったわ。今教えて下さったこと、わたし、糸居に会った初日に見抜きましたわ」

薬寺が愉快そうに笑う。

「何だよ、人をぼろくそに言いやがって。役立たずみたいに言うけど、おれはあおいを庇《かば》って、こんな大怪我をしたんだぞ。なあ、そうだよな、特殊部隊？」

「うん、まあ、一応、感謝はしてるんだけど……」

「何だよ、その奥歯にモノの挟まったような曖昧《あいまい》な言い方は？」

「いいよ、別に」

「気になるだろうが。はっきり言えよ。おれは曖昧な物言いが嫌いなんだ」

「それなら言うけどさ、あのとき、たぶん、自分で対処できたと思う」

「は？　対処できたって、どういう意味だ」

「つまり、放っておいてくれれば、あそこで犯人を取り押さえて逮捕できたっていう意味。余計なことをしたとまでは言わないけど、わたしに任せておいてくれたら、たぶん、あんたも怪我しなくて済んだのかなあと思うよ」

「……」

糸居がぽかんと口を開ける。言葉が出てこない。

晶子が腕組みして、呆《あき》れたように首を振る。

「やっぱりねえ……」

「本当に使えない人だよ。せめて、クビにならないように真面目に勤務して給料だけは定年までもらってちょうだいね。美優の養育費がもらえなくなると困るから」

「何だか哀れになってきたわ。はい、これ、お見舞いよ。たくさん食べて元気になってちょうだい。だからといって、急いで復帰する必要はないからね。有休をたくさん消化して、有休がなくなったら無給で休んでちょうだいな」

薬寺が大きな袋をベッドの脇に置く。中には、ジャンクフードやお菓子の類《たぐ》いがぎっしり詰まっている。

「すご〜い！」

美優が歓喜の声を発する。子供が好きそうなお菓子がたくさんあるからだ。

「お花をどうぞ」

田淵が花束を差し出す。

「花瓶に入れてきますね」

晶子が受け取り、花瓶を手にして病室から出て行く。

「おまえらは手ぶらかよ」

糸居が不機嫌そうに栄太とあおいを見る。

「ちゃんとお花代を出したよ」

あおいがぷっと膨れる。

「わたしたち三人でお金を出し合って花束を買ったのよ」

田淵がにこっと笑う。

九

「そんなに難しい顔をして、また何か悪巧みをしてらっしゃるんでしょう？」

お代わりのハイボールをサイドテーブルに置きながら、島田房江が言う。

「……」

　星一郎は返事をしない。じっとテレビ画面に視線を向けている。

　だからといって、テレビを観ているわけではない。画面に流れているのは録画したニュース番組だ。もう何度となく繰り返し観た映像なのである。樺沢不二夫と宍戸浩介の犯罪に関するニュースは、依然としてワイドショーやニュースで取り上げられているものの、どうやら二人が頑《かたく》なに黙秘を貫いているらしく、新たな事実が出てこない。そうなるとテレビ局もネタ切れで、同じ内容ばかり流すこともできないから、どうしても取り上げる時間が短くなってしまう。二人のうち、どちらかが自供を始めて、新たな被害者が発覚するようなことになれば、また大々的に取り上げられるはずである。

　仕方がないので、星一郎も録画した番組を繰り返し流している。しかし、すでに内容は頭に入っているから集中して観る必要もない。画面に顔を向けながら、頭の中では他のことを考えているのだ。

「明るいうちから飲み過ぎると、また発作を起こしますよ」

「もういい。出て行け」

　さすがにイラッとして、尖《とが》った声を出す。

「旦那《だんな》さまのお体を心配しているだけですけどね」

「心にもないことを言うな。金蔓《かねづる》が死ぬと困るだけだろうが」

「まあ、口の悪いこと」

ふんっ、と鼻を鳴らして、房江が部屋から出て行く。

「バカめ」

黙っておとなしく命じられたことだけをすればいいのに、いつも余計なことを言って星一郎を怒らせる。

見栄えもよくない中年女だし、大して仕事ができるわけでもない。その上、雇い主である星一郎を不愉快にさせることばかり口にする。

さっさとクビにすればよさそうなものだが、星一郎は房江を手放す気はない。

なぜなら、房江も星一郎のコレクションなのである。房江が看護師として勤務していた病院で、一〇人以上の高齢者が不審な死に方をした。容疑者として逮捕された房江は完全黙秘を貫いて不起訴になったが、星一郎は、房江が殺したことに何の疑いも抱いていないし、日本では滅多に出現しない連続殺人鬼なのだと確信している。

敢《あ》えて殺人鬼を身近に置くことを、以蔵は、星一郎の変態趣味によるものだと呆れている。

その通りなのである。

もっとも、以蔵自身、なぜ自分が厚遇されているのか、よくわかっていない。自分は高額の報酬に見合った働きをしているという自負があり、それは間違いではないものの、それだけが理由ではない。外人部隊に在籍しているとき、以蔵が何人もの命を奪ったことを星一郎は知っている。そのことが星一郎をゾクゾクさせるのである。

つまり、房江や以蔵のように自分の手で人殺しをしたことがある者をそば近くに置くのは、星一郎が殺人者に強いシンパシーを感じるからなのだ。共感できるのである。もっと露骨に言えば、殺人者が好きなのである。

かつて星一郎は一度だけ人を殺したことがある。

たった一度だけの経験だが、そのときの昂揚《こうよう》感をはっきりと覚えている。この世のすべてを支配する力を手に入れ、自分が神になったかのような気がした。星一郎の三五年の人生で、そのような経験は、そのとき一度だけである。

それを忘れることができない。

また、あのときの昂揚感を味わうことを願っている。

ついに、そのときが来たのだ。

準備は着々と進んでいるが、最も重要なことがわかっていない。宍戸浩介はいかにして女性たちを拉致《らち》し、監禁し、拷問し、死に至らしめたのか、ということである。マリアが身に付けている特殊な技術を知ったことで、恐らく、マリアを餌にして女性を油断させて拉致したのではないか、と推測している。

そこから先がわからない。いくらニュースを観ても、何もわからないのである。宍戸浩介が用いたノウハウを知るのは宍戸浩介本人、それに実際に拉致され、拷問された女性だけであろう。

どれだけ金がかかってもいいから何としても調べろ……そう以蔵に命じたが、どうやら以蔵には荷の重い仕事だと気が付いた。所詮《しょせん》、頭を使うタイプの人間ではないのだ。

(あの男は、どうだ?)

星一郎が考えているのは、牛島典子に付きまとっていたフリーライターを使うことである。本郷和正という男だ。

どういう男なのか、以蔵に調査を命じた。おおまかな経歴は、すぐにわかった。

かつては一流の出版社に勤め、週刊誌の記者をしていたが、特ダネを手に入れるために、かなり強引なやり方もしたらしく、編集部内でも浮いた存在だったという。

本郷は、その出版社と関係の深い財界人に関する暴露記事を書こうとしたが、上層部がストップをかけた。それに本郷が嚙《か》みついた。上層部の怒りを買い、窓際部署への異動を命じられたが、それを拒否して退職し、フリーライターに転身した。本郷を庇《かば》う者はいなかったという。

反骨精神はあるが協調性に欠け、腕はいいが処世術とは無縁……本郷に関するレポートを読んで、星一郎は、そんな人物像を思い描いた。

フリーライターになってからは、これといって目立った活躍もしておらず、金に困って芸能人やスポーツ選手のゴーストライターをしたり、成人誌にエロ記事を書いたりして食いつないできたらしい。

星一郎が気に入ったのは、特ダネを手に入れるためなら強引なやり方もするらしいということと、今現在、生活に窮しているらしいということのふたつである。そういう男なら、報酬次第で、こちらの望むものを手に入れてくれるのではないか、と期待した。

携帯電話を手に取ると、すぐに来てくれ、と以蔵に連絡する。

一〇

糸居を見舞った後、薬寺は田淵たちと別れ、渋谷《しぶや》に買い物に出かけた。行きつけのエステ店でアロマオイルを使ったマッサージを二時間ほど受け、エステ店の近くの喫茶店でケーキを食べた。もちろん、ひとつでは満足できるはずもなく、大きなイチゴの載ったショートケーキ、チョコレートケーキ、モンブランの三つを食べた。

その後、五反田《ごたんだ》に向かう。駅から五分くらい歩き、古びたビルに入っていく。テナントには風俗店や飲食店がたくさん入っている。そのビルの周辺にも多くの風俗店があり、ぼちぼち客引きが姿を現している。

エレベーターを使わず、階段を降りていく。

地下一階のフロアには、バーや小料理屋、ファッションヘルスなどの看板が並んでいる。フロアの奥まで進むと、突き当たりに、重々しいドアがある。

他の店のように看板もなく、ただドアに金のプレートが付いており、そこには「Ｍｅｍｂｅｒｓ　Ｏｎｌｙ　Ｂａｌｍｏｎｔ」と刻まれている。

ドアの横にあるボタンを押す。プレートの横にあるスコープが一瞬、暗くなる。ドアの向こうから、人が覗《のぞ》いているのだ。

ロックの外れる音がしてドアが開く。

「薬寺さま、いらっしゃいませ」

髪をオールバックに撫《な》でつけたスーツ姿の中年男が丁寧に頭を下げる。この「バルモン」という店のオーナー、綾小路尊仁《あやのこうじたかひと》である。

「こんにちは、マスター」

薬寺がにこっと微笑む。

「どうぞ」

「はい」

店内は薄暗い。正面に一枚板の大きなカウンターがあり、そこに一〇人くらい坐《すわ》ることができる。カウンターの向こうでシェイカーを振っていた男が薬寺に向かって黙って頭を下げる。バーテンダーのジョニー笹岡《ささおか》だ。店内のあちこちに足の長い丸テーブルが置かれている。椅子はない。立ったまま飲食するらしい。立っているのに疲れたら、カウンター席に坐るのであろう。

薄暗いのでわかりにくいが、店は意外と奥行きがあり、五〇人くらいの客が入れるスペースがある。

静かなクラシックが流れているが、その音楽に混じって、時折、ほーっ、ほーっという薬寺には馴染《なじ》み深い声が聞こえる。フクロウの声だ。目を凝らすと、止まり木に三羽のフクロウがとまっている。

壁にかけられている液晶画面には野生のフクロウの生態を描くドキュメンタリー番組が流れている。

この店はフクロウを愛する者たちが集う会員制のバーなのだ。会員になるにはふたつの条件があり、ひとつは他の会員の紹介であること、もうひとつは自分でフクロウを飼っていることである。

美味《おい》しいお酒を飲めるだけでなく、フクロウ愛好家たちとの有益な情報交換もできるので、週に一度か二度、薬寺は必ず顔を出すようにしている。

カウンターに近付くと、

「マティーニをお願い」

と注文する。

ジョニー笹岡は素早くシェイカーを振り、手際よくマティーニを作る。

「どうぞ」

「ありがとう」

薬寺がマティーニに口を付ける。おいしいわ〜、と目を細める。

「薬寺さん」

目鼻立ちの整った、気の強そうな女性が話しかける。年齢は四〇前後というところだ。白いジャケットにジーンズ姿で、趣味のいいサンダルをはいている。地味だが、かなりお洒落《しゃれ》である。

「亜紀《あき》ちゃん、いたの？」

「今来たところですよ。お一人ですか？」

「ええ」

「じゃあ、ご一緒していいですか？」

「もちろんよ」

「わたしはギムレットをお願いします」

注文しながら、椅子に坐る。

「新しい職場、どうですか？　忙しいですか」

「忙しいのはいいんだけど、おかしな連中ばかりが集められた部署みたいでね。一応、そのまとめ役だから、人間関係が大変そうだわ。あ……もちろん、わたしもおかしな連中の一人なんだけどね」

「薬寺さん、全然おかしくないですよ」

「普通ではないよね？」

「うう〜ん、確かに普通ではないかな。もっとも、わたしだって似たようなものですから。わたしを基準にすれば、ごくごく普通です」

亜紀がにこっと笑う。

「亜紀ちゃんも忙しいでしょう？　また海外出張とかあるんじゃないの？　困ったとき

は遠慮なく言ってね」

「その言葉、ありがたいです。とても心強い」

「ミルクちゃん、どう？」

「元気ですね。よく食べますし」

「それが一番よ。食が細くなると心配だもの」

「そうですね。人間もフクロウも同じですよね」

ギムレットが出てきたので、薬寺と亜紀は乾杯する。

仲間《なかま》亜紀は三八歳のキャリアウーマンで、情報通信関係の企業で取締役を務めている。数年前に学生時代の仲間たちとベンチャー企業を立ち上げ、二年前に東証マザーズに上場も果たした。創業者の一人として、かなりの株を所有しているから三〇代にして富豪と言っていい。独身で、自宅で白いフクロウを飼っている。それがミルクだ。

薬寺と亜紀は気が合い、たまに食事もするし、お酒を飲むこともある。それだけでなく、亜紀が出張で家を留守にするときは薬寺がミルクの世話に行くし、薬寺が留守のときは、亜紀がポンちゃんの世話をする。恋人同士でもない赤の他人に合い鍵《かぎ》を渡して自宅に入れるのだから、よほど強い信頼関係があるということである。

犬や猫ならば家族に頼めばいいが、フクロウは、そう簡単ではない。扱いに慣れた者でないと無理なのである。フクロウの見かけのかわいらしさに惹《ひ》かれて、自宅で飼いたいと考える者は少なくないが、大抵の者は餌やりのハードルを越えられずに断念する。

ペットフードやキャットフードを与えるようなわけにはいかないのだ。大雑把に処理されたマウスからうずらを専門店から購入して与えなければならないが、あくまでも大雑把な処理なので、まだ原形を留《とど》めている。それに更に手を加えるのが、慣れない者には大変なのだ。それ故、信頼できるフクロウ仲間がいるとありがたいのである。

薬寺と亜紀は、ポンちゃんとミルクの話題で盛り上がり、大いに話が弾んだ。

薬寺は、仕事中には決して見せないような楽しそうな表情を見せ、心から愉快そうな笑い声を上げた。

二

四月一九日（月曜日）

練馬区石神井町《しゃくじいまち》。都営住宅。

髪がぼさぼさで、寝惚《ねぼ》け眼の本郷和正が入口から出てくる。そこから駐車場まで少し歩く。軽自動車のドアロックを開けようとしたとき、

「本郷さんですね？」

「ん」

本郷が振り返る。

「河村と申します。仕事を依頼したいのですが、お時間をいただけませんか。話を聞い

ていただきたいのです」

　以蔵である。星一郎の命令でやって来たのだ。

「こんな朝っぱらから……。しかも、駐車場で仕事の依頼かよ。電話一本で済むのに」

「承知していただけますか？」

「生憎《あいにく》だが忙しい。取り組んでいる仕事があって手が放せない」

「五万でどうですか？」

「どんな仕事か知らないが、安い原稿料だな」

　本郷は笑い、ドアを開けて車に乗り込もうとする。

「そうではありません。時間を割いていただくお礼です」

「話を聞くだけで五万？」

　本郷の動きが止まる。

「はい」

「どんな仕事だ？」

「わたしは、ただの使いですので何とも申し上げられません」

「話を聞いたからといって、その仕事を引き受けるとは限らないぞ。たぶん、引き受けない可能性が高い。今は他の仕事をしているからな」

「結構です」

　以蔵が封筒を差し出す。

「……」

封筒を受け取り、中身を確認する。一万円札が五枚入っている。

「わかった。話を聞こう」

車のドアを閉める。

「では、わたしどもの車でご案内します」

近くに停めてあるワンボックスカーに本郷を案内する。

本郷が後部座席に乗り込んでシートベルトを締める。

「何かお飲みになりますか? コーヒー、紅茶、日本茶、ソフトドリンク。アルコールがよければ、ビールでもウイスキーでも……」

「遠いのか?」

「少しばかり」

「じゃあ、コーヒーをもらおうか。ブラックで」

「お待ち下さい」

以蔵がコーヒーを用意する。缶コーヒーではなく、ちゃんとポットに用意してある。

そのコーヒーを蓋《ふた》付きの入れ物に入れて渡す。

「ありがとう」

「では、出発します」

それから三〇分後、ワンボックスカーが首都高に乗ったとき、本郷はいびきをかいて眠り込んでいる。コーヒーに睡眠薬が入っていたのである。

一二

「う、ううーん……」

本郷が意識を取り戻し、薄く目を開ける。

「ここは……?」

ぼんやりした表情で周囲を見回す。広くて豪華な部屋である。照明器具も絨毯《じゅうたん》も、さりげなく置かれている調度品も、どれも高級品ばかりだ。本郷が坐《すわ》っている一人掛け用のソファも手触りのいい本革だから、かなり高価なものに違いない。

正面に人がいる。車椅子に坐った男だ。不健康そうな青白い顔をしていて、かなり老けて見えるが、実際には、三〇過ぎくらいだろうと見当を付ける。

「気が付きましたか。水でもいかがですか?」

車椅子の背後から人が現れて本郷に声をかける。駐車場で仕事の依頼をしてきた男だとわかる。以蔵だ。

「おまえ……コーヒーに何か薬を入れただろう?」

本郷が以蔵を睨《にら》む。

「おかしな薬ではありませんから心配なさらないで下さい。ただの睡眠薬です。ドライブの間、くつろいでいただきたかっただけです」

「ふざけたことを言いやがって。おれは帰る」

本郷が立ち上がろうとする。

しかし、まだ頭がぼーっとしているせいか、足許《あしもと》がふらついて立ち上がることができない。

「どうぞ、水です。何も入っていません」

以蔵がグラスを差し出す。

「……」

本郷が以蔵を睨みながら、グラスを受け取る。喉《のど》が渇いているのだ。水を一気に飲み干すと、グラスを以蔵に返し、

「帰るからな」

また立ち上がろうとする。

「五〇〇万出しましょう」

星一郎が口を開く。

「は?」

本郷が両目を大きく見開く。聞き間違いかと思った。それほど大きな金額だ。去年の年収より、ずっと多い。最近は収入が減って、貯金を取り崩す生活が続いているが、その貯金も残り少なくなっている。

「取材費込みの前渡し金と考えて下さい。仕事が終わったら、更に五〇〇万渡します」

「前金と合わせて一〇〇〇万だと？　いったい、何をしろというんだ？」

もう帰る気はなくなっている。星一郎の言葉に真剣に耳を傾けている。

「本を書いていただきたいのです。実際に出版するかどうか、それは、こちらで判断させていただきますが」

「ゴーストってことか？」

「そう考えていただいて結構です」

「ふうん……」

改めて部屋を見回す。確かに豪華だが、あまり上品さは感じない。むしろ、これ見よがしに高級品ばかりが並んでいるせいで金持ち臭が鼻につく。

（こいつ、新興宗教の教祖か何かなのか？）

成り上がって大金を手にした者が、自分の経歴に箔《はく》を付けるために自叙伝の執筆を依頼するというのは珍しい話ではない。そういうことなら高額報酬の提示にも納得できる。とはいえ、ゴーストライターの報酬が一〇〇〇万というのは破格である。

「あんたの伝記か？　自叙伝を書いてほしいのか」

「いいえ、そうではありません。ノンフィクションです」

「ノンフィクション？」

本郷が首を捻《ひね》る。ノンフィクションのゴーストを依頼されるのは初めてだ。

「どんなノンフィクションだ？」

「あなたが今調べている事件についてのノンフィクションですよ」

「おれが調べている？　まさか、人体パーツ販売の事件か」

「ええ」

「なぜ、そんなものを……」

「個人的にとても興味があるから……それだけでは不十分ですか？」

「一〇〇〇万には余計な詮索《せんさく》をしないという料金も含まれていると言いたいわけだな」

「そう思っていただいて結構です」

星一郎がうなずく。

「まあ、どっちみち調べるつもりだった事件だし、その仕事を引き受けるのは構わない。ただ調査にも執筆にも時間がかかるから、最低でも一年以上かかるよ」

「それは完成した原稿を渡してもらえるには時間がかかる、という意味ですよね？　わたしが望んでいるのは、あなたが調査した内容について、できる限り早く知らせてもらうことです」

「よくわからないのだが……」

本郷が首を捻る。

「こう考えてもらえませんか。ゴーストライターとしてすべてを書いてもらいたいわけではないのです。できれば、自分で書いてみたい。あなたに材料集めをしてもらい、必要に応じて原稿の手直しもお願いする。自分では無理だと判断すれば、その時点であなたにお任せする」

「ゴーストというより、ただの調査員みたいだな」

「気に入りませんか？」

「一〇〇〇万も出すつもりなら、興信所でも雇った方がいいんじゃないのかね？　おれは専門の調査員じゃないからな。その道のプロに頼んだ方が効率的だし、たぶん、ずっと安上がりだよ」

「この事件に関して、できるだけ多くのことを知りたいのです。しかし、取り調べの内容はあまり公表されていませんから、わからないことばかりです。興信所の調査員には荷が重すぎるでしょう」

「警察の取り調べの内容は、おれにだってわからないよ。樺沢や宍戸に会えるのは弁護士だけだし、弁護士には守秘義務があるから何もしゃべらない」

「警察に捕まっていない関係者もいますよね？　それに事件の被害者も」

「牛島典子のことを言ってるのか？　それに松岡花梨、荒川真奈美……」

「彼らにインタヴューすることは可能ですか？」

「何とも言えないね。おれだけじゃなく、彼らの話を聞きたがっているマスコミは多いから」

「どうすればできますか？」

「ケースバイケースだろうけど、手っ取り早いのは金かな。テレビや週刊誌は謝礼を出さずに話だけ聞こうとする連中が多いから、ある程度、まとまった金額を示せば応じてくれる場合もある。絶対とは言えないけどね」

「では、そうして下さい」

「どうかなあ……取材費込みで前金を五〇〇万くれると言ったが、それでは割に合わないかもしれない。金で口を割らせるのは簡単でいいが、いくらかかるかわからないから」

たとえ取材に成功しても、そのせいで自分の取り分が減るのは気に入らない、と言いたいらしい。

「では、こうしましょう。取材費込みというのは交通費などの実費に限ることにして、関係者から話を聞くための謝礼は別にお支払いします」

「随分と気前がいいな。いくらまでならいい？」

「あなたが妥当だと考える金額であれば、いくらでも構いません。いかがです？」

「いくらでもいいだと？　上限はないのか？　二〇〇万とか三〇〇万とか……」

「ありません」

「それなら大丈夫だと思う」

「調べた内容は、毎日教えてもらえますね？」

「それは大変だな。朝から夜まで調査に歩き回って、その日のうちに報告するというのは難しい」

「わかりました。では、一日置きでは、どうですか？」

「いいよ。やり方は？」

「河村が受け取りに行きます。文章にする時間がないときは口頭で説明してもらっても結構です。録音させますから」

星一郎が以蔵を指差す。

「ふうん、河村さんね……」

本郷が目を細めて以蔵を見る。

「まず誰から取材をしますか？」

「荒川真奈美は入院中だし、牛島典子は行方がわからなくなった。まあ、最初は松岡花梨だろうね。父親が失業中で金に困っているらしいから、高額の謝礼を提示すれば承知すると思う。樺沢の別れた女房からもいずれ話を聞くつもりだけど、優先順位は低いな。それで、いいかな？」

「結構です」

星一郎はうなずくと、手を軽く振って以蔵に合図をする。以蔵が本郷に近付き、分厚い封筒を差し出す。

「え」

まさか、いきなり金を渡されるとは思っていなかったのであろう。

「お確かめ下さい」

「……」

封筒には帯封された札束が五つ入っている。五〇〇万円だ。

「現金で手渡しねえ。受領証を書いた方がいいんだろうが、印鑑は持ってきてないよ」

「いりません」

「いらない？　それでいいのか」

「はい」

「じゃあ、使った経費の領収書なんかは……」

「それもいりません。どうぞ自由にお使い下さい」

「ふうん、それでいいというのなら、そうさせてもらおうか。余計な手間が省けてありがたい」

「いつから取材を始めますか？」

「もう帰っていいのなら、すぐにでも始めるよ。今日は最初から、その予定だったし」

「松岡さんに取材を申し込むんですね？」

「ああ、そうなるだろうね」

「牛島さんの居場所も教えましょう」

「知ってるのか？」

「ええ」

星一郎がにやりと笑う。

一三

「ここでいいんですか？」

「ああ、結構だよ。そのあたりで停めてくれ」

「はい」

以蔵がワンボックスカーを路肩に停める。

本郷がワンボックスカーから降りようとすると、

「これを」

以蔵がメモを差し出す。

「わたしの携帯に繋《つな》がります。基本的には一日置きにこちらから連絡を入れますが、何か急ぎの用があるときは電話して下さい」

「わかった」

ワンボックスカーが走り出すのを見送ると、気に入らない奴だぜ、と舌打ちしながら本郷が歩き出す。

松岡花梨の自宅近くで降ろしてもらった。すぐにでも取材を始めるつもりなのだ。

花梨の家族については、ざっと調べてある。顔もわかる。

父親の洋次は、まだ四三歳という働き盛りなのに、中堅どころの家電量販店をリストラされて失業中だ。

母親の麻子は四一歳で、パートのかけ持ちをして家計を支えている。洋次の失業保険だけでは暮らしていくことができず、さして貯《たくわ》えもないので、そうするしかないのだ。

本郷は駅前にあるパチンコ屋に向かう。日中、洋次は自宅にはほとんどおらず、パチンコ屋に入り浸っていることを知っている。

ドアを押してパチンコ屋に入る。大音量が耳に飛び込んでくる。まだ昼過ぎだが、店内は賑《にぎ》わっている。高齢者の姿が目に付く。皆、一心不乱にパチンコ台を凝視している。

(さて、どこにいるかな……)

店内をゆっくり歩き始める。

(いたぞ)

洋次がくわえタバコでふんぞり返っている。表情に生気がなく、機嫌が悪そうだ。

隣の台が空いているので、そこに坐《すわ》り、

「どうですか、出ますか?」

「……」

横目でじろりと睨《にら》むが、何も言わない。

出ているかどうか、わざわざ訊《き》かなくても見ればわかる。持ち玉は減っていくばかりで、今にもなくなってしまいそうだ。

数分で玉がなくなる。

洋次はしばらくパチンコ台を凝視するが、やがて、ふーっと大きく息を吐いて席を立とうとする。

「どうぞ」

本郷が洋次の手に一万円札を二枚押しつける。

「何の真似だ？」

「もっと遊んだらどうですか？　それとも息抜きにコーヒーでも付き合ってもらえませんか」

「ふんっ、マスコミだな。話すことなんかないよ」

「悪い話じゃありません。金になる。一五分付き合ってくれれば、これは差し上げます」

「一五分で二万円？」

「ええ」

「……」

洋次が二万円を受け取り、席を立つ。

パチンコ屋の近くにある喫茶店で、本郷と洋次が向かい合って坐る。ウェイトレスがコーヒーを運んでくる。

一口飲んで、本郷は顔を顰《しか》めてカップを置く。まずいコーヒーである。コーヒーの味のついた黒いお湯という感じだ。よほど安い豆を使っているのか、そうでなければ、インスタントかもしれない、と思う。洋次は気にならないらしく、砂糖とミルクをたっぷり入れて、うまそうにコーヒーを啜《すす》る。

「花梨さんにインタヴューさせてほしいのです」

「お断りだね。娘をさらし者にする気はない。マスコミにはうんざりしてるんだ」

「もちろん、ただでとは言いません」

「五万や一〇万で娘を売る気はないよ」

「二〇〇万でどうですか？」

「は？　二〇〇万だと？　ふざけるな」

「本気ですよ」

本郷はポケットから札束を取り出してテーブルの上に置く。星一郎からもらった金だ。金に困っている人間には、目の前に札束をぶら下げるのが最も効果的だと思い知らされたばかりである。自分が星一郎にやられたことを洋次にもやってみようと考えた。

「……」

洋次がごくりと生唾《なまつば》を飲み込む。

「本気だとわかってもらえましたか？」

「あ、ああ、わかった」

「結構です」

札束をポケットにしまう。

「インタヴューって、どれくらい時間がかかるんだ？」

「犯人にさらわれてから、警察に助け出されるまで、花梨さんが目にしたことをすべて知りたいのです。スムーズに進めば、一日か二日で終わりますよ」

「二日で二〇〇万か……」

明らかに心を動かされている様子である。

しばらく考え込むが、やがて、大きな溜息《ためいき》をつき、

「やっぱり、無理だな。本人が承知しないよ。女房も反対するに決まってる」

「説得して下さいよ。花梨さんは警察の事情聴取を受けましたよね？」

「ああ」

「その内容は、いずれ洩《も》れます。警察から検察に身柄を移すときに、少なからぬ数の警察と検察の関係者が捜査資料に目を通すので、そこからマスコミに内容が洩れるんです。そうなったら一文にもなりませんよ。今だからこそ、わたしも二〇〇万出そうというわけです。外部に洩れるのは時間の問題なんだから、あまり考える時間はありませんよ」

「待ってくれ。いくら何でも、この場ですぐに返事をするわけにはいかない。一応、うちに帰って、娘や女房と相談しないとな」

「わかりました。明日まで待ちます」

本郷が名刺を差し出す。

「もちろん、今日中に返事をしてくれても結構です。その方がありがたい」

「その金だが……引き受けたとして、いつもらえるかな？」

「インタヴューを始めるときに一〇〇万、インタヴューが終わったときに一〇〇万、それでいかがですか？」

「例えばだけど、明日からインタヴューすることになれば、明日、一〇〇万もらえるってことか？」

「そういうことです」

本郷がうなずく。

「……」

洋次は目を血走らせて、盛んに口許《くちもと》を手の甲で拭《ぬぐ》う。大金を目の前にぶら下げられて興奮を隠しきれない様子である。

一四

洋次が帰宅する。

ドアには鍵《かぎ》がかかっていたが、誰もいないわけではない。リビングに花梨がいる。膝《ひざ》を抱えてソファに坐り、ぼんやりテレビを観ている。今はバイトも学校も休んで家にいる。外出したのは警察で事情聴取を受けたときだけで、それ以外は、まったく外に出ていない。

「どうだ、調子は？」

洋次がソファの反対側に坐る。

「別に」

テレビに視線を向けたまま、素っ気なく答える。

「おまえの話を聞きたいという人がいる」

「警察？」

「いや、そうじゃない。マスコミ関係だ」

そう言ってから、花梨にインタヴューして、それをどう使うつもりなのか、雑誌や新聞に載せるのか、テレビのワイドショーで使うのか、本郷が何も説明しなかったことに洋次は気が付いた。洋次も質問しなかった。金のことばかり考えていて、そんなことに頭が回らなかったのだ。本郷がマスコミ関係者だと勝手に決めつけていたが、本当にそうなのかどうかもわからない。

「嫌だよ」

「そう簡単に決めるな。警察に話したのと同じことを、もう一度話すだけだ。一日で終わる。スムーズに進めば、一日で終わるかもしれない」

「嫌よ、絶対に嫌だから。二度と思い出したくないんだから」

「気持ちはわかる。だけど、いつまでも、うちに閉じ籠《こ》もっているわけにもいかないだろう。学校にも戻らなければならないだろうし、卒業したら就職もする。まあ、それは先のことだが、以前のようにバイトに行ったり、友達と遊びに行ったり……」

「それがインタヴューと何の関係があるの？」

「それはだな……」

そこに、ただいま、という声がして母親の麻子が帰ってくる。

麻子は駅前のスーパーマーケットで早番のレジ打ちをしている。朝八時の開店から仕事を始め、三時過ぎに一度帰宅する。夕飯の支度をすると、今度はコンビニのパートに出かける。夕方五時から、夜一一時までだ。それが毎日続く。

以前はレジ打ちのパートしかしていなかったが、洋次がリストラされてからコンビニのパートを増やしたのである。

「どうかしたの？」

不穏な空気を感じ取って、麻子が訊《き》く。

「お父さんがマスコミのインタヴューを受けろって……」

「あなた、どういうこと？　花梨をさらし者にはしない、心の傷が癒《い》えるまでそっとしておいてやろう、そう約束したじゃないの」

麻子が洋次を睨《にら》む。

「テレビに出ろと言ってるわけじゃない。インタヴューを受けるだけだ。一日か二日で終わる話だ」

「それにしたって……」

「二〇〇万なんだ」

「え」

「謝礼として二〇〇万払うと言ってる」

「そんな大金……信じられない」

「インタヴューを受ける前に一〇〇万、終わったときに残りの一〇〇万をもらえる。たとえ騙《だま》されたとしても、一〇〇万は手に入る。騙されるとは思えないけどな」

「確かに大金だけど、花梨の気持ちを第一に考えてやるべきじゃないかしら」

麻子の声が震えている。二〇〇万と聞いて動揺しているのであろう。

「見栄《みえ》を張っても仕方がない。うちは生活が苦しい、ものすごく苦しい。だから、花梨はがんばってバイトをして自分で学費を払ってくれている。だけど、すぐにバイトに戻るのは無理だろう。じゃあ、誰が学費を出す？　いくら生活費を切り詰めても、高が知れている。マンションのローンもあるんだぞ。もっと安いアパートか公団住宅にでも引っ越したいが、不動産価格が下落してるから、買ったときより、ずっと安い値段でしか売れない。ローンだけが残る。だから、引っ越すこともできない。じり貧じゃないか。これといった取り柄もない四〇過ぎの中年男には、そう簡単に仕事なんか見付からない。二〇〇万あれば、ひと息つける。謝礼が二〇〇万なら、おれだって断る。だけど、二〇〇万だ。おまえの年収より多いんだぞ」

「でも……」

「花梨の話に価値があるのは今だけなんだ。事情聴取の内容が外部に洩れれば、金を出してまで話を聞こうとする者はいなくなる。今だけなんだ」

本郷の受け売りだが、洋次は、それが自分の考えだと思い込んでいるかのように熱心に説得する。

「いくら大金を積まれても、花梨の心を傷つけるようなことは嫌だわ」

「警察には話しただろうが。同じことを話すだけでいいんだよ」

「お金のことばかり考えないで、花梨のことを考えてほしいと言ってるのよ」

「金がなければ、どうにもならんと言ってるだろうが。きれい事だけじゃ、やっていけないんだよ！」

洋次が声を荒らげる。

「もうやめて！　わたしのことで喧嘩《けんか》しないで。いいよ、やる。二日で済むのなら我慢してやる。だから、喧嘩しないで」

花梨が涙を拭いながらうなずく。

一五

シャワーを浴びた後、本郷がビールを飲みながらテレビを観ていると、携帯が鳴った。

「本郷です……。ああ、松岡さんですか……。はい、はい……それは、よかった。じゃあ、明日からインタヴューを始められますね。ええ、約束した通り、報酬の半額一〇〇万円を先に渡しますよ……。そうですね、場所や時間など、詳しいことは明日の朝、また連絡します。それでいいですか？　では、よろしくお願いします」

電話は洋次からだった。花梨がインタヴューを受けることを承知したというのだ。

「ふんっ、あのおっさん、金に目がくらんで、何とか娘を説得したらしいな。まあ、金に目がくらんだという点では、おれも同類だが……」

本郷が顔を顰《しか》める。

何だかんだときれい事を言っても、最後は金がモノを言うことを思い知らされる。思いがけずスムーズにインタヴューできることを喜ぶべきだが、しこりのような不快感が腹の中に渦巻き、素直に喜ぶことができない。どうにも複雑な気持ちである。

ビールを飲み干してから、以蔵に電話をかける。

松岡花梨がインタヴューを承知したことを告げ、明日からインタヴューを始めるつもりだから、謝礼の二〇〇万を用意することと、インタヴューする場所の手配を頼む。

場所はどこがいいか、と以蔵が訊くので、

「都心のホテルでいいんじゃないかな。部屋を借りてもらえるとありがたい」

と、本郷が答える。

承知した、と言って、以蔵が電話を切る。

冷蔵庫から缶ビールを取り出して、また飲み始める。

札束で顔を叩《たた》かれて、いいように使われているようで何となく不愉快だが、客観的に考えれば、そう悪い展開ではない。松岡花梨にインタヴューすることは、人に頼まれるまでもなく、本郷自身が最初から望んでいたことなのだ。

ゴーストの仕事を依頼され、その見返りに多額の報酬を約束されてはいるものの、きちんとした契約書を交わしたわけではないから、原稿が完成したら、約束を反故《ほご》にして自分の名前で本を出すことも不可能ではない。大手の出版社が興味を示すに違いない。そのためにも事件が色褪《いろあ》せないうちに、できるだけ早い時期に本を出す必要がある。できれば、一ヶ月くらいで取材を終え、二ヶ月で原稿にまとめ、その三ヶ月後くらいには刊行したいところだ。裁判が始まる前に店頭に本が並べば、センセーショナルな話題になること間違いなしである。

事件の流れを時系列的に追いながら、その合間合間に事件の関係者のインタヴューを挟むという構成になるだろうが、肝心なのは、インタヴューの質である。

最もインパクトがあるのは犯人のインタヴューだが、まだ裁判も始まっていないのにインタヴューするのは無理だ。

犯人のインタヴューが無理なら、被害者のインタヴューが重要になる。だからこそ、松岡花梨から話を聞くことには大きな意味がある。

しかし、それだけでは足りない。何とか荒川真奈美にもインタヴューしたいところだが、そう簡単ではないだろう。樺沢不二夫と宍戸浩介を逮捕した捜査員の話も聞いてみたいが、それも簡単ではなさそうだ。まずはハードルの低そうなところから攻めるしかないだろう。

（牛島典子、徳山千春……そんなところか）

樺沢のそばで働いていた事務員と樺沢の元妻だ。今現在、二人が逮捕されていないことを考えると、二人が犯罪に関わっていたとは思えないが、樺沢がどんな人間だったかを知ることはできるだろう。

携帯を手に取り、以蔵に電話をかける。二人に関する情報がほしいと伝えるためだ。以蔵は、自分の一存では判断しかねるので、主人と相談してから改めて連絡する、それで構わないか、と言われる。ああ、それで結構だが、できるだけ早く返事がほしい、と応《こた》えて電話を切る。

電話を切ってから、ふと、

（あの男、何が狙いなんだ？）

と気になる。

あの男というのは、惜しげもなく大金を使って、この事件に関する本を出したいという、車椅子の大富豪のことである。

ノンフィクションのゴーストの依頼など滅多にある話ではない。そもそも、ノンフィクションというのは、それほど売れるジャンルではない。

もちろん、本郷が目論《もくろ》んでいるように、内容に話題性があり、事件が大きな注目を集めているときにタイミングよく出版できれば、それなりの売り上げを期待することはできる。

　とはいえ、定価一五〇〇円で、仮に一〇万部売れたとしても、印税率が一〇%とすれば、印税収入は一五〇〇万くらいで、しかも、そこから税金が引かれる。本郷の報酬に五〇〇万も払った上、インタヴューに応じた者たちに多額の謝礼を払ったりすれば、儲《もう》けなどなくなってしまう。取材には様々な経費がかかるから、下手をすれば赤字である。とすれば、金儲けが目的ではない。

　そもそも、あの豪華な部屋を見るだけで、あの車椅子の男が金に困っていないことはわかる。

　ならば、名誉か？

　いや、それも、なさそうだ。ノンフィクションのベストセラーを書いたとしても、注目するのは出版業界の人間くらいで、著者が世間から注目されることは、ほとんどない。屋敷に連れて行かれるとき、睡眠薬を飲まされたことも引っ掛かる。話をするというだけで、普通、そこまでするものだろうか？

　よほど自分の正体を知られたくないということではないのか？

　そういう不可解なことをする理由を、本郷はひとつしか思いつかない。何かしら後ろめたいことがあるのだ。法に触れるような悪事を企《たくら》んでいる、という意味である。

　車椅子に乗った若き大富豪……いくら正体を隠そうとしても、それだけ大きな特徴があれば、正体を探るのは、さして難しいことではないであろう。

事件について調べる合間に、あの男のことも調べておくべきだ、と本郷は考える。うしろめたい動機があるとすれば、それを探り出すのは、後々、自分の損にはならないという計算がある。相手の弱味は自分にとっての切り札になるからだ。

一六

「ふんっ、あいつ、やる気になってきたということか」

牛島典子と徳山千春の居場所を知りたいという本郷の要望を以蔵から聞かされて、星一郎は鼻で嗤《わら》う。

「わたしは、あの男が気に入りません」

「どこが？」

「信用できない男だと思います」

「おれだって信用なんかしてない。役に立ってくれそうだと思っているだけだ」

「弱味を握られることになりませんか？」

「ふうむ、弱味か……。おれの弱味を握ったとして、あいつ、どうすると思う？」

「金でしょう」

「金で済むなら話は簡単だ」

「それだけでは済まないかもしれません」

「どういう意味だ？」

「つまり、本郷は駒のひとつに過ぎません。旦那《だんな》さまが興味を持っている連中について調べるという役割を担った駒です。本郷から得た情報を元にして旦那さまが何をするつもりなのか、わたしにはわかっていますが、本郷は何も知りません。本を書く材料を集めるだけだと思っているはずです。しかし、実際に若い女性が行方不明になり、それが事件として報道されたら、本郷は旦那さまと事件を結びつけて考えるかもしれません。正直者なら警察に行くでしょうが、不正直者なら、もっと金を寄越《よこ》せと強請《ゆすり》に来るでしょう。そうなることがわかっていて、みすみす、あいつに手の内をさらす理由がわかりません」

「おれの身を心配してくれるわけか？」

星一郎が口許《くちもと》に皮肉めいた笑みを浮かべる。

「旦那さまが逮捕されることになれば、わたしもただでは済みませんからね」

「一蓮托生《いちれんたくしょう》だな。おれを心配する振りをしているが、実際は、わが身がかわいいだけか」

「いけませんか？」

「おれも馬鹿じゃない。警察に駆け込まれるのも、強請《ゆす》られるのも願い下げだ。こっちの役に立つ間は使うが、用が済んだら……」

星一郎が肩をすくめる。最後まで言わせるな、察しろ、と言いたいらしい。

「そういうことなら安心です。で、どうしますか、あいつの頼みですが？」

「教えてやれ。張り切っているのなら、それを邪魔することはない。徳山千春……別れた女房か。樺沢と連絡を取り続けていたのなら何か知っているかもしれないが、月々、養育費をもらっていただけなら、大したことは知らないだろうな」

「何かを知っているとすれば、牛島典子の方でしょうね。そばにいたわけですから」

「その女は、おまえとも本郷とも知り合いだったな？」

「知り合いと言いますか、思わぬ成り行きで、本郷に追われているところを助けただけです」

「そうだとすると、本郷がインタヴューするのは無理なんじゃないか？」

「すんなり引き受けるとは思えませんね。金に目がくらむかもしれませんが」

「どんな女だ？」

「牛島典子ですか？」

「うむ」

「地味でおとなしそうな女です」

「見た目は？」

「美人と言っていいと思います」

「年齢《とし》はいくつだったかな？」

「三二ですかね」

「会ってみたいな……」

「は？」

「興味が湧いてきたということだ」

星一郎がにやりと笑う。

「警察の方の調査は、どうなっている？　例の新設部署の責任者についてだが」

「薬寺松夫ですね？　興信所を使って日常生活の行動パターンを探っています。平日は仕事に出かけて自宅に帰ってくるだけの単調な生活ですが、昨日の日曜日、面白いところに出かけました」

「ほう、何が面白いんだ？」

「午前中、同僚を病院に見舞い、その後、渋谷でショッピングをしています。エステ店でマッサージを受け、喫茶店でケーキを三つも食べています。かなりの大食いですね。身長が一六五センチしかないのに体重が一二〇キロというのも納得できます」

「それが面白いのか？」

星一郎が目を細めて以蔵を見つめる。

「いいえ……」

手帳を目で追いながら、以蔵が首を振る。

「喫茶店を出て、薬寺は五反田に向かいました。駅の近くにある『バルモン』という店に入り、そこで三時間ほど過ごして自宅に帰りました。会員制なので、会員か会員が同伴していないと店に入ることができず、最初は、どんな店なのかわからず、カフェバーかクラブかと思ったようですが、全然違っていました」

「と言うと？」

「酒も出すので、カフェバーといっても間違いではないでしょうが、ただのカフェバーではなく、フクロウの愛好家が集まる店だとわかりました」

「フクロウだと？　あのフクロウか、森にいて、夜になると獲物を捕らえる鳥」

「そうです、そのフクロウです。バルモンの会員は、自宅でフクロウを飼っている者がほとんどで、店で酒を飲みながら、フクロウに関する情報交換をするようです」

「あいつ、自宅でフクロウを飼っているのか……」

「店に入るときは一人でしたが、出てきたときは二人でした。女性とです」

「それで？」

「五反田駅から同じ電車に乗り、女性は渋谷で降りました。尾行していたのは一人なので、どちらを追うか迷ったそうですが、咄嗟《とっさ》の判断で女性を追いました」

「それは正しい判断だったな」

「住所と身元を突き止めました。仲間亜紀という三八歳の独身女性です。自宅でミルクという名前の白いフクロウを飼っています。ちなみに、薬寺が飼っているフクロウの名前は、ポンちゃんというそうです」

「ポンちゃん？」

星一郎がぷっと吹き出し、腹を抱えて笑い出す。

「薬寺の奴、ポンちゃんだと……笑わせてくれるな、デブが」

「なかなか面白い趣味の持ち主のようですね」

「よく調べたな。引き続き、あいつの行動を探ってくれ」

「了解しました」

「下がっていいぞ」

以蔵が部屋から出て行くと、携帯を手に取り、庭師の山室武夫に電話をかける。

「わたしだ。部屋に来てくれ。マリアも一緒にな」

五分ほどで、山室がマリアを連れて来る。

「この子は、どんな様子だ？」

「とてもいい子です。賢くて従順です」

「やってみろ」

「はい」

山室がポケットからメモ用紙を取り出す。マリアには英語で指示を出すように命じてあるが、山室は英語が苦手なので、必要な単語をカタカナでメモして持ち歩いているのだ。

「Ｓｉｔ」

「Ｄｏｗｎ」

「Ｓｔａｙ」

「Ｓｔａｎｄ Ｕｐ」

「Ｗａｌｋ」

「Ｒｕｎ」

「Ｓｔｏｐ」

「Ｃｏｍｅ」

コマンドフレーズと呼ばれる基本的な指示を山室が矢継ぎ早に与える。

マリアはまごつくこともなく、忠実に指示をこなしていく。そばに戻ってくると、山室はポケットからご褒美のジャーキーを与える。

「続けろ」

「はい」

山室はうなずき、

「Ｐｌａｙ Ｄｅａｄ」

と口にする。

マリアは床にばったり倒れて動かなくなる。死んだ振りをしてるのだ。

「Ｓｉｃｋ」

今度は、苦しげな呻《うめ》き声を洩《も》らしながら、前後の脚を微《かす》かに痙攣《けいれん》させる。病気で苦しんだ振りをしているのだ。

「Ｓｔａｎｄ Ｕｐ」

「Ｇｅｔ Ｈｕｒｔ」

立ち上がると、マリアは悲しげに鼻を鳴らしながら、後ろ脚を引きずってよろよろ歩き出す。怪我をした振りをしているのだ。

こうした指示語は、英語に堪能《たんのう》な以蔵が、様々な英単語でマリアに指示を与えることを繰り返し、試行錯誤の末、特に強く反応した言葉を選び出した。

「素晴らしい……」

思わず星一郎の口から感嘆の声が洩れる。

マリアの演技は見事というしかない。まったく演技に見えないのである。

「わたしが指示しても同じように反応するか？」

「はい。大丈夫だと思います」

「やってみよう」

それから三〇分ほど、星一郎はマリアに様々な指示を与えた。マリアが忠実に指示に応《こた》えてくれるので、星一郎も夢中になる。

「実に素晴らしい犬だ。よしよし、いい子だな」

大いに満足しながら、星一郎は山室から受け取ったジャーキーをマリアに与える。

一七

四月二〇日（火曜日）

午前一〇時過ぎ、以蔵が用意した新宿の高層ホテルのスイートルームに、父の洋次に付き添われて松岡花梨がやって来た。心なしか緊張した表情をしている。

部屋では本郷和正が待っていた。

「お待ちしていました」

本郷が二人を出迎える。

「どうぞ気楽になさって下さい」

部屋の中央に置かれた大きなソファを花梨に勧める。花梨は硬い表情のままソファに腰を下ろす。

テーブルにはルームサービスで頼んだソフトドリンクや軽食、果物などが並んでいる。よかったら食べて下さい、と本郷が言うが、花梨は黙りこくって返事をしない。

「約束のものは？」

洋次が小声で本郷に催促する。

「用意しています」

本郷が厚い封筒を洋次に渡す。半金の一〇〇万円である。今朝早く、以蔵が本郷のアパートに二〇〇万円を届けに来たのだ。

「……」

素早く封筒の中身を確認すると、洋次は封筒をジャケットの内ポケットにしまい込む。

「できるだけ手短に頼む。明日もあるわけだし」

「わかっています」

本郷がうなずき、花梨と向かい合ってソファに坐《すわ》る。洋次は花梨の隣だ。

「録音させてもらいますが、構いませんよね？」

「……」

花梨が黙ってうなずく。

本郷がICレコーダーをテーブルに置き、録音スイッチを入れる。

「では、始めさせていただきます。四月九日の夜に何があったか、まず、そこから伺いたいと思います。順を追って話していただけますか」

「バイトの帰りでした。駅から自宅まで、そんなに時間はかかりませんが、遅い時間だとあまり人通りもないし、薄暗い場所も多いので、用心はしてたんですが……」

「どんな用心ですか？」

「防犯ブザーと唐辛子スプレーを持ってました。何かあったとき、走って逃げられるようにスニーカーを履いてました。ヒールの高い靴やサンダルだと、いざというときに走れませんから。スカートではなく、できるだけジーンズをはくようにしてましたし」

「実際に痴漢被害に遭ったことがあるんですか？」

「あとをつけられたり、夜道で酔っ払いにからかわれたりしたことはあります。だから、いつも用心してたんです」

「それほど用心していたにもかかわらず、宍戸浩介の罠《わな》にはまったのは、なぜですか？」

「公園から犬の鳴き声が聞こえたんです。ワンワンと元気に吠《ほ》える声ではなく、くんくんと悲しそうな声でした。公園を覗《のぞ》いたら、街灯の下に白いフレンチブルドッグが倒れていて……」

「近付いたわけですね？」

「はい」

「その後は？」

「その犬を撫《な》でていたら、背後から松葉杖《まつばづえ》をついた男が近付いてきました」

「それが宍戸浩介だったわけですね？」

「そうです」

花梨がうなずく。

インタヴューは昼食を挟んで続けられた。

夕方になると花梨の表情に疲れが見えてきたので、本郷は初日のインタヴューを打ち切ることにした。宍戸浩介に拉致《らち》されてから、警察によって解放されるまで、何があったか、おおよその流れはつかめた。明日は、その内容を再確認しながら、更に記憶を細かく辿《たど》ってもらえばいいと考える。

「明日も同じ時間によろしくお願いします」

本郷が言うと、花梨と洋次は黙って部屋を出て行く。一人になると、本郷はソファにもたれて大きく息を吐く。花梨も疲れただろうが、本郷も疲れを感じている。

このスイートルームは、今日と明日の二日間取ってあるので、本郷は自宅に帰らず、ここに泊まることになっている。今夜のうちにテープを起こし、その内容をざっとまとめて以蔵に渡すつもりだったが、とてもそんな気力はない。長いだけでなく、内容そのものがかなり衝撃的だから、じっくり聞き込みながらテープを起こし、その都度、自分の感想などもメモに取っておきたいのだ。

(ダビングして渡せば文句ないだろうよ)

恐らく、花梨の肉声を耳にする方が、あの車椅子の男も喜ぶだろう、と思う。

シャワーを浴びてビールでも飲み、ルームサービスで贅沢《ぜいたく》な食事でも注文しようかと思案しているところに携帯が鳴る。

「はい、本郷です。ああ……」

週刊誌の記者時代から付き合いのある興信所の職員からだ。以蔵の運転するワンボックスカーのナンバーから、その所有者を突き止めてほしいと依頼したのである。陸運局のコネを使えば、自分で調べられないこともないが、電話一本で簡単に頼めるような知り合いではないから、どうしても時間がかかる。たとえ時間がかかろうと、金欠状態なら自分で調べただろうが、今は懐が温かいので興信所を使った。

「それで、わかったのか？　うむ……うむ……スターファースト？」

ワンボックスカーを所有しているのは、個人ではなく、スターファーストという投資会社だというのである。

興信所の職員は、スターファーストについて、ざっと説明してくれた。その説明を聞いて、スターファーストが生半可な規模の投資会社ではないということが本郷にもわかった。

本郷の興味を引いたのは、会員から資金を集めて、その資金を投資で運用するという投資顧問形式の会社ではなく、創設者の個人的な資金を運用している会社だという点である。つまり、会社が所有する財産は、実質的には創設者の財産とイコールだという意味である。途方もない財産だ。

その創設者は、すでに亡くなっており、創設者の息子が後を継いでいるという。

その息子が氏家星一郎である。

氏家星一郎は、全国各地に多くの不動産を所有しているが、普段は那須にある広大な屋敷で暮らしている。下半身が不自由で、車椅子生活を余儀なくされているので、屋敷から外に出ることを好まないのだという。

ワンボックスカーについてすぐに調べがついたので、サービスとしてスターファーストのことも調べてみた、と職員は言う。何なら、もっといろいろ調べることもできますよ、と持ちかけてきたが、本郷は断り、請求書を送ってくれ、すぐに振り込むから、と言って電話を切る。

冷蔵庫から缶ビールを取り出し、ソファに坐って飲み始める。

(氏家星一郎か。あの成金趣味の部屋を見れば、かなりの金持ちだってことは想像できたが、いやいや、ちょっとやそっとの金持ちじゃなかったな。会社の資産が何千億とか言ってたからな……)

そんな大金持ちが、なぜ、こんな事件に首を突っ込みたがるのか、本郷にはまったく理解できないが、うまく立ち回れば、今後、金の苦労をしなくて済むのではないか、という予感がある。儲《もう》け話には鼻が利くのである。もっとも、儲け話に手を出してうまくいった例《ため》しがない。だからこそ、今になっても、うだつの上がらないフリーライター暮らしなのだ。

(今度は、きっちり決めるぜ)

金だけでなく、名声も手に入れるのだ。

ようやく運が巡ってきたらしい、と本郷はほくそ笑む。

一八

四月二一日(水曜日)

「お疲れのようですね」

ホテルにやって来た松岡花梨の顔を見て、思わず本郷が言う。それほど顔色が悪く、目の下には濃い隈《くま》ができている。表情も暗い。ゆうべ、あまり寝ていないのだろう、と想像する。

「あんたが嫌なことばかり思い出させるからだよ」

洋次が舌打ちする。

(金のために娘を差し出したのは、いったい、誰なんだ?)

そう言いたいのをぐっと堪《こら》え、口許《くちもと》に作り笑いを浮かべながら、

「まあ、今日で終わりですから。さあ、どうぞ、坐って下さい」

本郷が花梨にソファを勧める。

「……」

小さな溜息《ためいき》をつきながら、花梨がソファに坐る。

「今日はできるだけ早く終わってくれないか。本当に具合が悪そうなんだよ」

洋次が小声で言う。

「お互い、約束通りにやろうじゃないですか」

本郷が洋次の手に封筒を押しつける。残りの一〇〇万円だ。

一瞬、洋次の目が明るく輝く。何だかんだと言っても金がほしいのであろう。

「じゃあ、始めましょうか。昨日聞かせてもらったことを肉付けしていくという感じに

なりますが、もちろん、新たに思い出したことがあれば教えて下さい……」

花梨に向かい合ってソファに坐《すわ》り、ＩＣレコーダーをテーブルに置く。

一九

本郷が花梨にインタヴューしている頃、以蔵は常盤台公園の近くにいた。エンジンを切って路肩に車を停め、ウィンドーを下ろして、ぼんやり外を眺めている。

公園のそばに図書館がある。

中板橋にある牛島秋恵のアパートに典子が転がり込んだのは先週の木曜日だ。

それ以来、典子は開館と同時に図書館に通い、二時間ほど過ごして出てくる。息子を連れて来ることもあるが、今日は一人である。秋恵はスーパーで働いており、早番のときは典子が息子の世話をし、遅番のときは秋恵に世話を頼む……そんな暮らしをしていることを以蔵は知っている。興信所を使って、ずっと典子の行動を監視してきたからだ。

図書館では新聞や雑誌を熱心に読んでいるようだ、と以蔵は聞いている。

(そんなに事件が気になるのか。他にやることがないのか……)

図書館の帰りに買い物をしてアパートに戻り、その後は、ほとんど外出しない、とも聞いている。どんなものを買って帰るか、買い物の内容もおおまかに把握しているが、それを見る限り、贅沢とは無縁のつましい暮らしをしているようである。

（どれくらい貯金があるのか知らないが、大して余裕はないようだな）

そんなことをぼんやり考えていると、図書館から典子が出てくるのが目に入る。

一度エンジンをかけてからウィンドーを上げ、またエンジンを切る。それから車から降り、図書館の方にぶらぶら歩いて行く。

典子とすれ違いざま、

「失礼ですが……」

と声をかける。

「え」

ハッとした顔で、典子が振り返る。目を細めて以蔵を見つめる。警戒心が露骨に表れている。

「やっぱり、そうだ。先週の木曜日でしたか、朝早く、わたしの車に乗ったでしょう」

「あのときの……」

典子が息を呑《の》む。思い出したらしい。

そして、姿勢を改め、丁寧に腰を屈《かが》め、

「あのときは本当にありがとうございました。気が動転してしまって、きちんとお礼を申し上げることもできず失礼しました。あとから連絡先くらい伺っておくべきだったと反省しました。ご挨拶《あいさつ》が遅れましたが、牛島典子と申します」

「とんでもない。そんなことはいいんですよ」

にこっと笑い、河村と申します、と以蔵も名乗る。

「しかし、こんなところで会うとは奇遇ですね。あのとき、車から降りたのは中板橋だったように覚えていますが……」

「そうなんです。中板橋に母が住んでおりまして。ここには図書館に用があって来てるんです。用と言っても新聞や雑誌を読むだけなんですけど」

「わたしは、たまたま仕事で近くまで来たんです。気持ちのいい陽気だから、少し公園を散歩しようと思って……。そうしたら、あなたに出会った」

「すごい偶然ですね」

「どうですか、もしお急ぎでなければ、どこかでお茶でも飲みませんか。ちょうど喉《のど》が渇いたところなんですよ」

「でも……」

「すいません。何か用事があるのなら、お引き留めしません」

「そうではないんですけど……」

「何なら、中板橋まで車でお送りしますよ。近くに停めてあるんですけど、長く停めると駐禁の切符を切られるかもしれないから」

「ご迷惑じゃないですか？」

「え？　何でですか。全然迷惑じゃありませんよ。お茶に付き合ってもらえると嬉《うれ》しいです」

「それなら……」

典子が笑顔でうなずく。

二〇

以蔵は典子を車に乗せ、近くのファミリーレストランに向かう。事前に調べておいたのだ。

平日の午前中なので、店は空《す》いている。奥のボックス席に向かい合って坐る。

以蔵はコーヒーを、典子はミルクティーを注文する。

「中板橋にお母さまがおられるそうですが、今は里帰りというところですか？」

さりげない風を装って、以蔵が訊《き》く。

「あ……いいえ、その……」

「すいません。詮索《せんさく》するつもりはないんです」

「里帰りというか、マスコミから身を隠しているというか……」

「マスコミから？　ひょっとして有名な方なんですか？　芸能人とか……」

「まさか、そんなはずありません」

典子が首を振る。

「情報に振り回されるのが嫌なのでテレビもほとんど観ないし、新聞もあまり読まないんですよ」

「先週、車に乗せていただいたとき、男に追いかけられていましたけど、あれはどこかの記者だったみたいです。新聞か雑誌の」

「そうだったんですか」

「わたしの勤めていた会社の社長が変な事件に関わっていたらしくて……」

典子は、樺沢不二夫と宍戸浩介の起こした事件について、ざっと説明する。

「ああ、その事件なら耳にしたことがあります。今でも大きく報道されているようですね。まさか、牛島さんが関係者だったとは……」

以蔵が驚いたように首を振る。

「関係者といっても、その事件のことは何も知らないんです。わたしは普通に事務仕事をしていただけで、まさか、それが犯罪の隠れ蓑《みの》だったなんて知らなくて……。警察にも、そう話しました。信じてもらえたから、今でも自由でいられるんです」

「それは災難でしたね。関係ないのに、マスコミに追われるなんて」

「そうなんですよ」

典子が大きくうなずき、溜《た》め込んでいた鬱憤《うっぷん》を晴らすように、滔々《とうとう》と語り始める。事件のおかげで息子と二人で逃げるように実家に身を寄せることになったこと、マスコミが張り込んでいるから部屋に戻ることもできないこと、仕事も失い、収入の道も絶えたこと、何も悪いことをした覚えはないのに、恐ろしい事件に巻き込まれて本当に迷惑していること……本郷から助けてくれた人だという安心感から、つい心を許してしまったのであろう。この一週間というもの、秋恵と春樹以外とは会話らしい会話をしていないせいもあるかもしれない。

「大変ですね」

「母のところにまでマスコミが押しかけてきたらと考えると不安で仕方ありません。もう他に行くところがありませんから」

典子は溜息《ためいき》をつき、すぐにハッとしたように、

「あ、すいません。よく知らない方にこんな話をしてしまって……」

「いいんですよ。自分が同じ立場だったらどうするのかな……。きっと、パニックを起こしてしまうでしょうね」

「わたしも、そうでした。わけがわからなくてパニックを起こしたり、先々のことを考えて不安で眠れなくなったり……」

また典子が溜息をつく。

「警察からは今も事情聴取を受けてるんですか？」

「いいえ、もう洗いざらい知っていることは話しましたから。こちらの居場所だけは知らせてありますけど、特に呼び出しもありません」

「牛島さんは何も悪いことをしてないのにマンションにもいられなくなって、仕事もできなくなって……牛島さん自身、被害者みたいなものじゃありませんか」

「運が悪かったと諦《あきら》めるしかないのかな、と今は考えています。面倒なことに巻き込まれてしまったという悔しさは感じますけど、わたしも息子もとりあえず無事ですから。被害に遭った女性たちに比べれば大したことではないのかもしれない……そう自分に言い聞かせるようにしています」

「しかし、仕事をなくして、さぞお困りでしょう」

「のんきに遊んでいられるような余裕もありませんが、かといって、こんな状況では仕事を探すのも難しいですから」

「ちょうどよかった、と言っては失礼かもしれませんが、実は、うちの会社で総務を担当していた女性が急に退職して困っているんです。よかったら面接だけでも受けてみませんか」

「え」

「事務所は渋谷です。人事担当者は別にいるので、必ず採用されるとは限りませんが、わたしの方から口添えくらいはできます。採用されても、すぐに正社員になれるわけではなく、最初は試用期間があって、その間に特に問題がなければ正社員にするという形です。待遇は、そんなに悪くないはずですよ」

「どんな会社なんですか？」

「投資会社です。見込みのある会社に投資して、キャピタルゲインとインカムゲインで儲《もう》けを出すというのが基本です」

「わたし、株についてはあまり詳しくないんですが」

「大丈夫ですよ。牛島さんが投資するわけではありませんから。仕事の中心は一般事務です」

「河村さんが社長をなさってるんですか？」

「いいえ、わたしも雇われですよ。肩書きは、セキュリティ担当の責任者ということになってますが、必要があれば何でもやりますから、雑用係と言った方がいいかもしれません」

以蔵が典子に名刺を差し出す。もっともらしい肩書きと連絡先が記されているが、実際には以蔵は星一郎に個人的に仕えるのが仕事だから、会社に出社することはない。

「スターファースト……」

名刺に記された会社名を、典子が口に出す。

じっと名刺に視線を落としながら、

「どうして、こんなに親切にして下さるんですか？」

「何となく縁を感じるからです。こんな風に二度も偶然に出会うなんて、なかなかありませんよ。それに話をして、牛島さんが有能でしっかりした方だということもわかりました」

「……」

戸惑った表情で、典子が顔を上げる。

「連絡をお待ちしていますよ」

以蔵がにこりと笑う。

二一

典子がアパートに戻ると、

「遅かったじゃない。このまま帰って来なかったら、どうしようかと心配してたのよ」

秋恵が慌ただしく出かける支度をしている。今日は遅番なので、昼からの出勤だ。その代わり、帰りが遅くなる。

「まだ何も決まったわけじゃないんだけど、もしかすると新しい仕事が見付かるかもしれないの」

「新しい仕事といっても、まだ前の会社を辞めたわけじゃないんでしょう?」

「辞めるも何も、こんな事件があって、社長が逮捕されて、これから先、会社としてやっていける? そもそも犯罪を隠すためのダミー会社みたいなものだったわけだし」

「そうねえ。だけど、警察に黙って、そんなことしていいの? 新しい会社に移るなんて……」

「どういう意味?」

「どうって、別に深い意味はないけどさ」

「もしかして、お母さん、わたしを疑ってる？」

「え」

「警察と同じように、わたしが悪事の片棒を担いだと思ってるんでしょう？」

「そんなこと思ってないわよ」

「嘘っ！」

瞬《まばた》きもせず、典子が秋恵を睨《にら》む。

「……」

秋恵の顔色が変わり、思わず後退《あとずさ》る。

「本当だよ、何も疑ってないってば。お願いだから信じておくれよ」

秋恵の目に涙が滲《にじ》んでくる。肩が小さく震えている。

「わかった」

ふっ、と典子が息を吐く。いつもの表情に戻っている。

「貯金だけでやっていけるほどお金がたくさんあるわけでもないし、あまりのんびりもしていられないのよ。いつまでも、お母さんに迷惑もかけられないしね」

「わたしも自分が食べていくだけでやっとだしねえ。仕事が見付かるのなら、いいことかもしれないね」

まだ秋恵の声は微《かす》かに震えている。

「面接してもらえそうだというだけで何も決まったわけじゃないけど……じゃあ、賛成してくれる？」

「ええ、もちろん」

「今夜、お母さんが仕事から戻ったら、マンションに行ってくる。普段着で面接を受けるわけにはいかないから」

「マスコミ、まだいるのかね？」

「どうだろう……。いないことを祈りたいけど」

「他にも大きな事件が起こってるんだし、あまり注目されなくなるといいんだけどねえ」

「いずれ裁判が始まるだろうし、一時的に忘れられたとしても、事あるごとに蒸し返されるのよ。そのたびに周囲から冷たい目で見られる。わたしは我慢できるけど……」

「春樹がかわいそうだよねえ」

秋恵が春樹に顔を向ける。床に寝転がって、ミニカー遊びに夢中になっている。

「近所の目もあるから、いずれ引っ越さなければならないと思ってるけど、すぐには無理だから」

「一度に何もかもやろうとすることはないよ。変な事件に巻き込まれてショックだろうけど、まず、自分がしっかりしないとね。それが春樹のためだし」

「うん、がんばる。わたしががんばらないといけないのよね、春樹のために」

大きくうなずきながら、典子は自分に言い聞かせるように言う。

二二

（すごいぞ、これは、すごい……）

星一郎は顔を紅潮させながら、花梨のインタヴューに耳を傾けている。どういうやり方で宍戸浩介は花梨を拉致《らち》したのか、花梨を監禁した地下室はどんな構造だったか、花梨の前に囚《とら》われの身となっていた荒川真奈美はどんな様子だったか、殺害された双子の兄弟や隣人夫婦の遺体を宍戸浩介はどのように扱ったか……被害に遭った当事者本人の口から語られる内容は生々しく迫力がある。

本郷の質問も執拗《しつよう》でねちっこく、花梨が嫌がって口籠《くちご》もるようなことも最後には聞き出してしまう。本郷には法外な報酬を支払ったが、それに見合うだけの仕事をやったと星一郎も認めざるを得ない。それほど見事な腕前である。

丸二日分のインタヴューだから、かなりの長さがある。まだ初日のインタヴューの途中だが、星一郎の頭の中には鮮明なイメージが浮かび、どうすればスムーズに女性を拉致することができるかという計画が形を取り始める。

これからも本郷は、関係者へのインタヴューを続けようとするだろうが、もう星一郎には必要ない。宍戸浩介と樺沢不二夫の犯罪行為の詳細を知ろうとしたのは、彼らがやって来たことを自分が引き継ぎたいと考えたからだ。

実際にインタヴューを聞いてみると、自分が望んでいたのは宍戸浩介の犯罪を模倣することであり、その犯罪を利用した樺沢不二夫のビジネスには何の興味もないと改めて気が付いた。それ故、これ以上の調査は必要ないのである。

「うっ……」

星一郎が胸を押さえる。心臓の鼓動が速い。インタヴューに興奮したせいだ。発作が起こる前兆である。携帯を手に取り、島田房江を呼ぶ。

(落ち着け、落ち着け……)

深呼吸しながら、自分に言い聞かせる。

すぐに房江がやって来る。

「まあ、旦那《だんな》さま、どうなさったんですか？　顔が真っ赤じゃないですか」

「見ればわかるだろう。さっさと処置しろ」

「いけませんねえ。そんなにガミガミ怒ると、もっと血圧が上がりますよ」

「イライラさせるな」

星一郎の額に青筋が浮かぶ。

「うぐっ……」

口から泡が出て来る。

「発作が……発作が……」

「ゆっくり息をして下さい。ゆっくりですよ、もう興奮しないで……」

房江が星一郎に近付いて首筋から背中にかけてマッサージを始める。次第に星一郎の顔色がよくなってくる。

「発作は命取りになりますよ。発作を防ぐには興奮しないことが一番です」

「わかっている。早く薬をくれ」

「死んだら、もう威張ることもできませんよ」

口許《くちもと》に笑みを浮かべながら、房江が星一郎に薬を飲ませる。

（嫌な女だ）

星一郎が顔を顰《しか》める。

「下がっていいぞ」

「大丈夫なんですか？　しばらく一緒にいてさしあげましょうか」

「用があれば呼ぶ」

房江が下がると、今度は携帯で以蔵を呼ぶ。

以蔵がやって来ると、

「おい、決めた。やるぞ」

「え」

以蔵が息を呑《の》む。星一郎が何をやろうとしているのか、もちろん、承知している。

「しかし、まだ調査が途中ですが……。本郷のインタヴューも始まったばかりですし」

「それは、もういい。あいつには勝手にやらせろ。但し、これ以上、追加の費用を負担する気はないし、何の便宜も図らない。そういうことだ。わかったか？」

「はい」

「下がれ」

以蔵が部屋から出て行く。

一人になると、また星一郎は花梨のインタヴューを聴き始める。うっとりした至福の表情である。


自室に戻ろうと、以蔵が廊下を歩いていると、携帯が鳴る。

「はい、河村です」

「あの……牛島です」

「ああ、牛島さん」

「面接ですが、お願いできますか？」

「ええ、もちろんです」

と咄嗟《とっさ》に応《こた》えたものの、さっきの星一郎の態度を思い出し、

（もう、この女には興味を示さないかもしれないな……）

という気がする。

花梨のインタヴューを聴いて、頭に血が上ってしまったらしく、すぐさま女性の拉致監禁を実行しようとしていることがわかった。宍戸浩介と樺沢不二夫の犯罪を念入りに

調べ上げ、同じ轍《てつ》を踏まないように慎重に計画を進めるという当初の考えを捨ててしまったらしい。

（形だけ面接して、やはり人事担当者が承知しなかった、とでも言い訳すればいいか）

そう考えて、

「わかりました。では、人事担当者と相談して、改めて連絡させていただきます。ご都合の悪い日時はありますか？」

「いいえ、いつでも参ります」

「できるだけ早く連絡させていただきます」

「よろしくお願いします」

電話を切ると、典子は床に坐《すわ》り込む。面接用のスーツ、それに春樹や自分の着替えなどを取りにマンションに戻ってきていた。

さすがにマンションの近くには、もうマスコミらしき者の姿は見えなかった。

しかし、マンションの住人とは顔を合わせてしまい、不愉快そうに顔を背ける者もいれば、黙って冷たい視線を向ける者もいる。中には、

「戻ってきたのか」

と、舌打ちする男もいた。

（自分のうちに戻ってきただけなのに……）

なぜ、こんなに肩身の狭い思いをしなければならないのか、と腹が立つ。

とりあえず、必要な荷物をまとめると、以蔵に電話をかけたのだった。

いよいよ面接を受けることが決まってみると、急に力が抜けた。こんな状態で新しい職場に馴染《なじ》むことができるのか、普通に仕事ができるのか、職場の人たちに事件の関係者だと知られたら、また好奇の目を向けられて、冷たい対応をされるのではないか……様々な不安が胸の中に渦巻いてきたのである。

二三

四月二二日（木曜日）

朝礼が終わる。

薬寺松夫が自分の席に着き、

「あ～っ、糸居がいないだけでこんなに静かなのね～。素晴らしい静けさだわ。大人の職場っていう感じがする。このまま、ずっと入院しててほしい」

湯飲みを手に取り、ぐびっと番茶を飲む。もう冷めているが少しも気にならない。

「糸居さん、元気そうだったから、予定より復帰が早いかもしれませんよ」

栄太が言う。

「あんた、不吉なことを言うわねえ」

薬寺が嫌な顔をする。

「あの様子だと、たとえ具合が悪くても強制退院させられるかもしれませんね。賑《にぎ》やかすぎて、他の患者さんたちが落ち着かないみたいですから」

田淵が、ふふふっと笑う。

「また二人でお見舞いに行ったの？」

「昨日、仕事帰りにちょっと寄ってみました。メールで買い物を頼まれたので」

栄太が答える。

「入院してても態度がでかいのねえ。あんたならまだしも、ブチさんまで呼ぶなんてさ」

「困ってるみたいだったから行っただけです」

「何で困ってるのよ？」

「奥さんと大喧嘩《おおげんか》して、必要なものを持ってきてもらえなくなったみたいですよ」

「元気な元の奥さんね。見栄えも悪くないし、感じもいいのに、どうして、あんなバカと結婚したのかしらねえ？　熱病にでも苦しんでいるときにプロポーズされたのかしら。普通の状態だったら絶対に断ると思うんだけどさ」

「班長も美優ちゃんに会ったじゃないですか。すごくかわいい子でしたよね。あんな子供が生まれるんだから、糸居君と奥さん、きっと相性がいいんですよ」

田淵が言う。

「さすがだわ、ブチさん。どうすれば、そんなに物事を好意的に見られるのかしら。見習いたいわ」

　薬寺が感心する。

「そうですね」

　栄太がうなずく。

「あんたも見習いなさいよ。こうしておしゃべりしているときでも、ブチさんは、ちゃんと報告書を拵《こしら》えてるのよ。さっきから見てるけど、話しながらでも手は少しも止まってないからね」

「そんな器用なことできるんですか？」

「何事も鍛錬なのよ。もっとも……」

　薬寺が佐藤とあおいをじろりと睨《にら》む。

「仕事をしてないのは、あんただけじゃないけどさ」

「……」

　佐藤美知太郎も柴山あおいも薬寺の言葉など、まったく耳に入らないようだ。朝礼のときから、いや、そもそも出勤してきたときから、ぼーっとしている。

　佐藤は、事件に取り組んでいるときこそ、めざましい働きをするが、それ以外のときは、そこにいるのかどうかもわからないほど存在感が稀薄《きはく》になる。人と会話をしたり、接点を持ったりする必要性をまったく感じないらしく、日によっては、出勤してから退庁するまで、誰とも口を利かずに帰ることすらある。変人である。

あおいは、そうではない。普段はみんなと一緒になって雑談する。今日に限って普通ではないのだ。

（ああ……）

とろんとした目で、溜息《ためいき》をつく。出勤してから、ずっとそんな調子である。

理由がある。

あおいの自宅は江東区《こうとう》で、最寄り駅は半蔵門《はんぞうもん》線の住吉《すみよし》である。大手町《おおてまち》で乗り換えて、霞《かすみ》が関《せき》に通勤している。朝は電車が次々に来るので電車待ちの時間がほとんどない。自宅から警視庁まで、実質二〇分ほどの通勤時間だが、電車に乗っているときは常に猛烈な満員状態なので決して楽ではない。

住吉から大手町までの四駅にしても、わずか一〇分ほどの乗車時間だが、呼吸が苦しいほどに周囲から圧迫される。大手町に着くと、まず大きく伸びをして深呼吸するのが習慣になっている。

今朝も、そうだった。

いつも余裕を持って家を出るし、大手町から霞が関までは千代田《ちよだ》線でも丸ノ内線でも五分くらいしかかからないので、慌てて乗り換える必要はない。一息ついて、筋肉をほぐしてからでいいのだ。

「満員電車だけは、いつまで経っても慣れないよなあ……」

手足を伸ばしながらつぶやいていると、背後から肩をぽんぽんと叩《たた》かれた。

何気なく振り返って、

（あ）

あおいは息が止まりそうになった。

（あの子だ……）

四月の初め、特殊捜査班に異動になった初出勤の朝、あおいは電車の中で痴漢被害に遭っている女子高校生を見付けた。電車を降りて、ホームで二人組の痴漢を捕まえた。そのときの女子高校生が目の前にいる結城《ゆうき》つばさだ。

「おはようございます」

白い歯を見せて、つばさがにこやかに挨拶《あいさつ》する。

「ああ……おはよう」

声が上擦った。

「すぐにお礼に行きたかったんですけど、あのときは動揺していたというか、テンションが上がってしまって、お姉さんが警視庁の刑事さんだということしか覚えてなかったんです。名前まで忘れてしまって、わたし、バカだから。すいませんでした」

丁寧に頭を下げる。

「ううん、いいの。全然気にしてないよ」

「もう一度、教えて下さい」

「何を？」

「名前です」

「うん、名前ね。柴山あおい」

「あおいさんか。素敵な名前ですね」

「つばさちゃんの方が素敵だよ」

「えっ、わたしのこと覚えてくれてたんですか」

「もちろん」

「やった、嬉《うれ》しい。最高」

「あれから変な奴に狙われたりしてない？」

「はい、大丈夫です」

「つばさちゃんは、かわいいから狙われちゃうんだよね」

「そんなことないけど……。でも、よかったなあ、やっと会えた。半蔵門線に乗って大手町で降りれば、いつか会えるだろうと期待してましたけど、人が多いから、なかなか見付けられなくて……。あおいさんは、どこから乗ってくるんですか？」

「わたしは住吉から」

「え〜っ、マジですか。わたし、清澄白河《きよすみしらかわ》なんですよ。すぐ近くじゃないですか。嬉しいなあ」

「おしゃべりしてていいの？　学校に遅刻しちゃうよ」

「大丈夫です。あの……」

「何？」

「よかったら、うちに遊びに来てくれませんか」

「つばさちゃんの家に？」

「父と母も、ぜひ、お礼が言いたいそうなんです」

「いいよ、そんなこと。わたしにとっては、仕事だったんだから」

「迷惑ですか？」

つばさの表情が曇る。

「い、いや、別に迷惑ではないけど……」

「じゃあ、お願いします」

「うん」

「メルアド交換してくれますか？」

「いいけど」

今朝、そんなことがあった。

大手町で別れて、すぐにメールが届いた。あおいに会ったことを母親に知らせたら、母親も大喜びで、できれば、すぐにでもお目にかかりたいので、都合がよければ、土曜日に家に来てもらえないか、という内容だった。ほんの一瞬、どうしようかと迷ったものの、すぐに喜んで伺います、と返信を送った。

（ちょっと軽率だったかなあ）

という気もしないではなかったが、つばさに再会することができて、しかも、土曜日にも会うことができるという喜びが勝った。

(つばさちゃん、マジでかわいいからなあ……)

朝の再会を思い返すたびに、あおいは、うっとりとした表情で溜息をつく。

二四

この日は、外回りに出かける者もおらず、皆が内勤で事務処理に励んだ。警察官の仕事というのは、交番勤務の制服警官にしろ、捜査一課の刑事にしろ、仕事の七割以上は事務処理である。ことあるたびに報告書を作成しなければならないからだ。

内勤業務が最も忙しいのは、薬寺だ。自分の報告書を作成する傍ら、メンバーたちが作成した書類に目を通して内容を確認し、事実関係に誤りがあれば訂正するように指示し、何も問題がなければ、コメントを書き加え、署名捺印《なついん》して上に送る。管理職の仕事といってしまえばそれまでだが、とにかく、書類が多い。本人はがんばっているつもりだが、それでも時間が経つにつれ、机の上に書類が山積みになっていく。

「班長、新しいコーヒーでも淹《い》れましょうか?」

栄太が気を利かせる。薬寺の疲れ気味の顔に気が付いたのだ。濃いブラックコーヒーでも飲んで気を引き締めなければ、机に突っ伏して眠り込んでしまいそうだ。

「ありがとう。お願いするわ」

「すぐに」

栄太が腰を上げる。

コーヒーを淹れ、栄太がマグカップを薬寺の机に運んでいくと、

「あんたって気が利くわあ。それって、すごく大事なことよ。仕事でも、プライベートでもね」

「皆さんもどうぞ」

他のメンバーたちにも、栄太がコーヒーを運ぶ。

「確かに腰の軽いキャリアというのは貴重ですよね。いずれ管理職になったとき、部下に好かれるわよ」

おいしいわよ、ありがとう、と田淵がにこりと微笑む。

そこに、

「お〜い、栄太、おれにもコーヒーくれや」

という大きな声が聞こえる。

「げ。ものすごく嫌な予感」

薬寺の顔が引き攣《つ》る。

「まさか」

田淵も驚いた表情で戸口に顔を向ける。

「へへへっ、お待たせしました。糸居参上」

糸居が足を引きずりながら、のっそり部屋に入ってくる。

「糸居さん、どうしてここに……？」

栄太が目を丸くする。

「どうしてって……あんな退屈なところにいつまでもいられるかよ。不自由だし、つまらないし、これ以上、あんなところにいたら、頭がおかしくなっちまう」

どっこいしょ、と糸居が自分の席に着く。

「退屈だとか、つまらないだとか、病院だから当たり前じゃん。入院が楽しくて仕方なかったら大変だよ。いい年をした大人のすることじゃないね。どうせ退院許可なんかもらわず、勝手に病院を抜け出してきたんでしょう」

あおいが呆《あき》れたように言う。

「残念だが、それは違う」

ふふふっ、と糸居が腹を揺すって笑う。

「ちゃんと医者から退院許可をもらった」

「おかしいじゃないですか。昨日、ぼくと田淵さんがお見舞いに行ったときだって、退院できるのは、早くても月末か、来月初めという話だったのに。まだ一週間以上も先ですよ」

栄太が言う。

「傷は急所を外れてたし、動脈も無事だった。あとは痛みさえ取れれば大丈夫だと言われてたんだよ」

「あんなに痛がってたのに」

「薬局に行けば、いくらでも鎮痛剤を売ってるんだよ」

「そこまでして退院しなくても……。ちゃんと治した方がいいですよ。ねえ、班長？」

栄太が薬寺に顔を向ける。

「別に治らなくてもいいし、たとえ再起不能だとしても、こっちは全然困らない。ここに戻って来られると困るだけなんだよな」

「ははは っ、班長の冗談は毒があって面白いっすねえ〜」

糸居が笑う。

「冗談だと思うか？」

薬寺がマジ顔で身を乗り出す。

「まあまあ、そう言わずに。退院できるほど元気になったということなんですから。喜んであげましょうよ」

田淵が間に割って入る。

「ああ、ブチさんは優しいなあ。ブチさんが班長だったら、おれ、死んでもいいっす」

糸居が鼻の下を伸ばす。

「バ〜カ」

薬寺が舌打ちしながら携帯を手に取る。メールの着信音が聞こえたのだ。

（あら、亜紀ちゃんからだわ）

フクロウ愛好家の友達、仲間亜紀からのメールである。週末、ミルクの世話をお願いしたい、承知してもらえるのなら、部屋の鍵《かぎ》を預けるので、明日の夜、会いたい、という内容である。

薬寺は、承知した、と返信を送った。

二五

四月二三日（金曜日）

星一郎がつまらなそうな顔でパソコンの画面を見つめている。

茅場町《かやばちょう》にあるスターファーストの事務所で、これから牛島典子の面接が行われる。衛星回線を使って、その様子を自宅のパソコンで観ることになっているのだ。

最初、星一郎が典子に興味を持ったのは、樺沢不二夫の会社で勤務しているたった一人の事務員だったからだ。樺沢不二夫と宍戸浩介の犯罪行為に関する秘密を何か知っているのではないか、と期待したのである。彼らの犯罪行為を引き継ぐために少しでも多くの情報を手に入れたいと考えていたから、以蔵を典子に接近させた。

しかし、長時間にわたる松岡花梨のインタヴューを聴いたことで、宍戸浩介がどういうやり方で女性を拉致《らち》監禁していたのか、その詳細を知ることができた。それで十分だった。宍戸浩介のやり方に自分のアイデアを加えることで、女性を拉致する計画ができあがった。

連日の報道を事細かく分析することで、宍戸浩介と樺沢不二夫の役割分担についても、だんだんわかってきた。女性を拉致監禁し、人体パーツを入手するのが宍戸浩介の役割で、その人体パーツを秘密ルートで販売して大金を手に入れるのが樺沢不二夫の役割だったらしい。そういう役割分担がわかると、自分が興味があるのは宍戸浩介のやったことだけで、樺沢不二夫のやったことには何の関心もないと気が付いた。

星一郎は金には不自由していない。金のために女性を拉致監禁したいわけではないので、人体パーツの販売手段を知る必要はない。

典子が何か知っているとしても、それは樺沢不二夫の果たした役割についてであろう。今の星一郎には、それはどうでもいいことなので、典子への関心も急速に薄れた。

しかし、もう面接をセッティングしてしまったので、形だけでも面接しないわけにはいかないと以蔵が言うので、やむを得ず、パソコンの前に坐《すわ》っている。一五分くらいで済むというから大した手間ではない。

「始まるようです」

以蔵が音声を大きくする。

総務責任者の中年男性と若い女性事務員が長いテーブルの前に並んで坐り、それと向き合う形で典子がパイプ椅子に坐って面接を受けるという形式だ。

ドアを開けて部屋に入ってきた典子が一礼する。おかけになって下さい、と勧められて、パイプ椅子に腰を下ろす。

「では、始めさせていただきます……」

責任者が質問し、典子が答える。その内容を事務員がメモする。ごく一般的な、当たり障りのない質問内容である。

責任者の態度にやる気が感じられないのは当然で、この面接は形式的なものに過ぎず、典子を採用するかどうかは星一郎の判断で決まるとわかっているからだ。

典子の方は、何としても採用してもらいたいと願っているから、緊張で顔を強張《こわば》らせながら、真剣に質問に答えている。

面接は当初の予定より少し長引き、二〇分ほどで終わった。

典子が椅子から立ち上がり、一礼して部屋から出て行くと、以蔵は音声を落とした。ちらりと肩越しに星一郎を振り返ると、仄《ほの》かに顔が上気し、目が血走っている。

（やはり、な）

以蔵がほくそ笑む。面接の途中から、星一郎が身を乗り出して、食い入るようにパソコンの画面を見つめていることに気が付いた。典子は星一郎の好みに合いそうだという気がしていた。思った通りだ。

「牛島典子か。あの女はいい。すごくいいな」

「では、採用しますか？」

「いや、しない」

星一郎が首を振る。

「え、気に入ったのでは……？」

と口にしてから、ハッと気が付く。

（そういうことか……）

星一郎は典子をターゲットの一人にするつもりなのであろう。拉致して、地下の拷問部屋に監禁しようというのだ。そういう考えであれば、星一郎と典子の間に何の接点もない方がいい。だから、不採用なのだ。

（変態の考えることは気味が悪い）

星一郎に気付かれないように、以蔵が顔を顰《しか》める。

二六

面接が終わって緊張が解けた途端、典子は疲れを感じた。

（採用してもらえるだろうか……）

自分なりに真剣に努力したつもりだが、相手がどう評価するかわからない。他に候補者もいるというし、かなり狭き門に違いないのだ。

（やっぱり、駄目かなあ）

ふーっと重苦しい溜息《ためいき》をついたとき、携帯が鳴った。一瞬、息が止まったのは不採用を知らせる電話ではないかと危惧《きぐ》したからだ。まさか面接が終わって三〇分で電話がかかってくるとは思えなかったが、膝《ひざ》ががくがく震えた。

「はい、牛島です」

不安のため、消え入るような声で典子は電話に出る。

「牛島さん？　あなたなの」

怒鳴るような女の声である。どうやら人事担当者ではなさそうだ、とわかる。

「あの……どなたでしょうか？」

「わたしよ。徳山千春」

「ああ……」

奥さまですか、と言いそうになり、慌てて、その言葉を飲み込む。樺沢不二夫の元妻である。以前、うっかり奥さまと呼んだら、途端に不機嫌になり、厳密には元奥さまだけど、そんな呼ばれ方をしたくない、樺沢とは何の関わりも持ちたくないから、と強い口調で叱られたことがある。

だから、

「ああ……徳山さんですか」

と言い直す。

「これから会えないかな？」

「わたしに、ですか？」

「そうよ。だって牛島さんに電話してるんだもの。あなた以外の誰だっていうのよ？」

「……」

「渋谷にいるんだけど、どこにでも行くわよ。あなた、自宅？」

「出先ですけど」

「どこ？」

「西新宿です」

「一人？」

「はい」

「お願い。時間をちょうだい。手間は取らせないつもりだから」

「どんなお話でしょうか？」

「会って話すわよ。その方が早いと思うし。いいでしょう？」

「……」

気が進まなかったが、千春に強引に承知させられた。二〇分後、アルタの前で待ち合わせることにした。

アルタから歌舞伎町方面に歩き、

「ここにしようか」

と、千春が促し、目に付いた喫茶店に入る。窓際の席に着くと、

「わたし、アイスコーヒー、あなたは？」

「じゃあ、わたしも同じものを」

「ここは禁煙じゃないのね。ありがたいわ」

千春がタバコを吸い始める。

「近頃は禁煙の店ばかりで嫌になるわ。あなた、タバコ、吸わないの？」

「吸いません」

「健康的でいいわね」

「……」

本人は意識していないのかもしれないが、千春の言葉にはいちいち棘《とげ》がある。揚げ足を取るようなことも平気で口にするし、一緒にいて楽しい相手ではない。以前は雇い主の元妻だからと遠慮して我慢していたが、今は関係がない。もう我慢する必要などないのだ。千春の強引さに負けて、つい会ってしまったことを、典子は今更ながら後悔する。

アイスコーヒーが運ばれてくると、千春はガムシロップとミルクを入れてかき混ぜ、勢いよく飲み始める。よほど喉《のど》が渇いていたらしい。

「あれから警察に呼ばれた？」

「いいえ」

「わたしも、あれっきり。当たり前よね。離婚してから、ほとんど会ってないわけだし、たまに電話で話すときだって、子供の養育費のことだけだもん。まさか、裏であんな恐ろしいことをしてたなんて……。まあ、離婚してしばらくは養育費も滞りがちで困ったけど、ある時期から急に金払いがよくなったから、いったい、なぜなんだろうと不思議には思っていたのよね。養育費だけじゃなく、子供の誕生日とか、七五三、クリスマスなんかにもお金を送ってきたから羽振りがいいんだなあと驚いた。もちろん、どんなお金だったか、わたしは知らないけど、お金はお金だもんね。正直、すごく助かったわよ」

「そのお金、返すんですか？」

「返す？　何で？　誰に？」

「被害に遭った方たちへの賠償金として」

「変なこと言わないでよ。わたし、何の関係もないもの。悪いことなんかしてないんだから。それに樺沢からもらったお金なんか残ってないし……。謝りなさいよ」

千春が典子を睨《にら》む。

「え」

「どうして、そんな嫌なことを言うのよ。不愉快じゃないの。謝ってよ！」

目尻《めじり》を吊《つ》り上げて怒鳴る。声が大きいので、他の客たちが顔を向けてきたほどだ。

「すいません」

なぜ、自分が謝らなければならないのか、まったく納得できないが、千春の剣幕に怖れをなして、口先だけで謝罪する。

「そう、わかってくれればいいのよ。わたしは、樺沢みたいな犯罪者とは違うんですからね。確かに、あの男と結婚していたのは本当だけど、その頃は普通の人だったしね。犯罪行為に手を染めたのは、わたしと別れてからなんだから、わたしには何の責任もないのよ。ちゃんと警察にも、そう説明してわかってもらったわよ」

「はい」

「それでね……」

千春がぐいっと身を乗り出す。

「前にも訊《き》いたけど……樺沢、どこかに財産を隠してると思うのよね」

「だから、それは……」

「いいの、いいの。あなたを責めてるわけじゃないの。全然、そうじゃないの。むしろ、そうであってほしいと願っているわけよ」

「は？」

「警察に尻尾《しっぽ》をつかまれたと感づいてから、樺沢の奴、大急ぎで資産を現金化しようとしたらしいじゃないの、株とか金券とか……。週刊誌で読んだわよ」

「それは事実ですけど、わたしが現金化したものは、すべて社長に渡しました。わたしがやったのは、せいぜい、数十万単位の話ですし、それ以外のことは知りません」

「逮捕されたとき、現金だけじゃなく、金貨なんかも持ってたんでしょう？」

「わたしは知りません」

典子が首を振る。

「だから、あなたを責めてるわけじゃないんだってば。あのね、樺沢って、ものすごく用心深い男なのよ。何事も用意周到な人なの。そんな人が、警察に捕まって、何もかも取り上げられてしまう……そんな間抜けなことをするはずがないと思うのよね。もちろん、株もやっていたでしょうし、事務所に金貨や金券、現金も置いていたでしょう。だけど、それ以外にも絶対にあると思うの。どこに隠したにしろ、刑務所に入れられたら自分ではどうにもできないわよね？　死刑になるのなら観念して警察にしゃべるかもしれないけど、無期懲役くらいなら、いつかは刑務所から出るわけじゃない。あの人のことだから、そのときのことまで考えて、いろいろ準備していたと思うわけ。でも、一人ではできない。誰かの手助けを必要とするはず。いったい、それは誰なのか……」

千春が上目遣いに典子を見つめる。

「わたしだとおっしゃりたいわけですか？」

「だって、他にいないもの。あなただけなのよ」

「……」

「ねえ、図々《ずうずう》しいことは言わない。その金額にもよるけど、半分でいいのよ。何なら、三割くらいでも結構よ。あんな男に義理立てすることないじゃないの。二人のものにしてしまいましょう」

「いい加減にして下さい！」

自分でも驚いたほど大きな声が出る。膝《ひざ》の上で握り締めた拳《こぶし》が、あまりにも強く握っているせいで、指が掌《てのひら》に食い込んで充血しているほどだ。心の中で何かが決壊しそうになるのを必死に堪《こら》えている。

「わたし、本当に何も知りません。そんなものがあるのなら社長に直接訊いて下さい。失礼します」

千円札をテーブルに置くと、典子がそそくさと店から出て行く。これ以上、千春と向かい合っていたら自分が何をするかわからないという不安が典子の足を急がせた。

典子の後ろ姿を見送りながら、千春が新しいタバコを口にくわえて火をつける。

「思っていた以上に腹黒い女だわね。しおらしい顔をしやがって……。誰がそんな言葉を信じるかってのよ。独り占めなんか絶対に許さないからね」

椅子にもたれ、胸を反らしながら煙を吐き出す。

そこに携帯が鳴る。

「はい？……え、どなたですか？本郷さん？フリーライター？で、ご用件は？わたしにインタヴューしたいですって？残念ですけど、そういうお話は……。え？謝礼？謝礼がもらえるんですか。インタヴューだけで？本になれば、もっともらえる？それ、本当なんですか？……ふうん、インタヴューを受けたときに、いただけるんですか。わたしの予定？ああ、そうですねえ……今日これからでもいいですよ。歌舞伎町の喫茶店にいるんですけど……一時間くらいなら、ここで待ってますよ。ランチでも食べながら待ってますから……」

店の名前を告げ、千春が携帯を切る。

「ふふふっ、そう悪いことばかりじゃないわね。インタヴューを受けるだけで一〇〇万円なんてすごいじゃないの。それだけじゃ足りないけど、それでもありがたいものねえ……」

機嫌がよくなり、サンドイッチセットを追加注文する。セットの飲み物は、アイスティーを頼む。

ゆっくり食事をしながら、携帯でメールをチェックする。楽しい内容ではないのか、メールを読んでいるうちに、千春の表情が曇っていく。携帯をしまうと、重苦しい溜息《ためいき》をつく。タバコを吸いながら、渋い顔で物思いに耽《ふけ》る。

そうやって何本かのタバコを吸い終わったとき、

「徳山さんですか？」

と声をかけられ、ハッとわれに返る。

「本郷です。ここ、いいですか？」

「ええ、どうぞ」

本郷は千春に向かい合って椅子に坐《すわ》ると、ウェイトレスにコーヒーを注文する。名刺を差し出し、本郷和正と申します、と頭を下げる。

「新聞や雑誌、テレビの方から同じような申し込みをいくつかされましたけど、すべてお断りしたんですよ」

「彼らは基本的にただで話を聞こうとしますからね。自分の都合しか考えない連中です」

「本郷さんは違うわけですね？」

「はい、貴重な時間と情報をいただくわけですから、それに見合うだけのお礼をするつもりです」

「でも、正直なところ、信じられない気もするんですよね。本当に一〇〇万円？」

「嘘はつきません」

本郷がポケットから封筒を取り出し、帯封された一〇〇万をちらりと見せる。

「……」

千春の目が封筒に吸い寄せられる。瞬《まばた》きもしない。無意識のうちに手を差し出そうとするが、本郷は素早くポケットにしまってしまう。

「最初にいただけるんじゃなかったかしら？」

「まずは予備調査をさせていただきます」

「予備調査？」

「樺沢さんや事件に関して、徳山さんがどういうことを知っておられるのか、ざっと確認させていただきたいのです。その上で、こちらが納得すれば、場所を変えて、改めて詳しいお話を聞かせていただくことになります。このお金は、そのときに渡します。予備調査ですから、今はボイスレコーダーも使いませんし、メモも取りません。それで構いませんか」

「ちょっと話が違うような気もするけど……。まあ、いいですよ。始めて下さい」

「では……」

本郷が質問を始める。樺沢不二夫との出会い、結婚生活、離婚した事情などについて訊く。

千春は、てきぱきと答える。

ここまでは前置きである。本郷が知りたいのは、樺沢が宍戸浩介と出会い、犯罪行為に手を染めるようになってからのことである。

ところが、千春は宍戸浩介について何も知らなかった。会ったこともないし、樺沢から名前を聞いたこともないという。それも当然で、樺沢と宍戸浩介が再会したのは、樺沢が千春と離婚した後なのである。

「もちろん、どことなく普通でないところはありましたよ。何をしでかすかわからないような怖さがあったというか……。もちろん、人殺しまでするような人だとは思っていませんでしたけどね。だって、そんな人と結婚なんかしないじゃないですか」

千春は本郷の興味を引こうと必死に話を盛るが、次第に本郷はやる気を失っていく。

(これは駄目だ)

本郷が樺沢不二夫の評伝か伝記でも書くつもりなら、千春の話は役に立つだろうが、人体パーツ販売という猟奇事件に関する本を書く上では何の役にも立たないことがはっきりしてくる。樺沢が真っ当に生きていた頃の話など読者の興味を引くはずがない。

「あの人はね……」

「あ、待って下さい」

「何ですか？」

「もう結構ですので」

「は？」

「これを」

本郷は財布から一万円札を三枚取り出して、千春の前に置く。

「何ですか、これ？」

「時間を割いていただいたお礼です」

「お礼って……。インタヴューは、これからでしょう？　場所を変えてやるって、さっき……」

「ですから、それは、もう結構です」

本郷は伝票を手にして立ち上がる。

「ちょっと待ってよ。おかしいじゃないの。謝礼は、一〇〇万なんでしょう？　何よ、これ……。たった、三万？」

「それでも多すぎると思いますけどね。あなたが話してくれた内容ですが、このコーヒー代ほどの価値もありませんでしたよ。残念です」

にやりと笑って、本郷が千春に背を向ける。

その背中を見送りながら、千春は震える手でタバコに火をつける。

「ちくしょう、人をバカにしやがって……」

タバコを吸って、何とか気持ちを落ち着かせようとする。

携帯が鳴る。

こんなときに誰だ、バカ野郎、本郷だったら叩《たた》き切ってやる、二度とおまえのインタヴューなんか受けてやるもんか……心の中で悪態を吐きながら電話に出る。

「はい？　あ……アポロ君？」

千春が入れ込んでいるホストである。

途端に千春の表情が緩む。にやけた顔になり、甘ったるい声を出す。

「今夜？　う〜ん、行きたいけど、ちょっと無理かなあ……。わたしだって淋《さび》しいよ。もう何日もアポロ君に会ってないんだもの。だけど、子供の具合が悪くて……」

もちろん、嘘である。

金欠なので、行きたくても行けないのだ。

ふと、本郷が置いていった三万円が目に入る。まだボトルがいくらか残っていたし、余計なものを頼まないで、三〇分くらいで店を出れば、その三万円で何とかなりそうだ。

「そうだなあ、ちょっとだけ行こうかな。アポロ君の顔を見たら、すぐに帰らないといけないけど……。何よ、そんなに喜んじゃって……。え？　ああ……もちろん、覚えてるわよ。忘れるはずがないじゃないの。来週の金曜日、月末の締め日というだけでなく、アポロ君のバースデーだもの。すごく大切な日だよね。わかってるって、ちゃんと三〇〇万用意するから。シャンパンの注文？　ドンペリのピンクね。いいわよ、任せる。何本でもいいわよ、一〇本でも二〇本でも……。当日、三〇〇万持っていけばいいんでしょう？　それで足りるようにしてくれれば、内容は任せるって。うん、じゃあ、後でね。詳しい話は、また、そのときに……嫌だ、無理よ、周りに人がいるもの……仕方ないなあ……」

左手で口許《くちもと》を隠し、小声で、愛してるよ、アポロ君、と言い、千春が電話を切る。

椅子にもたれかかり、とろんとした目つきで、千春が深い溜息をつく。

ホスト遊びにはまったのは偶然だった。そもそも樺沢からの送金が増えるまで、そんな余裕はまったくなかった。食べていくだけで精一杯だったのだ。

送金が増えたので、週に一度か二度は友達に誘われて都内にショッピングや食事に出かけるようになった。

ママ友の一人が、

「一度くらいホストクラブに行ってみない？　最初だけは安いらしいわよ」

と、どこかで手に入れた割引券を持ってきた。

何人かは尻込《しりご》みしたが、

「面白そうね。行ってみようよ」

と、千春を含めて四人で行くことになった。

その店でアポロに出会ったのだ。

見た目は冴《さ》えなくて地味な青年だった。口下手で話もあまり面白くなかったが、千春にはそれが誠実さの表れに思えた。帰り際、アポロがそっとメモを手渡してくれた。今日はありがとうございます、できれば、またお目にかかりたいです、と拙《つたな》い字で記されていた。

一週間ほど後、千春は一人でクラブに出かけ、アポロを指名した。

アポロは女々しい男で、売り上げも伸びず、いつも店長から厳しく叱責《しっせき》されて落ち込んでいた。ぼくは駄目なホストなんです、ホスト失格です、もうすぐクビになりますよ……そんな愚痴をこぼしながら、千春の前で泣いた。

「しっかりしなさいよ。大丈夫だよ、アポロ君なら、いつかトップになれるから」

「優しく励ましてくれるのは千春さんだけです」

アポロの立場を強くするには、売り上げを伸ばせばいい。つまり、千春が店で金を使えばいいのだ。

自分では節度を守っているつもりだったが、蟻地獄にはまったアリのようにずるずると底に落ち込んでしまい、ひと月ほど後、アポロと体の関係ができてからは、もう後戻りできないところにいた。

貯《たくわ》えは、たちまち底をついたが大して心配しなかった。子供を理由にして、樺沢に無心すれば、いくらでも金を送ってくれたからだ。

その樺沢が逮捕された。千春の打ち出の小槌《こづち》は消えた。しかも、アポロの誕生会という、一年で最も大切なイベントの直前にである。

千春は慌てた。なりふり構っていられる場合ではない。何としてでも、来週までに三〇〇万用意しなければ、アポロの面子《メンツ》を潰《つぶ》すことになってしまう。そんなことをするくらいなら死んだ方がましだ。

（あの女よ、牛島典子が金の隠し場所を知っているに違いない。誰が独り占めさせるもんか。どんなやり方をしても、金の在処《ありか》をしゃべらせてやる）

千春は、そう心に誓った。

二七

終業を知らせるチャイムが鳴ると、薬寺はそそくさと帰り支度を始める。

「あれ、どうしたんすか、班長、そんなに急いで？」

糸居がのんきそうな顔で訊《き》く。久し振りに出勤してきたものの、まったく仕事をせず、バカ話ばかりして、他のメンバーたちの事務処理を邪魔しただけの一日だった。

「放っておいてちょうだい。あんたに関係ないでしょ」

「みんなが快気祝いをしてくれると言うんで、班長にも出てほしいんですけどね」

「は？　いつ、そんな話が決まったの？　あんたが幹事？」

　薬寺が栄太に顔を向ける。

「え、いや……何も聞いてませんが」

　栄太が慌てる。

「心の中で、そう考えてることは、ちゃんと伝わってきたぜ。おれが何も言わなくても企画するつもりでいただろ？」

「そ、それは、まあ、そうですが、まだ全快したとは言い切れないでしょうし、まさか、今夜だとは……」

「今夜なんだよ、今夜！　特殊部隊も参加するよな？」

　糸居があおいに訊く。

「みんなが行くならね」

　あおいが肩をすくめる。

「ブチさん、どうすか？」

「わたしは、いいわよ」

　田淵がにこりと微笑む。

「ホームズ先生は？」

「お先に」

佐藤は糸居の話などまったく聞いていなかった様子で、さっさと部屋から出て行く。

「あの人を酒の席に誘うのが間違ってるよな。ということで、あとは班長だけなんすが」

「悪いけど、わたし、約束があるのよ」

「あ〜っ、それは残念。じゃあ、カンパだけでもお願いできますかね」

「糸居と話すと、どうして、こんなに気持ちがささくれ立って不愉快になるんだろう。一刻も早く、この場から立ち去りたい。ブチさん、本当に快気祝いをするのなら、一次会だけは経費で落とすから、悪いけど、領収書をもらってきてもらえないかしら」

「喜んで」

「大丈夫ですって、おれに任せて下さい」

糸居が胸を張る。

「あんたは信用できないから、ブチさんに頼んだのよ。二次会以降は自腹よ。じゃあ、お疲れさま」

糸居が何か言おうとするのを無視して、薬寺は足早に部屋を出る。

「マジで疲れる奴。どうして退院してきたのかしら。もっと入院しててほしいわ……」

溜息《ためいき》をつきながら、エレベーターホールに向かう。

有楽町《ゆうらくちょう》の駅前にあるカフェで、薬寺は仲間亜紀と待ち合わせた。薬寺が店に着くと、すでに亜紀は待っていた。アイスティーを飲んでいる。

「遅れてごめんなさいね。出がけに、バカに引き留められちゃって」

「とんでもないです。こっちからお願いしたんですから。何か食べますか？　専門店ではないけど、割とおいしいものがありますよ」

「そうしたいところだけど……」

「ポンちゃん？」

「そうなのよ。お腹空《す》かせて待ってると思うのよ。ミルクちゃんもでしょう？」

「自分たちだけ先に食べると、何だか罪悪感を覚えますよね」

亜紀が笑う。

「別に先に食べても構わないんだけど、あの子たち、寂しがり屋だからね」

「そう思ってるのは人間だけかもしれませんけど」

「そうかもしれないわね」

薬寺はアイスコーヒーを頼んだ。それが届くと、喉《のど》が渇いたわ、と言いながら、一気に半分くらい飲んでしまう。

「電話でもお願いしたことですけど、本当にご迷惑じゃありませんか？」

「大丈夫よ。任せて。ええっと、土曜日の夜ごはん、日曜日の朝ごはんと夜ごはん、その三回でいいのね？」

「はい、土曜の朝ごはんをあげてから空港に向かって、日曜日の最終便で帰国する予定なんです」

「どこに出張？」

「韓国です。今回の出張は近くてよかったです。おかげで一泊二日で帰って来られますから」

「土曜日の朝ごはんと月曜日の朝ごはんも任せてくれていいのよ。忙《せわ》しないでしょう」

「それは本当に大丈夫です。土曜日は昼までにソウルに着けばいいし、日曜日の夜に帰国するのは、少しでも早くミルクに会いたいからなので」

「わかるわ、その気持ち」

「ご面倒をおかけします」

頭を下げながら、亜紀が部屋の鍵《かぎ》を差し出す。

「お預かりするわ。月曜日に返せばいいかしら。また、ここで待ち合わせする？」

「よかったら、その鍵、ずっと持っていてもらえませんか？」

「それは、まずいでしょうよ。男に不用意に鍵なんか預けるのはよくないわよ」

薬寺が言うと、亜紀がぷっと吹き出す。

「おかしい？」

「すいません。だけど、わたしの場合、薬寺さんを全面的に信頼してますから。できれば結婚してほしいくらいですよ」

「嬉《うれ》しい言葉だけど、それは無理ね」

「わかってます。夫婦にはなれないけど、親友にはなれますよね？　もちろん、他にも友達はいますけど、安心してミルクを任せられるのは薬寺さんしかいません。いつまでも親友でいてほしいんです。だから、鍵を預けさせて下さい」

「確かに、そう言われるとそうだわね。これまでも、お互いの留守中にミルクちゃんやポンの面倒を見合ってきたけど、何か突発的な出来事が起こって、鍵の受け渡しをする余裕がないことだってあり得るわけだものね」

ふむふむとうなずくと、薬寺はキーケースを取り出し、自宅の鍵を外す。

「じゃあ、うちの鍵も預ける」

「いいですけど、今、それをもらったら、今夜、帰宅するとき困るんじゃないんですか?」

「ううん、大丈夫なの。スペアキー、マンションの近くの銀行の貸金庫に入れてあるのよ。貸金庫は夜の九時まで開けられるから、帰りがけに取り出すわ。だから、平気よ」

「じゃあ、お預かりします」

亜紀が鍵を受け取る。

「わたしと違って亜紀ちゃん、まだ若いんだし、これからいい人が見付かって結婚するかもしれないわよね」

「いやあ、それはないですね」

「ないかしら」

「もう生活が完結しちゃってますからね」

「かんけつ？」

「何ていうか、仕事でもプライベートでも、別に足りないものはないし、今の生活に不満もないんです。これ以上、余計な要素を付け加えると、かえって、バランスが崩れて居心地が悪くなりそうな気がします」

「そうかしら」

「薬寺さんは、どうですか？　何か今の生活に物足りなさを感じてますか」

「そう言われると、別にないわねえ。面倒な部下はいるけど、仕事は嫌いじゃないし、特にストレスもないわ。うちに帰れば、好きなことをして過ごせるし……」

「わたしも、そうなんですよ。一応、まだ三〇代だから、会社の同期の子とか学生時代の友達とか、まだ何人も独り者がいて、がんばって婚活に励んでます。でも、わたしは、そういうことに興味ないんですよ」

「それに普通の人だと、うちにフクロウがいると聞くと引いてしまうかもしれないから、婚活も大変かもしれないわね」

「それが一番大きいですね。フクロウを見ると、みんなかわいいって言いますけど、一緒に暮らすと、かわいいだけじゃすみませんから」

「わかるわ。自宅でフクロウを飼うって、ハードルが高いものね。犬や猫のようなわけにはいかないもの。だから、結婚相手を見付けるなら、フクロウを飼っている人がいいんだろうけど、それはそれで難しいしね」

「変わった人が多いですからね」

亜紀がくすりと笑う。

「だってさ、バルモンにカップルで来る人、いないものね。夫婦でフクロウを飼ってるという人に会ったことないわ」

「わたしもないですね。喫茶店を経営していて、お店でフクロウを飼っているというご夫婦には会ったことがありますけど、わたしたちみたいに自宅でフクロウを飼っているご夫婦は知りませんね」

「セキセイインコとは違うものね。フクロウのためにひと部屋用意しないといけないし、騒がしいのが嫌いだから静かに暮らさないといけないし、いろいろ制約があるものね。そういう暮らしが嫌いじゃないから、わたしは制約とは感じてないけど、やっぱり、普通は息苦しいと思うかもしれない」

「子供を持とうとすると、フクロウは飼えないかもしれませんね」

「フクロウを飼いながら子育てするのは、なかなか難しいでしょうね」

「わたしの友達にも、実際、そういう状況にはまった子がいるんですよ……」

「へえ、そうなんだ」

薬寺と亜紀はフクロウ談義に夢中になる。

二八

「くそっ」

部屋に戻ると、本郷は、取材に必要な資料や道具の入ったショルダーバッグをソファに放り出す。不機嫌そうな顔で風呂場《ふろば》に向かう。シャワーを浴びてすっきりしたのか、風呂場から出てきたときには、いくらか表情が和らいでいる。

冷蔵庫から缶ビールを取り出し、ソファに坐《すわ》って飲み始める。

徳山千春に会ったが、まったくの期待外れで、時間と金を無駄にしただけだった。気を取り直し、松岡花梨と共に宍戸浩介の自宅から救出された荒川真奈美の話を聞けないものかと、入院先の病院を訪ねたが、依然として絶対安静状態が続いており、捜査関係者と家族以外は病室に立ち入ることができなかった。病室のあるフロアをうろうろしていたら、病院内を巡回していた警備員に怪しまれ、警察に通報された。駆けつけた制服警官から職務質問された揚げ句、二度とここに来るな、と病院から放り出された。

（まあ、こんな日もあるさ）

雑誌の記者をしていたときは空振りの連続で、収穫のある日の方が珍しかったではないか、取材相手から罵声《ばせい》を浴びせられたり、ひどいときにはバケツの水をかけられたりしたこともある……取材とは、そういうものなのだ、と自分に言い聞かせる。

ショルダーバッグから手帳を取り出し、これからの取材プランを確認する。

（捜査関係者の話を聞いてみたい。それに牛島典子だ。宍戸浩介の近所の人間からも話を聞いておく必要がある……）

携帯を取り出し、以蔵に電話をかける。

まだ裁判も始まっていない事件に関して、捜査関係者から話を聞くというのは、普通のアプローチでは無理で、よほど強いコネが必要である。その手配を頼むつもりだ。牛島典子の居所も知りたい。

宍戸浩介の近所の人間たちは、すでに新聞やテレビ、雑誌の記者たちから執拗《しつよう》に取材を受けており、今更、本郷が足を運んで聞くようなこともないのだが、本にするとき、自分の足で取材して聞き込んだという体裁を取るためには、たとえわかりきった内容であっても、一度は自分で話を聞く必要がある。これは以蔵の手を煩わせるまでもない。

「はい」

以蔵が電話に出る。

「ああ、本郷だが……」

てきぱきと用件を説明する。

以蔵は黙って本郷の話を聞いている。

「どうだ、できそうかね？」

「無理ですね。できません」

「捜査員の方が難しそうなら、とりあえず、牛島典子と会う段取りを付けてほしい」

「ですから、無理だと言った通りです」

「おいおい、そう簡単に諦《あきら》めるなよ。自宅マンションに戻っていないとすれば、親兄弟か友達のところにいるんだろう。探すのは、そんなに難しくないはずだぞ」

「簡単だとか難しいとか、そういう話ではないんですよ」

「どういう意味だ？」

「今後、本郷さんとは関わりを持たないという意味ですよ。ここに電話するのもやめて下さい。これが最後です」

「ちょっと待てよ。何を言ってるんだ？　あんたの雇い主に頼まれたことなんだぞ。前金も受け取っている。突然何を言い出すんだ？」

「すでにこちらが支払ったお金に関しては返して下さらなくて結構です。ただ、仕事の依頼そのものは取り消させていただきますので、よろしくご了承下さい」

以蔵が電話を切る。

「何だ、いったい、どういうことだ？」

本郷が呆然《ぼうぜん》と携帯を見つめる。

くそっ、と携帯を壁に投げつけようとして、

（いかん、いかん、落ち着け）

危うところで思い止《とど》まる。

ソファに深く坐って、何度か深呼吸を繰り返す。

缶ビールを飲みながら、

(なぜ、急に考えが変わったんだろう?)

と、本郷は思案する。

自分名義で本を書きたいからゴーストになってくれという依頼は、最初から胡散臭《うさんくさ》かった。何か本当の目的が他にあるような気がしていた。

しかし、いくら考えても、その目的はわからない。

なぜ、いきなり調査を打ち切り、前払い金を無駄に捨てるような真似をするのかもわからない。

わからないことだらけだが、本郷の立場がまずくなったことだけは確かだ。

前払い金を返す必要はないというのだから金銭的な損失はないし、かなりの稼ぎになったことは確かだが、今のままでは本を書くことはできない。松岡花梨のインタヴューは重要だが、それだけでは本にできない。せいぜい、長めの記事にまとめて週刊誌に売り込むくらいが関の山だ。ベストセラーを書いて、どん底生活から這《は》い上がろうという計画は水の泡ということだ。

(それなら、せめて、金か……)

本を出すことができないのなら、もっと大金をせしめることはできないだろうか、と考え始める。

二九

以蔵がドアをノックする。

中から、入れ、という星一郎の声が聞こえる。

部屋に入ると、星一郎はハイボールを飲みながら、録り溜《た》めたニュース映像を観ている。何度となく繰り返し観ている映像だが、それでも見返すたびに新たな発見があり、それが自分のやろうとしていることのヒントになる。

「本郷から連絡がありました……」

本郷からいくつか頼みごとをされたが、すべて断り、もう関わりを持たないと通告した、と以蔵が話す。

「それでいい。もう、あの男に用はない。十分に役に立ってくれた。あいつだって不満はないだろう。濡《ぬ》れ手に粟《あわ》で大金を手に入れたんだからな」

「そう思います」

「まだ何かあるのか？」

以蔵が出て行こうとしないので、星一郎が怪訝《けげん》な顔をする。

「薬寺松夫の件ですが……」

「何か、新たにわかったのか？」

「薬寺は捜査一課に新設された部署の責任者です。わずか六人の小さな部署ですが、あの事件の解決に大きな役割を果たしたようです」

「うむ」

「薬寺だけでなく、他のメンバーたちの行動も調べています」

以蔵が事務用のB5サイズの封筒を星一郎に差し出す。

「これは？」

「彼らの写真です」

「ふうむ、写真か……」

星一郎が封筒から写真を取り出す。かなりの枚数がある。

「……」

最初に薬寺の写真が出てくる。星一郎がじっと見つめる。早朝、マンションから出て来る写真、電車のホームに立っている写真、ファストフード店でモーニングセットをがつがつ食べている写真、夜、警視庁から出てくる写真……いろいろある。

(薄汚いデブ野郎。もうすぐだぞ。おれの恨みの深さを思い知らせてやるからな)

薬寺の写真を眺めていると、はらわたが煮えくり返ってくる。

「ん？　これは何だ……」

病院内の写真だ。隠し撮りしたものらしく、画像が不鮮明な写真が多い。

「メンバーの一人、糸居秀秋は、あの事件で怪我をして入院中です」

「ああ、そう言えば、宍戸浩介に刺された警官がいたな。こいつだったのか」

あまり興味もなさそうに、次の写真に移る。

「それは佐藤美知太郎という男です。東大出のキャリアだそうですから、かなり優秀なのでしょうが、なぜか、警察庁の情報分析室から警視庁の新設部署に異動させられています。実質的な左遷でしょう。毎朝同じ時間に家を出て、同じ時間に退庁しています。途中、買い物以外で寄り道することはほとんどなく、判で捺《お》したように家と職場を往復しています」

「そうか……」

やはり、興味がなさそうに次の写真に移っていく。

田淵と栄太についても以蔵が説明するが、星一郎の反応は鈍い。退屈そうな顔で次々と写真をサイドテーブルの上に放り投げる。残っている写真は、わずかである。

「これは?」

初めて、星一郎が強い反応を示す。

「それは、柴山あおいです。どこから異動してきたのか、今のところ不明です」

「違う。こっちの方だ」

星一郎が指差したのは、あおいと話している女子高校生である。あおいと結城つばさが半蔵門線のホームで話している写真なのである。

「え……。そ、それは……」

「わからないのか？」

「申し訳ありません」

「柴山あおいの自宅はわかってるんだな？」

「はい」

「張り付かせろ。いずれまた、この子に会うだろう。名前や住所を調べるんだ」

「何のためでしょうか？」

　薬寺と、その同僚について調べろという指示は受けているが、彼らの知り合いまで調べろとは指示されていない。まして、この写真の子は制服姿の高校生で、事件とは直接の関わりはないであろう。何のために調べるのか、以蔵にはわからなかった。

「ちょうどいい。決めたぞ」

「はい？」

「実行する。チャンスがあれば、拉致《らち》して地下室に連れて来る。薬寺松夫」

「わかりました」

　理由は教えてもらっていないが、星一郎が薬寺を憎悪していることは察せられる。太った中年男が星一郎の趣味のはずがないから、嗜好《しこう》のためではなく何らかの復讐《ふくしゅう》のために拉致したいのであろう、と推測する。

「牛島典子」

「え」

「何を驚いている？」

「てっきり、一度に一人ずつさらって、それから、半年か一年くらい先に、またさらうのかと思っていたものですから」

「ふんっ、勝手に判断するな」

星一郎が舌打ちする。

おれはおまえとは違う。いつまで生きられるかわからない体なんだ。一年どころか半年先に生きているという保証もないし、たとえ生きていたとしても寝たきりで、ベッドの上で身動きできなくなっているかもしれないのだ。悠長なことをしている余裕はない。まだ元気なうちにやりたいことをやり尽くさなければならないのだ……そう言いたかったが、何も説明せず、ただ、

「この子もだ」

と、写真の結城つばさを指差した。

「三人もですか」

「最初は二人のつもりだったが、この子が気に入った。付け加える」

「しかし、三人というのはリスクが大きすぎるのではないでしょうか。そもそも、薬寺は捜査一課に所属する現役の警察官ですから、薬寺をさらうだけでも大変です。その上、更に二人となると……」

「同時に拉致しろとは言ってない。順番にやればいいだけだ。やり方は考えてある。心配するな」

「……」

「明日から、この三人をぴったりマークさせろ。細かい情報が必要なんだ。拉致するチャンスがあれば、すぐにでも動くためにな。いいな？」

「は、はい」

以蔵は、うなずくしかなかった。

第三部　モンスター

一

四月二四日（土曜日）

週末でも薬寺の起床時間は、普段と変わることがない。仕事ではなく、ポンちゃんの生活リズムに合わせて起床しているからだ。

毎朝、ポンちゃんは同じような時間に、

「ほ〜っ、ほ〜っ」

と、薬寺を呼ぶ。

それに応《こた》えて、薬寺も、

「ほ〜っ、ほ〜っ」

と声を出す。

ポンちゃんのリズムが薬寺の体にも染みついているので、目覚まし時計などなくても、毎朝、同じ時間に目が覚めるのだ。

ポンちゃんに朝ごはんを食べさせると、朝食の前にタロットカードでその日の運勢を占うのが日課である。複雑な占いではなく、ごく簡単な占いで、大アルカナと呼ばれる二二枚のカードから一枚選ぶだけだ。

「あれ？」

カードを選ぶと、薬寺が怪訝《けげん》な顔になる。

それは「塔」と呼ばれるカードで、不吉な出来事が起こることを象徴している。

もちろん、毎回、いいカードが出るわけではない。悪いカードが出ることもある。カードは未来を暗示しているので、いいカードであろうと、悪いカードであろうと、何が起こっても対処できるように心構えすることができる。それがタロットカードで毎朝占いをする最大のメリットなのだ。

薬寺が首を捻《ひね》ったのは、先週の土曜日に占ったときも、「塔」が出たからである。その後にも出ている。短期間に同じカードが何度も出るというのは、そうそうあることではない。かなり珍しい。しかも、あまりよくないカードなのだから、薬寺が気にするのも当然だ。

今週は特に悪い出来事はなかった。

にもかかわらず、今朝も「塔」が出たということは、不吉な出来事が起こる可能性が更に強まっており、しかも、先週よりも、そのインパクトは大きくなりそうだということを暗示している。

「また何か事件でも起こるのかなあ。嫌だわ。何も起こらないのが平和でいいのに」

カードを片付けると、コーヒーと果物だけで簡単に朝食を済ませ、外出の支度を始める。仲間亜紀の自宅に出向き、ミルクにごはんをあげなければならないからだ。

二

約束の時間より、一五分ほど早く、あおいは清澄白河駅に着いた。改札を出て、周囲を見回すが、まだ、つばさは来ていない。

ホッとして壁にもたれかかる。

(つばさちゃんを待たせたら、かわいそうだもんな……)

いくら自宅に招待されたとはいえ、安易に招待を承知したのはまずかったかな、と今でも自分の判断に自信が持てないでいるものの、つばさにまた会えるのは嬉《うれ》しくてたまらないし、これをきっかけに、もっと親しくなることができれば、言葉に表すことができないほどの幸せだ……それが素直な気持ちである。

(つばさちゃん、マジでかわいいからなあ)

うっとりした表情で思い出し笑いしていると、

「あおいさん」

ぽんぽんと肩を叩《たた》かれる。

「え」

「お待たせしました」

つばさがにっこり微笑む。

「あ……」

あおいの顔が真っ赤になる。つばさに心の中を覗《のぞ》かれてしまったかのような恥ずかしさを覚える。

「どうかしましたか？」

「え？　ううん、別に」

「じゃあ、行きましょう！」

つばさがあおいの左腕を取って、腕組みする。

（うわっ……）

あおいは夢見心地で、雲の上でも歩いているかのように足取りがふわふわしている。

「今日は、ゆっくりしていってもらえるんですか？」

「うん、大丈夫だけど……」

「よかった。父も母も、あおいさんに会うのを、とても楽しみにしてるんですよ。母なんか、張り切って、ゆうべから料理の仕込みを始めたくらいなんです。料理が趣味なんです。あおいさん、たくさん食べる方ですか？」

「そうね。割と食べるかな。体を使う仕事だから」

「母が喜びます。お昼だけでなく、ぜひ、晩ご飯も食べていって下さい」

「夜までいるのはなあ……」

「ダメですか？　用事でもあるのなら無理に引き留められませんけど……。大切な用事ですか？」

「そうじゃないけど」

「……」

つばさが悲しげな表情であおいを見つめる。

「まあ、大丈夫だと思う。何とかなるし」

「無理してませんか？」

「してないよ」

「じゃあ、夜までいてもらえますか？」

「うん」

「やった〜」

つばさがあおいに抱きつく。

「……」

あおいは言葉を失っている。

(来てよかった)

これが夢なら、どうか覚めないでほしい、と願わずにいられない。

駅から、一〇分ほど歩いて、大通りから脇道に入る。大通りは、人も車も多かったが、脇道に入った途端、雰囲気が変わる。駅の近くでは真新しい高層マンションが目に付いたが、このあたりは、歴史を感じさせる古びた商店や上品な一戸建てが並んでいる。

「ここです」

つばさが足を止める。

何気なく顔を上げたあおいが息を呑《の》む。

目の前に豪邸が聳《そび》えている。三階建ての瀟洒《しょうしゃ》な建物で、芝生が植えられた庭もかなり広い。庭には噴水と小さな池まである。白い柵《さく》で囲まれているその敷地は、周辺にある一戸建て六つ分くらいの広さがありそうだ。奥の方がどうなっているかわからないので、奥行きがあれば、もっと広いかもしれない。いったい、どれほどの財産があれば、こんな豪邸に住むことができるのだろう、とあおいは呆然《ぼうぜん》とする。

「どうぞ」

門扉を押し開け、つばさがあおいを招じ入れる。

「ありがとう」

門扉から玄関まで敷石が並べられている。二〇メートルくらいある。

玄関のドアを開け、

「ただいま～っ、あおいさんを連れてきたよ」

つばさが大きな声を出す。

その声が玄関ホールに響く。

「……」

玄関に入ったあおいは目を丸くして天井を見上げる。三階まで吹き抜けになっており、天井はガラス張りだ。自然光が降り注ぐので玄関が明るい。まるで美術館かホテルみたいだな、それも高級ホテルだ……あおいの口から溜息《ためいき》が洩《も》れる。

玄関ホールだけでも、あおいのマンションと同じくらいの広さがある。いや、もっと広いかもしれない。床には大理石が敷き詰められ、さりげなく置かれているテーブルや花瓶、壁に掛けられている絵画も高級品ばかりだ。

「やあ、よくいらっしゃいました」

奥から、五〇歳くらいの恰幅《かっぷく》のいい中年男が現れる。つばさの父親の泰史《やすふみ》であろう。その後ろから、子犬を抱いた母親・静香《しずか》が現れる。あまりにも若々しいので、最初、年齢の離れた姉かとあおいは思ったほどだ。後から、つばさが教えてくれたが、泰史は五一歳、静香は四二歳だった。しかし、静香はとても四〇代には見えない。

二人の後ろから、小太りの女性が現れる。

「お手伝いの幸子《さちこ》さんです」

と、つばさが紹介してくれる。六三歳だという。

「娘がお世話になりました。お目にかかってお礼を申し上げたいと思っていたのです」

「本当に感謝しています。今日は、ゆっくりしていって下さいね。この二、三日、つばさがはしゃいでしまって、あおいさん、あおいさん、って大変なんですよ」

泰史と静香がにこやかに挨拶《あいさつ》する。

「柴山あおいと申します。わたし、大したことはしてません。かえって恐縮です」

「さあ、あおいさん、入って。こんなところで立ち話しても仕方ないんだから」

つばさがあおいの手を引っ張る。

「失礼します」

あおいが靴を脱ぎ、スリッパを履く。

つばさに案内されて、リビングに向かう。

三

豪邸の外には河村以蔵がいる。

早朝からあおいのマンションを見張っていた。

あおいが外出すると後をつけた。あおいは車を持っていないので、あおいの自宅近くのコインパーキングに車を停め、電車と徒歩でここまでやって来た。

単純だが、面倒で疲れる仕事だから興信所の人間に任せたいところだったが、星一郎がつばさを拉致《らち》した場合、星一郎とつばさの繋《つな》がりを外部の人間に知られることになるので、これ以上、興信所を使うわけにはいかなかった。以蔵が自分でやるしかない。空振りも覚悟したが、幸先《さいさき》よく、あおいはつばさと接触してくれた。

あおいも普通の状態であれば、すぐに以蔵の尾行に気が付いただろうが、頭の中がつばさのことでいっぱいで平常心を失っていたから、まったく尾行に気が付かなかった。迂闊《うかつ》というしかない。

以蔵が携帯を取り出す。星一郎に連絡するのだ。

「柴山あおいが、あの女子高校生と接触しました。名前もわかりました。結城つばさです」

「接触とは？」

星一郎が訊く。

「結城つばさの自宅に入ったという意味です」

「どんな家だ？」

「かなりの豪邸ですね。親は資産家のようです」

「長居しそうか？」

「何とも言えません」

「この時間に自宅に行ったのなら、少なくとも昼飯くらいは食べるんだろうな。よし、行くぞ」

「は？」

「山室に運転させて、そっちに向かう」

「山室さんを巻き込むんですか？」

「そっちに着いたら、おまえと山室が交代すればいい。おまえの車を山室に運転させて、こっちに戻らせる」

「この家からどこかに移動するかもしれませんし、移動するとしたら電車ですよ」

「家はわかったんだから、その近くで待てばいいだろう。どこに出かけるにしても、いつかは家に戻る。違うか？」

「おっしゃる通りです」

「たとえ無駄足だとしても仕方がない。それは覚悟の上だ。よく見張れ。周りから怪しまれないようにな」

電話を切ると、星一郎は山室に電話をかけ、出かける支度をするように命じた。マリアも連れて行くぞ、と付け加えることも忘れなかった。

拉致に必要な道具類は、すでに以蔵が用意して、ワンボックスカーに隠してある。

だが、最も肝心なのはマリアである。

いよいよ役目を果たしてもらうときが来たのだ。

四

本郷が自動車修理工場の待合室にいる。イライラした様子でタバコを吸っている。車の調子が悪いのだ。車検のたびに、もう限界ですよ、買い換えたらどうですか、と業者から勧められてきたが、そんな余裕はないので騙《だま》し騙し乗り続けてきた。氏家星一郎からゴーストの仕事を頼まれ、ようやく新しい車に乗れそうだと喜んでいた矢先に仕事の打ち切りを通告され、先行きが暗くなった。

前渡し金は返さなくていいと言われたので、まとまった金は手許《てもと》にある。しかし、その金を新車購入に充てれば、また貧乏生活に逆戻りだ。それは、ごめんだ。新たな仕事のあてもないし、当面は生活を切り詰めていくしかない、と本郷は考えている。そんなときに車が故障した。

(泣きっ面に蜂か……)

本郷が自嘲《じちょう》気味に口許を歪《ゆが》める。

携帯が鳴る。

「はい、本郷です……」

相手は知り合いの興信所からだ。本郷が週刊誌の記者だった頃からの付き合いである。氏家星一郎に関する調査を依頼した。その調査が終わったという。

「そうか、ありがとう」

「普段過ごしているのは那須の屋敷だ。都内にもいくつかマンションをもっているが、滅多に那須から出てこないようだ。那須と言っても、かなり奥の方で観光客が来るような場所じゃなさそうだ。現地には足を運んでいないが、何なら行ってこようか」

「いや、それには及ばない」

「また何かあったら、いつでも言ってくれ」

「いくらだ？」

「五万でいい。口座に振り込んでくれ」

「わかった」

電話を切ると、ちくしょう、五万かよ、と本郷が悪態を吐く。興信所の調査料としては決して高くはない。それは、わかっている。知り合いだから料金を安くしてもらっているし、さして厄介な調査でもないから、そもそも料金は安い。金回りがよくなりそうだったので安易に依頼したが、仕事が打ち切りになるとわかっていたら、依頼などせず自分で調べればよかったと後悔した。

車はエンジンが不調で、どうやらバルブがダメになっているらしい。部品交換すれば、一五万くらいかかると見積もりを出されている。興信所と車……ふたつ合わせて二〇万の出費になる。痛すぎる。

(あいつのせいだ)

本郷の怒りの矛先は星一郎に向けられる。

いきなりゴーストをやれと要求し、気の乗らない本郷の鼻先に札束をぶら下げて強引に引き受けさせた。本郷がやる気を出し、ノンフィクションライターとして世に出る計画を練り始めた途端、仕事を打ち切られた。二日間かけて行った松岡花梨のインタヴューが終わった時点での通告だ。

最初は、インタヴューが気に入らなかったのかと思い、改めて、インタヴューを聞き返してみた。内容は悪くなかった。実際に被害に遭った者でなければ知り得ないような衝撃的な事実がいくつもあった。本になれば、話題になることは確実である。にもかかわらず、なぜ、星一郎は本郷を切ったのか……それがわからない。

（きっと何か裏があるぜ）

その何かを探り出し、それをネタにして、もっと金をせしめてやろうと思案する。下手をすると、恐喝で警察沙汰《ざた》になる危険性もあるが、その程度のリスクは屁《へ》でもない、という気持ちだ。

五

「こんな時間になっちゃって……悪かったなあ」

あおいが言うと、

「全然そんなことないです。あおいさんと一緒にいられて、すごく嬉《うれ》しかったです。うちの親、鬱陶《うっとう》しかったでしょう？　子離れしてないんですよ」

「ううん、すごくいい人たちだった。お母さん、料理が上手だね。素人というレベルじゃないよ。高級料理をごちそうになった気分」

お昼ごはんだけでなく、晩ご飯もごちそうになって、結局、夜の八時過ぎまでつばさの家にいた。

外から見てもかなりの豪邸だったが、実際に中に入ると、その凄《すご》さにあおいは圧倒された。

地下室にはオーディオルームがあり、大音量で音楽を楽しむこともできるし、大型のモニターで映画を観ることもできる。バーも設置されており、高級酒がずらりと並べられている。ワインセラーには、年代物のワインが数多く揃っていた。地下には室内プールもあり、ジャグジーやサウナルームもある。二階にはガラス張りのトレーニングルームがあり、片隅にはビリヤード台が置かれている。

家全体が高級なリゾートホテルのようで、まったく退屈することがない。

しかも、つばさと一緒にいるのだから、あおいは夢心地で時間の経つのを忘れた。こんなに楽しい休日を過ごすのは久し振りだった。

玄関先までつばさの両親に見送られ、あおいは結城家を辞した。

「わたし、駅まで送る」

つばさがついてきた。

二人は肩を並べ、駅に向かって歩いている。

「また来てくれますか？」

「うん、喜んで。だけど、ごちそうになってばかりだと悪いから、今度は、わたしが何かごちそうしたいな」

「あおいさん、料理ができるんですか？」

「できないよ。ほとんどできない。ごはんを炊いて、目玉焼きとハムを焼くくらいしかできないなあ。普段は外食か、コンビニで弁当を買ってきて食べてるしなあ」

「ハムエッグをごちそうしてくれるんですか？」

「ちらし寿司《ずし》かな、おばあちゃんに作り方を教わったから、それだけは人並みに作れるよ。もっとも、つばさちゃんのお母さんの足許にも及ばないけどさ」

「ちらし寿司かあ。いいなあ、食べたいです。ごちそうして下さい。いつがいいですか？」

「そうだね、まあ、いつでもいいよ」

「じゃあ、来週？」

「大きな事件が起こって休日出勤でもしない限り、たぶん、暇だと思うよ」

「約束してくれますか？」

「うん」

「嬉しい」

つばさが小指を差し出す。

「え」

「指切り」

あおいがそっと手を伸ばし、つばさと指切りをする。

「……」

つばさは改札の前まで、あおいを送った。

「来週、楽しみにしてます」

「わたしも」

じゃあね、と手を振って、二人は別れる。

あおいはホームのベンチに坐《すわ》って、電車が来るのを待つ。顔が火照り、心臓の鼓動が速いのがわかる。

(つばさちゃん、かわいいなあ。顔だけじゃなくて、性格もかわいいよなあ……)

あおいの心の中はつばさのことでいっぱいだ。頭から離れないのである。

(恋しちゃったかなあ、やばいなあ)

二八歳のあおいが一七歳のつばさに恋をする。

しかも、二人は同性だ。

幼い頃から女の子ばかり好きになってしまい、男の子には何の興味も持てなかった。

それを口に出すと周りから変な目で見られ、親からも叱られると学んでからは、そういう感情を押し殺し、決して口に出さないように心懸けた。そのせいで中学から高校にかけて苦しんだ。

女として生まれたが、自分の心は男で、だから、男性ではなく女性を好きになるのは仕方のないことなのだ、という事実を受け入れられるようになったのは大学生になってからだ。

しかし、カミングアウトしたわけではないので、生きにくさはあまり変わっていない。家族にだけは打ち明けたが、父親はその事実を受け入れようとせず、それ以来、口も利かないほど関係が悪化している。就職してから、実家にはほとんど帰っていない。

それ故、初めてSM班に来たときは腰が抜けるほど驚いた。田淵のことは噂で聞いていた。キャリアの警視が性転換手術を受けて女性になったのだから、男社会の警察で噂にならないはずがない。

「バカじゃないのか」

「頭がおかしいんだよ」

と、田淵を嘲《あざけ》る声ばかりが耳に入ってきたが、あおいは、内心、

(何て勇気のあるひとなのだろう)

と尊敬していた。

その田淵と同僚になることができた。

まだ、仕事以外の話をしたことがないが、いずれ悩みを聞いてほしいし、今後自分はどうすればいいか相談に乗ってほしい、と願っている。

しかも、SM班には田淵だけでなく、薬寺もいる。

薬寺のことは知らなかった。見かけは太った中年親父なのに、平気でオネエ言葉を使

う。言葉遣いだけでなく、ちょっとした仕草も男というより、女のようだ。だからといって、薬寺が性同一性障害かどうかはわからないが、少なくとも、田淵に対して何の偏見も持っていないことはわかるし、自分が白い目で見られても少しも気にしていない。

あおいにとって、これほど居心地のいい職場はない。田淵と薬寺がそばにいることが心強いのだ。

六

あおいを見送ると、つばさは駅を出て、一人で家路を辿《たど》り始める。

(あおいさんって、かわいいよなあ)

あおいとは違う意味で、つばさはあおいに好感を持っている。何しろ、手が触れ合っただけで、あおいの顔は真っ赤になるのだ。何て初《うぶ》なのだろう、と新鮮な驚きを感じる。

しかも、そんなにキュートなのに、武道の達人で、恐ろしく強い。そのあたりの優男が束になってもかなわないであろう。そのギャップに何とも言えないかわいらしさを感じてしまうのだ。

もっとも、それは恋愛感情とは別物だ。

あおいは男にまったく興味が持てないが、つばさはそうではない。恋愛対象は女ではなく、男だ。

しかし、女が女に恋をするという気持ちは理解できる。

つばさが通っているのは中高一貫の女子校である。

女ばかりの世界にいるせいか、女同士の恋愛というのは、さして珍しくない。だから、あおいがつばさに好意を寄せてくれているのはすぐにわかったし、別に嫌でもない。今まで身近にいなかったタイプなので、もっとあおいのことを知りたいという好奇心もあるし、好意も抱いている。ただ、その感情が恋愛に発展することはないだろうということもわかっている。

（頼もしいボディガードっていう感じかなあ……）

われながら、その喩《たと》えがぴったりしすぎている気がして、思わず、つばさがくすりと笑う。

（ん？）

つばさが足を止める。犬の鳴き声が聞こえた。ワンワンとうるさく吠《ほ》える声ではなく、何かを訴えかけるような悲しげな声だ。

どうしたんだろうと小首を傾げながら、鳴き声の聞こえる公園に足を踏み入れる。滑り台のそばに白いフレンチブルドッグが倒れているのが見える。マリアだ。

つばさが小走りに駆け寄る。

「君、どうしたのよ？」

つばさが声をかけると、マリアが顔を上げて、くんくん鼻を鳴らす。立ち上がろうとするが、すぐにまた倒れてしまう。

「どこか怪我をしてるのかな、大丈夫？」

心配そうにマリアに手を差し伸べる。その手を、マリアがぺろぺろ嘗《な》める。

「人懐こいね。野良犬ってわけでもなさそうなのに、飼い主さん、どこにいるんだろう……」

そのとき、背後で物音がする。

ハッとして、つばさが振り返ると、車椅子の男がゆっくり近付いてくる。星一郎だ。

「ああ、マリア、そこにいたのか」

「あなたの犬ですか？」

「ええ、マリアといいます。うっかり、リードを離してしまって……。こんな体ですから。おや？ どうした、マリア、怪我をしたのか」

「そうみたいです。歩けないようで」

「困ったな。マリア、膝《ひざ》の上に乗れるか？」

星一郎が声をかけるが、マリアは悲しげに鳴くだけだ。

「家は遠いんですか？」

「すぐそこに車を停めてあります。そこまで連れて行ければいいだけなんですが」

「よかったら、わたしが抱っこしていきますよ」

「いやいや、申し訳ない。意外と重いですし」

「平気ですよ。だけど、抱っこさせてくれるかなあ」

つばさが両手を差し出すと、マリアがよろよろと立ち上がる。

「いい子だねえ」

つばさがマリアを抱き上げる。

「面倒なことをお願いして申し訳ありません」

「とんでもないです。車椅子で犬を散歩させるなんて大変ですね」

「こんな体なので、どうしても家にいることが多くなってしまいますが、この子は外に出るのが好きなんです。だから、一日に一度くらいは外に連れ出すように心懸けています。もっとも、車なしでは、とても外に出られませんが」

話をしながら、二人は公園を出る。

「あっちです。そこの角を曲がったところに車を停めてありますので。重いでしょう?」

「そんなことないですよ。すごくかわいいです」

つばさの腕に抱かれながら、マリアは盛んにつばさに甘えているのだ。

角を曲がると、人気のない小路である。そこにワンボックスカーが停まっている。

「あれです。車椅子を載せるので、大きい車が必要なんですよ」

「ご自分で車椅子を車に載せるんですか?」

「いいえ、あれは障害者用の特別仕様の車ですから、ちゃんとリフトが付いてます。機械が荷台に車椅子を持ち上げてくれるんですよ」

「それは便利ですね」

ワンボックスカーのそばに立ち、つばさがうなずく。

「バックドアを開けるので、犬を入れてもらえますか。その後で車椅子を入れます」

電子キーを操作すると、ロックが解除され、バックドアがゆっくり開き始める。

「そこに入れてもらえますか」

「はい」

つばさが身を屈《かが》め、マリアを荷台に下ろそうとする。ワンボックスカーの陰に潜んでいた以蔵が背後から忍び寄り、クロロフォルムを染み込ませたタオルでつばさの鼻と口を塞《ふさ》ぐ。すぐにつばさがぐったりして意識を失う。

以蔵はつばさを抱き上げて荷台に横たえる。

「うまくいったな」

星一郎が周囲を見回す。人影はない。近くに防犯カメラが設置されていないことも確認済みだ。

「急ぎましょう」

以蔵が手を貸し、星一郎を助手席に乗せる。車椅子は固定して荷台に積んだ。途中で目を覚まして暴れたり騒いだりしないように、つばさの手足をビニール紐《ひも》で縛り、猿轡《さるぐつわ》を嚙ませる。携帯は取り上げ、電源をオフにして、以蔵がポケットに入れる。GPS機能がついているだろうから、屋敷に戻ったら処分するつもりだ。

運転席に乗り込み、以蔵がワンボックスカーを発進させる。

くーん、くーんと鼻を鳴らしながら、マリアがつばさの顔を嘗める。

七

つばさは、まだ眠っている。簡易ベッドに横たわっている。

鉄格子の外から、星一郎はつばさの寝顔をうっとりした表情で見つめている。

（やった……）

ついに、おれは神になった、この美しい少女を生かすも殺すも、おれの胸ひとつだ、この子を切り刻むこともできるし、おれの愛する拷問道具のコレクションにかけることもできる、つまり、何であろうと、思うがままということだ、まあ、焦ることはない、ゆっくり時間をかけて考えよう、どういうやり方をすれば、この子を苦しませることができるだろう、そう簡単に死なせてはもったいない……星一郎の頭の中には様々なプランが渦巻いている。

（美しい……）

つばさの横顔は、洗練されたギリシア彫刻のように彫りが深く、均整が取れている。まさに女神と言っていい。

眠れ、ゆっくり眠るがいい、おまえがすこやかに眠ることのできる最後の夜だからな、明日からは生きていることが苦痛になるだろう……星一郎の口許《くちもと》に笑みが浮かぶ。

八

四月二五日（日曜日）

ミルクに朝ごはんを上げて、薬寺が仲間亜紀のマンションを出たとき、携帯が鳴った。警視庁からだ。深川《ふかがわ》署の生活安全課から、柴山あおい巡査部長に連絡を取りたいという電話があったが、それをあおいに取り次いでも構わないかという確認の電話である。

「どういうこと？」

昨日、あおいはつばさの家を訪ね、晩ご飯を食べた後、つばさが駅まであおいを送った。ところが、つばさは、それきり戻って来ない。

つばさの両親はあおいの連絡先を知らなかったので、昨夜午前零時過ぎ、最終電車がなくなった直後、父親の泰史が深川署に相談に出かけた。

深川署の担当者は、朝まで様子を見て、それでも何も連絡がないようであれば、警視庁を通じてあおいに連絡を取ってみる、と対応した。

泰史は、すぐにでも連絡を取ってほしい、そうでなければ、行方不明者届を出したいと言い張ったが、担当者が宥《なだ》めて帰宅させたという。

つばさが小学生なら警察の対応も違っただろうが、高校生となると、事件性もなく、単に帰宅が遅いというだけでは、そう簡単に対応してもらえないのである。

「で、今も連絡がないというわけね？」

「そうです」

「わかった。柴山には、わたしから連絡します」

薬寺は電話を切ると、あおいに電話をかける。

「はい」

あおいの眠そうな声が聞こえる。

「薬寺よ」

「班長、どうしたんですか、こんなに早く……」

「別に早くはないけどね。あ、それでね、あんた、結城つばさという女子高校生と知り合い？」

「え」

電話の向こうで、あおいがしゃきっとする気配が薬寺に感じられる。はっきり目が覚めたらしい。

「何かあったんですか？」

「わたしもよくわからないんだけどね……」

薬寺が事情を説明する。

「わたしと一緒に家を出て、その後、家に戻っていないというんですか？」

「そうらしいのよ。あんた、昨日、その子の家に行ったの？」

「行きました。わたしが帰るとき、彼女が駅まで送ってくれたんです」

「それ、何時頃？」

「八時過ぎでした」

「ということは、それから半日、連絡が取れないわけか……。日中であれば、半日くらい大して心配することもないんだろうけど、無断外泊ということになると、ちょっと心配だわね」

「あり得ないです。無断外泊だなんて」

「そう断言できるの？」

「いや、何とも言えませんが……」

あおいは歯切れが悪い。知り合って日が浅いので、普段、つばさがどういう生活をしているのか何も知らないのだ。当然、交友関係も知らない。だから、何ひとつとして断言できることはない。

しかし、つばさの両親が大騒ぎして警察に相談にいったほどなのだから、やはり、何か悪いことが起こったのではないかという気がする。

「その子と親しいの？」

「まだ知り合ったばかりですが……」

「でも、あんたにとっては大切な人なの？」

「はい」

「そうか。あんたも警察の人間だから承知していると思うけど、行方不明者届を出したところで、事件性がないと判断されれば、警察は何もしないわよ。コンピューターに登録するだけ。捜査なんかしない」

「わかっています」

「これから、どうする？」

「彼女の家に行ってみます。ご両親が心配していると思うので」

「力になれることがあれば遠慮なく言ってちょうだいね」

「ありがとうございます」

九

星一郎の寝室には大画面のモニターが置かれている。屋敷のあちこちにカメラが設置されており、スイッチひとつで好きな場所をチェックできるのだ。

当然、地下室にもカメラがある。

早起きして、星一郎は地下室のカメラが映し出す映像を眺めている。

結城つばさが意識を取り戻したのは朝の五時過ぎだ。自分がどこにいるのかわからず、うろたえ、怯《おび》え、ついには、パニックを起こして泣き喚《わめ》いた。

「誰か！　誰かいないの？　ここは、どこ？　お願い、誰か助けて」

しかし、その声は防音設備の施された地下室で空しく響き渡るだけである。

「くくっ……」

思わず星一郎の口から笑い声が洩《も》れる。

つばさの姿に憐《あわ》れみを感じることはない。まったく逆だ。つばさが泣いたり喚いたり震えたりすると、ゾクゾクする。

早速、今日から拷問を始めようと考えていたが、恐怖に震えるつばさの姿を眺めていたら、このままもう少し楽しんでみようと気が変わった。今はパニック状態だが、いずれ落ち着きを取り戻すだろう。

そうなったときに新たな恐怖を与えるのだ。

一〇

（どれだけ広いんだ……）

本郷が舌打ちする。

屋敷の正面には、両開きの大きな門があり、門の上には監視カメラが設置されている。門を入って、緩やかな坂を一〇〇メートルほど上ると、ようやく屋敷の車寄せに辿《たど》り着くことができる。

門の左右に塀が連なっており、敷地内を窺《うかが》い知ることもできない。

本郷は塀に沿って車を徐行させる。五〇メートルほどで塀はなくなり、塀に代わって、背の高い鉄製の柵《さく》が敷地をぐるりと囲むように続いている。

柵には忍び返しが付いている。

そもそも、柵に取り付くには傾斜の急な土手を五メートルほど上らなければならない。土手を上りきると、すぐに柵があるから梯子《はしご》を立てかけるのも無理だ。かといって、何の道具も使わずに柵を乗り越えられるとも思わない。下手をすると、鋭い忍び返しで串《くし》刺《ざ》しになってしまいかねないからだ。

二〇〇メートルくらい進むと、ようやく柵が途切れるが、それも当然で、その先は山である。つまり、この屋敷は山を背にして建っているのだ。山肌は緩やかな斜面ではなく、垂直に近いほど切り立っているので、天然の防御柵の役割を果たしている。

本郷は車を停めて降りると、ポケットからタバコを取り出す。

「人も車もろくにいないような土地で、いったい、何だって、こんなに厳重に警戒してるんだ？」

一服しながら、本郷は山を見上げる。

氏家星一郎の屋敷は那須にある。栃木県と福島県の県境近くて、那須岳が間近に見える。かなり辺鄙《へんぴ》なところだが、交通の便は、さほど悪くない。

本郷は大泉《おおいずみ》で外環道《がいかんどう》に乗り、川口《かわぐち》ジャンクションで東北道《とうほくどう》に乗り換えたが、黒磯板室《くろいそいたむろ》で下りるまで二時間もかからなかった。

高速を下りてから、この屋敷に着くのにも三〇分弱といったところだ。もっとも、途中、信号待ちはほとんどなかったし、かなりのスピードで走ってきたから、三〇分とはいえ、高速から近いというわけではなく、距離は、かなりある。その三〇分の道々、行き交う車も少なかったし、通行人も数えるほどしか見かけなかった。

屋敷の周辺には民家もなく、当然、人の姿もない。屋敷に着くまでの最後の一五分くらいは車と行き交うことすらなかった。

最初に仕事を頼まれたとき、睡眠薬入りのコーヒーを飲まされ、眠ったまま、ワンボックスカーで星一郎のもとに連れて来られたが、それは、この屋敷だったのに違いない。高速を使って、都内から三時間もかからないのであれば、一眠りしている間に到着するであろう。

それにしても、まさか、これほど広大な屋敷だとも、これほど警備が厳重だとも、本郷は想像していなかった。

ここにやって来たのは、星一郎の悪事の証拠をつかみ、それをネタに大金をせしめてやろうと企《たくら》んだからだ。言ってしまえば、恐喝である。

(何か悪巧みをしている)

という強い疑いを抱いているものの、何の証拠も握っていないから、真正面から訪ねても、シラを切られて追い返されてしまえば、それまでである。まずは証拠を手に入れることが先決なのだ。悪事の証拠なのだから、違法な手段で手に入れても構わないと腹を括《くく》っている。警察に被害届など出せるはずがないからだ。

吸い殻を放り投げると、本郷は車に乗り込み、車を方向転換させる。

（お）

屋敷からワンボックスカーが出てくるのが見える。

以前、本郷が乗せられたワンボックスカーだ。ナンバーを覚えているから間違いない。

後をつけることにした。

一一

（ミルクちゃん、お腹を空《す》かせてるわね。それとも、亜紀ちゃんが留守だから、淋《さび》しくて食欲もないかしら……）

薬寺は、夜の餌やりに再び亜紀の家へ向かっている。

フクロウは人見知りをする。寂しがり屋だから、信頼する飼い主がいないと元気がなくなるし、食欲も落ちる。

これまでにも何度か亜紀の出張中に餌やりを頼まれてミルクと接しているが、頻繁に会っているわけではないので、まだ信頼関係を構築するところまではいっていない。まるっきり見ず知らずの人間が餌やりに行くよりは、ましという程度だ。

まだミルクが警戒心を解いていないことを薬寺は肌で感じているから、いろいろ工夫している。ただ餌を与えて帰るのではなく、餌を食べさせながら話しかけてみたり、ミルクが嫌がらない範囲でスキンシップを試みたりしている。

(どうすれば警戒心を解いてもらえるかしらねえ)

などと思案しながら、駅から亜紀のマンションまでの道を辿る。

大きな通りを歩くと遠回りになるので、住宅街を抜ける小道を歩く。以前、亜紀に教えてもらった道である。あまり人通りのない淋しい道だが、かなり時間を短縮できる。

く～ん、く～んという悲しげな犬の鳴き声が聞こえてくる。

「あら、何かしら？」

薬寺が足を止めて周囲を見回す。

一〇メートルほど先に小さな児童公園がある。犬の鳴き声は、そこから聞こえてくるようだ。

薬寺が児童公園を覗《のぞ》き込む。砂場とブランコ、滑り台があるだけの小さな公園である。滑り台のそばに白い犬が蹲《うずくま》って悲しげに鳴いている。

「まあ、どうしたのかしら？　まさか捨て犬？」

首を捻《ひね》りながら、薬寺が犬に近付いていく。

マリアが薬寺を見上げて、鼻をひくひく動かしながら鳴く。

「あなた、こんなところでどうしたの？　フレンチブルドッグの捨て犬なんて、あまり聞かないわねえ。だって、ペットショップでは、お高いもの」

薬寺がマリアのそばにしゃがみ込む。

マリアが薬寺に近付こうとするが、足を引きずっており、うまく進むことができない。

「怪我をしてるのかしらね？　痛い？　困ったわねえ。飼い主さん、どこにいっちゃったのかしら」

背後で物音がする。ハッとして、薬寺が振り返る。

車椅子の男が近付いてくる。

「あ〜っ、こんなところにいたのか。ん？　どうした？」

星一郎が身を乗り出して、マリアを見る。

「どこか怪我をしているようですよ」

薬寺が言う。

「鈍い奴だからなあ。しかし、困ったな」

「お宅は近くですか？」

「車です。こんな体ですから、障害者用の車を運転して、あまり車の通らないような場所に来て、この子を散歩させています。いつもは、他の場所に行くんですが、駐車場に停めることができなくて、今日は、このあたりを散歩させていました。不慣れな道だったので、よそ見をしたときに、うっかりリードを離してしまって……」

おいで、マリア、と声をかけるが、マリアは動かない。日本語の指示には従わないのである。

「図々《ずうずう》しいお願いですが、その子をわたしの膝《ひざ》に乗せてもらえないでしょうか」

「それは構いませんけど、膝に載せたまま車に戻るのは大変でしょう。よかったら、車まで連れて行きますよ。遠いですか？」

「いいえ、すぐそこです」

「それなら任せて下さい」

薬寺がマリアを抱き上げると、マリアが嬉《うれ》しそうに薬寺の顔をぺろぺろと嘗《な》める。

「人懐こいわねえ」

うふふふっ、と薬寺が笑う。

「すいません。こっちです」

星一郎が先になって車椅子を進ませる。

「失礼ですけど、車椅子で犬を散歩させるなんて大変ですわね」

「楽ではありません。人に頼めば簡単ですが、何だか、それも淋しいものですから」

「わかります。そういうものですよね」

「あそこです」

小路の隅にワンボックスカーが停まっている。街灯から少し離れているので、あたりは薄暗い。

言うまでもなく、この小路には防犯カメラは設置されていない。

「バックドアを開けますので、その子を荷台に載せてもらえますか。あとは自分でやれますので」

「でも、車椅子は、どうなさるんですか？」

「機械で持ち上げられるんです。さっきも申しましたが、これは障害者用に作られた特別仕様の車ですから」

「ああ、そうなんですか」

星一郎が電子キーで車のロックを解除する。別のスイッチを押すと、バックドアが自動で開き始める。

「じゃあ、ここに置けばいいわね。よかったね、飼い主さんが来てくれて……」

マリアを荷台に置いて、ふと顔を上げると、目の前に以蔵がいる。あっ、と思ったときには、クロロフォルムを染み込ませたタオルで鼻と口をがっちり押さえ込まれている。身動きができない。

すぐに薬寺の体から力が抜ける。意識を失った。

以蔵は薬寺を荷台に引っ張り上げ、手早く手足を縛り、口に猿轡《さるぐつわ》を噛《か》ませる。

「完了です」

「よし。うまくいったな。行くぞ」

星一郎が満足げに鼻孔を膨らませる。

一二

(おいおい、マジかよ)

二〇メートルほど離れた電柱の陰に本郷が立っている。星一郎と以蔵がマリアを使って薬寺を拉致《らち》する一部始終を見ていた。写真を撮りたかったが、フラッシュの光で相手に気付かれるのを警戒した。仕方なくビデオ撮影したが、周りが暗いので、映像もぼやけていることが予想される。鮮明な映像であれば、犯罪行為を行ったという決定的な証拠になるのに、と本郷は歯軋《はぎし》りする。

とは言え、何もないよりは、ましだ。

本郷が推察した通り、星一郎は悪事を企《たくら》んでいたのである。

しかも、宍戸浩介が松岡花梨を拉致したのと同じやり方をした。ノンフィクションを書きたいなどというのは真っ赤な嘘で、本心は、宍戸浩介がどうやって若い女性を拉致したのか、そのやり方を知りたかっただけなのだ。だから、インタヴューが終わった段階で、本郷への仕事の依頼を打ち切ったのであろう。わからないのは、なぜ、若い女性ではなく、中年男を拉致したのか、ということだ。何か理由があるに違いない。その理由を突き止めることができれば、星一郎の弱味を握ることかできるはずだ、と本郷は考える。

（お）

ワンボックスカーのエンジンがかかる。

本郷は慌ててズームする。かなりぼやけているが、何とかナンバープレートを読み取ることはできるはずだ。証拠として役に立つはずである。

一三

三時間後。星一郎の屋敷。

以蔵がガレージにワンボックスカーを停める。

荷台から車椅子を下ろし、助手席の星一郎に手を貸して車椅子に乗せる。

あらかじめガレージに用意していた星一郎の予備の車椅子を持ち出し、以蔵が薬寺を車椅子に乗せようとする。荷台から車椅子に移そうとしたとき、薬寺の体を支えきれず、床に落としてしまう。薬寺の口から、ぐえっ、という声が洩《も》れるが、まだ意識は失ったままだ。

床から車椅子に引っ張り上げようとするが、これが楽ではない。薬寺と星一郎は体型も体重も違いすぎるからだ。何しろ、薬寺は体重が一二〇キロもある。星一郎を移動させるのとは、わけが違う。

しかも、車椅子が星一郎の体型に合わせたサイズだから、薬寺には小さい。狭い座席に薬寺を坐《すわ》らせるのは至難の業だ。

「何をもたもたしている」

星一郎が以蔵を叱責《しっせき》する。

「すいません」

額から汗を流しながら、以蔵が悪戦苦闘する。

そこに、

「何をしてらっしゃるんですか？」

島田房江である。

「おまえ……ここで何をしている？」

星一郎の顔色が変わる。

「何もおっしゃらないでお出かけになったので、もう休んでもいいかどうか確認したかっただけです。車の明かりが見えたので、お帰りになったんだな、ご挨拶《あいさつ》して休ませてもらおう、と考えたのですが、でも……」

房江がにやりと笑う。

「どうやら、まずいところに来てしまったようですね。その人、薬で眠らせてるんですよね？　どこに連れて行くんですか？　地下室ですか」

「おまえには関係ない。さっさと出て行け」

「出て行ってもいいですけどね、わたし、案外、口の軽い女なんですよ」

「……」

星一郎の顔が怒りで赤くなる。房江が脅しをかけてきたので頭に血が上ったのだ。以蔵がちらりと星一郎を見遣《みや》ったのは、指示があれば、即座に房江の口を封じることができるという意思表示であろう。

（どうする……？）

星一郎の頭脳が目まぐるしく動く。房江を始末するのか、それとも、金で黙らせるのか、あるいは、積極的に仲間に引き込んでしまうのか……。

決断は早かった。仲間にする、と決めた。

冷静に考えれば、何から何まで以蔵に頼るのも現実的ではない。一人でやれることには限界がある。拉致して、すぐに殺害するのであれば以蔵一人でも問題ないが、簡単には殺さず、様々な楽しみ方をするのであれば、以蔵一人では荷が重すぎる。生きている間は食事の世話もしなければならないし、あっさり死んでしまわないように、拷問の後に治療が必要になるかもしれない。そんなとき、看護師の房江は役に立ってくれるであろう。

房江という女は、何が起ころうと動揺することもなく、びくつくこともない。大金を積めば、自分の役割を忠実に果たすであろうし、口が固いことも確かである。何しろ、警察の執拗《しつよう》な取り調べに屈することなく、黙秘を貫き通して不起訴処分を勝ち取った女なのである。

ぎますから」

「勤務時間外の残業になりますから、これは、お高くなりますよ。通常業務とは違いす

「よし、手を貸せ」

「くどくど言わなくていい。ちゃんと払ってやる。河村に手を貸してやれ」

「わかりました。どれくらいの特別手当が妥当なのか、自分なりに検討した上で、後ほど、ゆっくり相談させていただきます」

房江はうなずくと、以蔵に手を貸し、二人で薬寺を車椅子に乗せる。

ガレージの奥には、外に出ることなく屋敷に入ることのできる通廊がある。雨や雪の日、車椅子の星一郎が体を濡《ぬ》らすことなく、ガレージと屋敷を行き来できるように拵《こしら》えたものだ。その通廊が今は秘密保持に大いに役立っている。他の使用人たちに目撃される危険を冒すことなく、薬寺を地下室に移動させることができるからだ。

以蔵が薬寺を乗せた車椅子を押す。

その後ろを星一郎が進み、房江が並んで歩く。

「地下室で大がかりな工事をしてから、地下室を出入り禁止にしたのは、こういう目的があったからなんですね」

「……」

「大胆なことをなさいますね。一歩間違えば、すべてを失ってしまうのに……。何だか、自暴自棄になられているように見えますわ」

「……」

いつもなら、うるさい、黙れ、と怒鳴りつけるところだが、今は、そんな気にならない。むしろ、

（鋭い女だ）

と感心した。

末期癌に冒され、星一郎は、この先、長く生きることはできない。まだ三五歳という若さだし、莫大《ばくだい》な財産を所有していて、どんな望みでも思うがままにかなえることができるにもかかわらず、病にだけは打ち勝つことができないのだ。あの世に財産を持っていくことができない以上、何とかこの世で使い切ってしまいたいと思うが、そう簡単に使い切ることができる額ではない。下半身が不自由でなければ女に溺《おぼ》れたりするのかもしれないが、生憎《あいにく》、それも無理な話である。

だから、残された日々を、押し殺していた欲望を満たすことに使おうと決めた。そのためには、いくらでも金を使うつもりだし、警察に捕まるリスクも覚悟している。たとえ逮捕されたとしても、どうせ裁判が終わるまでは生きていないのだから何も恐れることはない。

そう達観しているつもりだったが、やはり、この世に未練があるのか、どこか投げ遣りになっているのであろう。その心の揺れを房江に見抜かれたのだ。

三人が地下室に入る。人の気配を察したのか、

「誰かいるんですか？　お願いです。助けて下さい」

つばさが大きな声を出す。

誰も返事をしない。

以蔵が車椅子の薬寺を、つばさの隣の檻《おり》に入れる。ベッドの横まで車椅子を寄せ、房江の手を借りて、何とかベッドに移動させる。その様子を、星一郎は檻の外から眺めている。

「ねえ、あなた、何をしてるんですか。こんなことをして、ただで済むと思ってるんですか。警察に捕まりますよ。わたしをここから出して……」

つばさが喚《わめ》き立てる。

「うるさい！」

房江が怒鳴る。

「ギャアギャア、うるさい女だね。おとなしくしないと舌を引っこ抜いて、ぶっ殺すよ」

「……」

房江の迫力に圧倒されて、つばさが言葉を失う。

「ふんっ、わかったか。おとなしくしてれば、あとで飯を運んでやる」

房江がちらりと星一郎に視線を走らせる。

（こんなものでいいでしょうか？）

と問いかけているかのようだ。

「うむ、うむ」

星一郎が満足げにうなずく。

一四

本郷が運転席で体を丸めている。エンジンを切ったので寒いのだ。四月の下旬とはいえ、那須の山の中は、夜になると、かなり冷え込む。

耐えられなくなったらエンジンをかけて、ヒーターを入れるつもりだが、頭の中をクリアにしておくには少しくらい寒い方がいいので、敢《あ》えてエンジンを切っている。

本郷の視線の先には星一郎の屋敷がある。星明かりの下に聳《そび》える豪邸である。

正直なところ、自分が何をしているのか、本郷にはよくわからない。星一郎の悪事をネタにして、いくらかまとまった金を手に入れられればありがたい……その程度の軽い気持ちで始めたことである。まさか都内で人間を拉致《らち》する現場を目撃するとは想像もしていなかった。

(誘拐だぞ。重罪じゃねえか)

携帯を取り出し、拉致の現場を録画した映像を見直す。さして長い映像ではない。何度か繰り返して観る。

(こいつ、素人じゃないな)

犬をだしにしてターゲットをワンボックスカーに誘《おび》き寄せ、ターゲットが油断している隙を衝《つ》いて、荷台に潜んでいた以蔵が飛びかかる。何らかの薬品、恐らくは、クロロフォルムを使ってターゲットを眠らせる。ターゲットがワンボックスカーに引きずり込まれるのに一分もかかっていない。抵抗らしい抵抗もしていない。これほど手際のいい拉致は素人には無理だ。河村以蔵というのは、いったい何者なのだろう、星一郎の秘書だと思っていたが、どうもそれだけではなさそうだ、という疑問が湧いてくる。どういう経歴の持ち主なのか、いずれ調べてやろう、と本郷は考える。

(拉致のやり方が、まるっきり宍戸浩介と同じだ……)

松岡花梨のインタヴューで聞かされた内容とまったく同じなのである。つまり、それを知りたいがために、おれにインタヴューさせたのか、と本郷は気が付く。

(ん?)

人体パーツ事件について思いを巡らせているとき、何かが頭の中で閃《ひらめ》いた。改めて携帯の映像を見直してみる。

「え」

思わず口から声が出た。拉致されたターゲットが誰なのか見当が付いたのだ。

慌てて携帯を操作し、過去のニュース記事を検索する。SM班の写真が出てくる。薬寺が写っている。今度は拉致の映像を観る。同一人物だ。拉致されたのは薬寺である。

「あり得ないぜ。警察の人間をさらいやがった。しかも、宍戸と樺沢を逮捕した奴じゃないか」

　これはすごいぜ、大スクープだな、と本郷が興奮する。

　ふと、本郷の良心が、

（警察に通報するべきではないのか）

　と頭の中で囁《ささや》く。

　だが、別の本郷が、すぐにその考えを打ち消す。

　今、警察に通報すれば薬寺は助かるだろうが、本郷には何の旨味《うまみ》もない。善意の通報者というだけのことである。拉致の場面を撮影した映像はあるものの、映像は不鮮明だし、さして長いものでもない。テレビ局のニュース番組やワイドショーがほしがるかもしれないが、大して高く売ることはできない。せいぜい、一〇万がいいところだろう。

　今現在、本郷が握っている材料だけでは本を書くことはおろか、記事にすることもできない。もっと興味深いネタが必要である。せめて薬寺が屋敷の中でどういう扱いを受けているか、それくらいは知りたいと思う。

　こうなったからには真正面から星一郎に会うのはリスクが大きすぎる。下手をすると本郷も捕らえられてしまうかもしれない。こっそり屋敷に侵入して、ネタを手に入れたいものだが……と本郷が思案する。

（裏山から行くしかないか）

　正面の門付近には監視カメラが設置されているし、そこから左右には塀と柵《さく》があって、とても乗り越えられそうにない。可能性があるとすれば屋敷の背後にある山の斜面を下ることだけであろう。

かなり険しそうだから、斜面を下るには、それなりの装備が必要だ。幸い、若い頃、何年か山登りに夢中になった時期があるから、まったくの素人ではない。そのときの経験を生かすことができそうだ。東京に戻り、装備を調えて出直してこようと考える。

エンジンをかけ、車を発進させる。

行き交う車がまったく見当たらない真っ暗な道を走りながら、ふと、こんなことをしている間に薬寺が殺されたらどうしよう、とまた不安になる。薬寺を助けようと思えば助けられるのに、自分の都合で助けないのは、自分も悪事の片棒を担ぐことになるのではないか、と良心が囁く。

(おれだって、できることなら正しいことをしたい。だけど、せっかくのチャンスを逃がせば、いつまでもどん底から這《は》い上がることなんかできないじゃないか)

それを考えると、どうしても警察への通報をためらってしまう。

「なあに、すぐに殺したりはしないだろうさ」

そうさ、大丈夫だ、と本郷は己を鼓舞するように声に出して言う。

一五

四月二十六日（月曜日）

ＳＭ班。

出勤時間になっても薬寺が現れない。

田淵、佐藤、あおい、糸居、栄太の五人は手持ち無沙汰《ぶさた》の様子である。

「どうだ？」

糸居が栄太に訊《き》く。

栄太は薬寺の携帯に電話しているのだ。

「駄目ですね。出ません」

栄太が首を振る。もちろん、自宅の固定電話にもかけた。どちらも出ない。留守番電話に切り替わってしまう。

「班長が遅刻とはなあ。意外とだらしないぜ」

わははは、と糸居が大笑いする。

「どうしたのかしら、心配だわ」

田淵が小首を傾げる。

佐藤は黙りこくっている。何の興味もないらしい。

あおいも、心ここにあらずという感じだ。つばさのことが気になって仕方ないのであろう。薬寺が出勤してきたら有休申請して帰るつもりでいる。一人でつばさを捜すつもりなのだ。

電話が鳴る。

「お、班長かな」

糸居が栄太に顎《あご》をしゃくる。電話に出ろ、という指図である。

「特殊捜査班です……」

はい、そうです、いいえ、薬寺はまだ出勤しておりませんが、はい、はい……と栄太が相手の話に注意深く耳を傾ける。

「少々、お待ちいただけますか」

と保留ボタンを押し、田淵に、

「班長の知り合いの方なんですが、気になることがあるとおっしゃっています」

「代わるわ」

保留を解除し、田淵が電話に出る。

「お電話を代わりました。田淵と申します……」

何分か話をして、では、お待ちしておりますので、と電話を切る。

「どうかしたんすか？」

糸居が訊く。

「班長と約束していたらしいんだけど、連絡が取れなくなって、とても心配しているみたいなの。近くにいるというので、ここに来てもらうことにしたわ。わたし、受付まで迎えに行ってくるから」

田淵が席を立ち、部屋から出て行く。

それから二〇分ほどで田淵が戻ってくる。

仲間亜紀が一緒である。

亜紀は落ち着かない様子で、そわそわしている。

「むさくるしいところですいません。おかけになって下さい」

田淵は亜紀を自分の席に坐《すわ》らせる。

「コーヒーでもいかがですか？」

「さっき、スタバでコーヒーを飲んだばかりなので……」

亜紀が首を振る。

「では、早速ですが、お話を伺っても構いませんか？　薬寺にペットの餌やりを頼んだのにやっていないということですよね？」

「うちのミルクに……ミルクというのは、わたしが飼っているフクロウなんですが、週末、わたしが出張だったので餌やりを頼みました。土曜日の夜と日曜日の朝はマンションに来てくれたようなんですが、日曜日の夜は来ていません。今まで一度もそんなことはありませんでした。しかも、まったく連絡が取れないし……。何かあったのではないかと心配になって、こちらに電話したんです」

亜紀が説明する。

「昨日だったら、わたしもお昼近くに班長と電話で話しましたよ」

あおいが言う。

「おい、何で、そういうことをさっさと言わないんだよ」

糸居が叱る。

「だって、昨日のことなんか関係ないと思ってたから……」

あおいが口を尖《とが》らせる。

「ということは、昨日の午後から今朝にかけて、班長と連絡が取れないということになるわね。どこにいるのかもわからない」

田淵が首を捻《ひね》る。

「もしかして、うちでぶっ倒れてるんじゃありませんかね？　心臓麻痺《まひ》とか起こして」

糸居が明るく言う。少しも薬寺を心配している様子はない。

「そういうことだって考えられますよね。一人暮らしなんでしょうし」

栄太がうなずく。

「あ……」

亜紀が声を発する。

「薬寺さんが急病で倒れているかどうかはわかりませんし、何かの事情で出かけているだけかもしれませんが、もし、昨日の午後から自宅に戻っていないとすると、ポンちゃんもごはんをもらっていないかもしれません」

「ポンちゃん？」

糸居が怪訝《けげん》な顔になる。

「薬寺さんが飼っているフクロウです」

「は？」

糸居がぽかんと口を開ける。

「あの人、フクロウなんか飼ってるのか……。変人だとは思ってたけど、その通りだったな」

「心配になってきたわね。白峰君、班長のマンションに行ってみようか？」

田淵が栄太に顔を向ける。

「いいですけど……。でも、鍵《かぎ》がないと部屋に入れませんよね。管理人だって、そう簡単には入れてくれないでしょうし」

「それなら大丈夫です。わたし、薬寺さんのうちの鍵を持ってますから」

「そうなんですか？」

田淵が驚く。

「はい。信頼し合っているので、お互いの家の鍵を持ち合うことにしたんです」

「失礼ですけど、班長とは……あの、そういう深いご関係ですか？」

糸居が興味津々という顔で訊く。

「いいえ、全然そういうのではありません。わたしは薬寺さんが大好きだし、できれば結婚してほしいくらいですけど、残念ながら、向こうにその気がありませんから」

「ふうん、そうなんですか。やっぱり、よくわからない人だな。あ……おれも行ってみよう。班長がどんな暮らしをしているのか興味あるからな。よし、行くぜ」

糸居が立ち上がる。急に張り切り出す。

「あおいちゃん、佐藤さん、留守番をお願いね。班長から連絡があったら知らせて」

「了解です」

あおいがうなずく。

田淵、栄太、糸居、亜紀の四人が部屋から出て行く。あとには、あおいと佐藤の二人が残される。

(困ったな……)

あおいが溜息《ためいき》をつく。

薬寺に頼んで早退させてもらうつもりでいたのに、肝心の薬寺の行方がわからない。まだ詳しいことは何もわからないが、もしかすると深刻な事態になる可能性もある。部屋で倒れているかもしれないのだ。自分にできることは何もないし、だから、留守番を頼まれた。

もちろん、薬寺のことも心配だが、つばさのことも心配なのである。できることなら薬寺のことは田淵たちに任せ、自分はつばさの家に飛んでいきたい。

しかし、そんなことを口に出せる雰囲気ではないから黙っていた。佐藤と二人きりになってみると、次第に苛立《いらだ》ちが募ってくる。留守番なら誰にでもできるが、つばさを捜すことができるのは、あおいだけなのだ。

　ふと、

(佐藤さんに相談してみようか)

という気になった。変人だが、優れた捜査能力を備えていることは間違いないのだ。

「佐藤さん、相談に乗ってもらえませんか？」

「……」

　佐藤は背中を丸め、両手を太股《ふともも》に載せ、机に頭を垂れるような格好で坐っている。あおいが話しかけても、その姿勢を変えようとはせず、あおいに顔も向けない。

「お願いします」

「仕事以外の相談は断る」

「事件かもしれないんです」

「言え」

「わたしの知り合いで結城つばささんという女子高校生がいるんですが……」

　ゆうべからつばさの行方がわからなくなり、両親がとても心配している、駅まであおいを送り、駅から自宅に戻る途中で何かあったのではないかという気がする……そう事情を説明した上で、人体パーツ事件でやったのと同じやり方で、駅と自宅の間にある防犯カメラをチェックしてつばさを捜してもらえないか、と頼む。

「駄目だ」

「どうしてですか？　佐藤さんなら簡単にできるじゃないですか」

「簡単にできる」

「それなら……」

「個人的な事情で警察の力を使うことはできない。上司の指示が必要だ」

「班長がいないと駄目ってことですか？」

「そうだ」

「班長の行方がわからないと何もできないってことか……」

あおいが肩を落とす。

電話が鳴る。

佐藤が電話を取ることなどないので、当然、あおいが電話に出る。受付からだ。山田《やまだ》という男性から、特殊捜査班の薬寺さんと話したいという電話がかかっているが、取り次いでいいか、という内容である。

「はい、お願いします」

あおいが言うと、カチッという音がして電話が切り替わる。

「特殊捜査班です」

「あ……」

男の声である。

「薬寺さん、いらっしゃいますか？」

「席を外しておりますが、どういうご用件でしょうか？」

「じゃあ、出勤してるんですか？」

「どういう意味でしょうか？」

「どれくらいで戻られますか？　直接、薬寺さんと話したいのですが……。大切な用件なんです」

「薬寺が戻り次第、折り返し電話をさせますので、そちらのお名前と連絡先を教えていただけますか」

「いないんですね？　出勤してないんでしょう」

「失礼ですが……」

「もういいです」

電話が切れる。

「何だ、こいつ」

あおいが受話器を戻す。

（つばさちゃん、どうしたかな？　家に電話してみようかな）

また受話器に手を伸ばす。

一六

「やっぱり、いないか……」

本郷が受話器を戻す。新宿駅の公衆電話である。最近は、公衆電話を見付けるのも容易ではないが、大きな駅には必ず設置されている。

警視庁に電話して薬寺の所在を確かめたのは、星一郎が拉致《らち》したのは本当に薬寺なのだろうかと疑問を持ったからである。拉致の証拠となる映像は手許《てもと》にあるものの、画像は粗く、画面も暗い。ゆうべは薬寺で間違いないと興奮したものの、今朝になって改めて映像を確認してみると自信が揺らいだ。

それで電話した。薬寺が出勤していれば、自分の勘違いだったことになる。出勤していなかったとすれば、拉致されたのが薬寺だという証拠にはならないものの、薬寺だという可能性は高くなる。

駅を出て、本郷はスポーツ用品店に向かう。山登りに必要な装備を買い揃えるためだ。ウェア一式、厚手の手袋、登山靴、ザック、ヘッドランプ、懐中電灯、ナイフ、ロープ……本当に必要かどうか判断に迷うものは、とりあえず買うことにした。

値段を気にせず、よさそうなものを選んで買い物用のカートに積み込んだ。レジで精算したら、七万円を超えていたが、さして驚くこともなくクレジットカードで払う。銀行口座には金がある。星一郎からもらった報酬だ。

両手に大きな袋を持って店を出る。

「くくっ……」

不意に口から忍び笑いが出る。

考えてみれば、おかしな話である。以蔵が訪ねて来たのは、先週の月曜日だ。それまでの本郷はどん底の貧乏暮らしで、お先真っ暗という状態だった。遠からず自己破産に追い込まれそうだったのだ。

にもかかわらず、なぜか、星一郎から仕事の依頼があったことで状況は一変した。一息つき、当面は楽に暮らすことができそうだ。

もちろん、何もしないでいれば、また元の状況に戻ることになる。そうならないように星一郎の悪事を暴き、弱味を握ろうとしている。そんなことができるのも星一郎からもらった金があるからだ。

つまり、星一郎は自分の払った金のせいで、本郷に首根っこをつかまれようとしているのである。自分の投げたブーメランが方向を転じて、自分の後頭部を直撃するようなものではないか。

(簡単に切り捨てられると甘く見たんだろうが、そうはいくか。おれを見くびるなよ)

やってやるぞ、あの屋敷に忍び込んで悪事の証拠を手に入れてやるからな、と本郷は自分に言い聞かせる。

一七

「いやあ、信じられませんわ」

糸居が素《す》っ頓狂《とんきょう》な声を発する。

「本当なんですよ。薬寺さんのように優しくて思い遣《や》り深い人は滅多にいません。半年くらい前ですけど、ミルクが病気になったとき、わたしがうろたえて何もできないでいると、黙って何もかもやってくれて、徹夜で、わたしとミルクに付き添ってくれたんですよ」

亜紀が話す。

「で、二人で夜明かししても何もなし、ですか？」

「ええ、何もありませんね。ご想像なさっているようなことは」

亜紀が首を振る。

「女に興味がないってことは、男が好きってことなんですかね？　もしかして、おれも班長の恋愛対象なのかな」

わははは っ、と糸居が馬鹿笑いをする。

「糸居君」

助手席に坐《すわ》っている田淵が肩越しに振り返って、糸居を見つめる。その目には怒りが籠《こ》もっている。

「そんなにおかしいこと？」

「え……、いや、別に、おかしいなんてことは……」

「じゃあ、どうして笑うの？」

「あ～っ、別に理由はないんですが」

「少し黙っていた方がいいんじゃない。口を閉じていてくれる？」

「了解っす」

糸居が田淵に敬礼する。

三〇分後、四人は薬寺のマンションに着いた。

エントランスで、一応、インターホンを鳴らすが応答はない。亜紀が預かっている鍵《かぎ》でエントランスのドアを通り、薬寺の部屋に向かう。

ドアの前で、

「申し訳ないのですが、大きな声や物音を立てないように注意していただけますか。フクロウは、とてもデリケートなんです。たぶん、知らない人を見るだけでストレスを感じるでしょうし、できるだけ強い刺激を与えたくないんです」

亜紀が言う。

「わかりました」

田淵はうなずくと、糸居に顔を向け、

「糸居君は中に入らない方がいいんじゃない？」

「え？　何でですか？　せっかく、ここまで来たのに」

「静かにできる？」

「嫌だなあ、できますよ。子供じゃないんですから」

「本当ね？」

田淵がきりっとした目つきで糸居を睨《にら》む。

「は、はい……」

糸居がごくりと生唾《なまつば》を飲み込む。薬寺に叱られても何も感じないが、田淵に叱られると背筋が寒くなるような怖さを感じるのである。

「最初に、わたしが入ります」

そう言いながら、亜紀がドアの鍵を開ける。

センサーが反応して玄関の明かりがつく。

室内は、しんと静まり返っている。

亜紀は玄関から部屋の様子を窺《うかが》って、

「薬寺さん、留守かもしれません」

肩越しに振り返って、田淵に小声で言う。

「どうしてわかるんですか？」

「部屋の中が暗いからです。フクロウは夜行性なので、わたしも出かけるときには、カーテンを閉め切って部屋を暗くしていきます。薬寺さんも、そうしたんじゃないでしょうか」

「確かに、玄関には靴も見当たりませんね」

田淵が視線を落とす。サンダルやスニーカーは置いてあるが、革靴はない。

ほーっ、ほーっ、と亜紀がフクロウの真似をする。

すると、部屋の奥から、ほ～っ、ほ～っ、という声が返ってくる。ポンちゃんだ。

「ああ、やっぱり、お腹を空《す》かせているみたいですね。あまり元気がないです。淋《さび》しかったのかもしれませんけど」

「あの声だけで、そんなことがわかるんですか？」

栄太が驚いたように訊《き》く。

「フクロウと一緒に暮らしていると、声や表情からいろいろなことがわかるようになりますよ」

「ふうん、すごいなあ……」

「わたし、ポンちゃんに餌をあげますから、皆さん、部屋を調べて下さい。ただ、さっきもお願いしたように、できるだけ静かにお願いします」

「わかりました」

田淵がうなずく。

亜紀は台所に行き、田淵たち三人は手前の部屋から調べ始める。

二〇分後……。

三人がリビングに入る。他の部屋は調べた。浴室にもトイレにも薬寺の姿はない。リビングにもいない。病気や怪我のせいで自宅で動くことができなくなった、ということではなさそうだ。部屋が荒らされた形跡もない。

「班長、どうしちゃったんでしょうね？」

栄太が首を捻《ひね》る。

「ポンちゃん、昨日の夜は何も食べてないと思います。かなりお腹を空かせていたみたいですから」

亜紀が言う。

「フクロウには、夜のごはんは何時くらいに食べさせるものなんですか？」

田淵が訊く。

「それは何とも言えませんけど、できれば八時くらいまでには食べさせてあげたいですよね。仕事の都合もあるから、もっと遅くなることもありますけど……」

亜紀が答える。

「班長は、昨日の夜、仲間さんのフクロウにも自分のフクロウにも餌を食べさせていない。部屋を暗くして出かけているわけだから、まだ明るいうちに出かけて、そのまま部屋には戻っていないということになるわね」

田淵が首を捻る。

「失踪《しっそう》したかねえ」

糸居が笑う。

「笑いごとじゃありませんよ。薬寺さん、ものすごくポンちゃんを大切にしているし、ミルクにも優しいんです。ポンちゃんとミルクにごはんを食べさせないなんて、とても考えられません。よほど大変なことがあったのだと思います」

亜紀は心配そうだ。

「そう言われると、わたしたちも心配になるんですけど、何も手がかりがないから……。困ったわね」

田淵が溜息《ためいき》をつく。

「薬寺さんを捜して下さい。お願いします」

亜紀が頭を下げ、薬寺さんが見付かるまで、わたしが責任を持ってポンちゃんの世話をします、と言う。

「あおいちゃんからも連絡がないし、まだ班長の行方はわからないということよね。戻ったら、課長に相談するわ」

一八

「なかなか、おいしいじゃないの。あなたが作ったの？」

プレートに載せて運ばれてきた朝食を食べながら、薬寺が房江に訊く。

つばさと薬寺の二人分の朝食を房江が運んできたのである。

「……」

房江は檻《おり》の外に腕組みして立ち、じっと二人の様子を見つめている。薬寺の問いかけにも答えない。

「泣いてばかりいないで少しでも食べた方がいいわよ。体力が落ちちゃうから」

薬寺が隣の檻にいるつばさに話しかける。

つばさは泣いてばかりいる。泣き疲れると眠るが、目が覚めると、また泣き出す。その繰り返しである。水は飲むが、食事にはほとんど手を付けていないから、ひどく顔色が悪い。目の下に濃い隈《くま》ができている。ずっとパニック状態が続いているような感じで、薬寺ともまともに話ができない。だから、薬寺はまだつばさについて何も知らない。名前も知らないし、どういう経緯でここに連れて来られたのかもわからない。

「この状況に絶望するのはわかるけど、だからこそ食べなければ駄目なのよ。いざというときに動けないからね」

薬寺が言うと、ふっと房江が笑う。

「あら、何がおかしいのよ？」

「いざというときって、つまり、ここから逃げ出すつもりなの、あんた？」

房江が初めて口を開く。

「いけない？」

「希望を持つのは悪いことじゃないだろうけどね」

房江が肩をすくめる。

「どれだけお金をかけたのか知らないけど、こんなものを拵《こしら》えて……。よっぽどお金と暇を持て余しているバカがいるってことよね」

「否定はしないよ」

「あなたは、それほどのバカにも見えないから、ちゃんとわかってるんでしょうけど、こんな犯罪の片棒を担ぐのは、どんなに大金をもらったとしても割に合わないわよ」

「だから、自分たちを解放しろ、自首しろってわけ？」

「少しでも罪が軽くなる方がいいじゃないの」

「捕まらなければ罪に問われることもないよ」

「随分と詳しそうね。いろいろ悪いことをしてきたけど、今まで警察に捕まったことがない……そういうことなのかしら？」

「おしゃべりな男だね」

「だって、ここにはテレビもラジオもないもの。携帯があれば嬉《うれ》しいけどね。お隣さんは泣いてばかりだし、あなたとおしゃべりするくらいしか楽しみはないのよ」

薬寺が顔を顰《しか》めたとき、ドアの方からマリアが走ってきた。その後ろから、車椅子の星一郎がゆっくり現れる。

「馬鹿者。ここで何をしている？　誰が無駄話をしろと命じた」

星一郎が房江を叱る。

「食事するのを見張っていただけですよ。食器も片付けなければなりませんしね」

悪びれる様子もなく、無表情に肩をすくめる。

「食器は次の食事を持ってきたときに片付ければよかろう。見張る必要もない。ここに長居をするな」

「わかりました」

ふんっ、と鼻を鳴らして、房江が立ち去る。

「……」

星一郎は車椅子を檻に近付け、薬寺をじっと見つめる。

薬寺は食事を続けながら、上目遣いに星一郎を見て、

「あんたが黒幕っていうわけね？　どれだけお金をかけたのか知らないけど、こんなものを作って、わたしやその女の子をさらって何をしようっていうの？　常識的には考えられないけど、世の中には頭のおかしな人間がいるのも確かだから、何を企《たくら》んだとして

も別に驚きはしないけどね」

「おまえ、わたしを……」

わたしを覚えていないのか、と言おうとして、

（まさか、こいつは、わたしの顔を覚えていないのか？）

と愕然《がくぜん》とした。

四年前のことだ。

その一年前、三〇歳の頃から、女性を傷つけたいという欲望を押し殺すことができなくなり、夜道で女性の髪を切り取るという犯罪行為を繰り返すようになった。肉体を傷つけるのではなく、髪を切り取ったのは、まだ心の中に良心のかけらが残っており、ためらう気持ちがあったからだ。

しかし、慣れるに従って大胆になり、犯行の面白さが良心のかけらを消し去り、顔や手足を傷つけるようになった。血まみれの女性が泣き叫ぶ声を聞くと、体中が震えるような快感を覚えた。

当然ながら、警察も手をこまねいていたわけではない。捜査本部を設置して犯人逮捕に全力を挙げた。

逮捕されてもおかしくなかったが、場数を踏んで熟練したせいで、大胆でありながら同時に慎重に振る舞うことができるようになり、現場に証拠を残さず、なかなか尻尾《しっぽ》をつかませなかった。金には不自由していなかったので、惜しげもなく大金を使って捜査

情報を入手するようなこともした。運も味方した。狙いを付けた女が、実は囮《おとり》捜査官だということに、ぎりぎりで気が付いたこともあった。

だが、ある夜、その運も尽きた。

若い女に襲いかかったとき、物陰から捜査員が飛び出してきて、

「逮捕する。武器を捨てろ」

と叫んだ。

星一郎は仰天し、慌てて逃げ出した。

(もう駄目だ)

という絶望が胸に広がった。

当然、周辺には捜査陣によって網が張り巡らされているはずで、すぐにも四方から捜査員が群がり出てきて、自分を組み伏せるだろうと諦《あきら》めた。

しかし、そうはならなかった。

肩越しに振り返ると、太った男がたった一人でよたよたと追いかけてくるだけだ。

それが薬寺だった。

当時、薬寺は科警研に在籍し、犯罪学を研究していた。専門は凶悪犯のプロファイリングである。普通、研究員が現場に出ることはないが、優秀なので、時折、現場に駆り出された。

と言っても、捜査員に助言をするという立場に過ぎなかったので、拳銃《けんじゅう》や手錠を所持

せず、警察手帳も持っていなかった。逮捕権もなかった。

この夜も、そうだった。

ところが、捜査責任者が薬寺のプロファイリングを無視するようなやり方を始めたので、薬寺が嚙《か》みついた。おまえはもう必要ない、さっさと帰れ、と怒鳴られ、ああ、そうですか、失礼します、こっちだって好きで来たわけじゃありませんから、と売り言葉に買い言葉でその場を去ったものの、自分のプロファイリングには自信を持っていたし、新たな犯罪が起こったら大変だと考え直し、このあたりが怪しいと目星を付けた場所に潜んでいた。

そこに星一郎が現れたのである。

女性が襲われるのを見て、
咄嗟《とっさ》に、

「逮捕する」

と叫んだものの、実際には逮捕権はないし、犯罪者を捕まえた経験もないし、何も武器を持っていなかったから、星一郎が開き直って薬寺に向かってきたら、恐らく、薬寺はかなわなかったであろう。

星一郎は逃げた。

反射的な反応で、薬寺は後を追った。

しかし、走るのは得意ではない。すぐに息切れしてきた。せめて犯人の顔を脳裏に焼き付けておこうと思い、犯人の顔が街灯の光に照らされるたびに目を細めて凝視したが、視力も弱いので、犯人の顔を見極めることができなかった。

一〇分もすると犯人を見失い、ぜえぜえと荒い呼吸をしながら、その場に坐《すわ》り込んだ。

一方の星一郎だが、そんな事情は何も知らないから、

（まずい、顔を見られた）

と動転した。

星一郎の目には薬寺の顔がはっきり見えたのだから、薬寺の方も星一郎の顔を見たに違いないと考えたのだ。走り続け、何とか追っ手を振り切ったと一息ついても、

（駄目だ。もう終わりだ。おれは捕まる）

似顔絵を描かれたり、モンタージュ写真を作られたりして手配されれば、きっと捕まるだろうと暗い気持ちになった。そんなことを考えていたので、注意力が散漫になった。飲酒運転のトラックがスピードを落とさずに接近してきたことにも気付かず、星一郎ははねられた。体が一五メートルも宙を飛んだ。コンクリートの道路に叩《たた》きつけられたとき、脊髄《せきずい》を損傷した。何とか命は助かったものの、以後、車椅子生活を余儀なくされることになったのである。

逮捕を免れ、命も助かったのだから、本来であれば喜んでもいいのかもしれなかったが、星一郎は、それほど素直ではない。薬寺を憎んだ。

（あいつさえいなければ、おれはこんな体にならなかった）

その憎むべき相手が目の前にいる。檻《おり》の中に坐り込み、平気な顔で朝食を食べ続けている。

星一郎が見ているうちに食べ終わり、

「ああ、おいしいわ。だけど、これじゃ全然足りないのよね。お代わりお願いできないかしら？　この三倍くらいは、ほしいのよね」

薬寺がふーっと大きく息を吐く。

「強がるな」

「あら、どういう意味？　強がってるんじゃなくて、もっと食べたいと言ってるだけですけど。だって、お腹が空《す》くんだもの。お昼はもっと増やしてね」

「おまえ、なぜ、こんな目に遭ったか気にならないのか？」

「そうねえ、気になると言えば気になるかしら。説明してくれるの？」

「生きて帰れると思うか？」

「思わないわね。だって、生きて帰すつもりがあるのなら、わたしに素顔をさらしたりしないでしょう。さっきの女にしても、あんたにしても、顔を見られても構わないと思ってるわけよね。それは、つまり、どうせ始末するから関係ないってことじゃないのかしら」

ふふふっ、と薬寺が笑う。

「強がるな！」

星一郎がカッとする。

薬寺がつばさのようにめそめそしていれば、星一郎は満足したであろうが、薬寺は平気な顔で、もっと食べたい、などとほざいている。その態度に無性に腹が立つ。

「笑っていられるのも今のうちだぞ」

できることなら、すぐにでも薬寺を檻から引きずり出して拷問部屋に連れて行きたいところだが、今はその暇がない。やることがあるのだ。

(楽しみは先に取っておく方がいい)

そう自分に言い聞かせると、マリアを呼び、地下室から出て行く。

一九

星一郎が立ち去ると、地下室には薬寺とつばさの二人が残された。

満腹には程遠い物足りなさを感じながら、薬寺は食事を終えて立ち上がる。

改めて周囲を見回す。がらんと殺風景な地下室に、三つの檻が並べられている。檻の広さは三メートル四方で、高さは二メートルくらいだ。檻の中には簡易ベッドとテーブル、椅子、ポータブルのトイレが置かれているだけである。

この檻を設置するとき、星一郎は、大型の猛獣を飼育することができるようなものにしてほしい、と施工業者に注文を出した。従って、かなり頑丈に作られている。床はコンクリートで、排水溝があるだけだ。つまり、入口の鍵《かぎ》を開けない限り、檻の外には出られないということである。

狭い檻の中を歩き回りながら、薬寺は、何か脱出する方法はないものか、脱出の役に立つ道具を手に入れられないものか、と考えるが、妙案は見付からない。

（まあ、焦らないことよね。焦ったら、相手の思う壺《つぼ》だもの）

そう自分に言い聞かせる。

あの気持ちの悪い車椅子の男はどうしてわたしを憎んでいるのかしら、わたし、何かしたかな……いろいろ考えてみるものの思い当たることがない。

ふと、隣の檻を見遣《みや》ると、床に倒れているつばさの口からまた嗚咽《おえつ》が洩《も》れ始めている。

「ねえ、あなた、しっかりしなさい。泣いてばかりいても仕方ないのよ。めそめそしていると、あいつらを喜ばせるだけよ。あいつら、絶対に変態だからね」

「……」

つばさは何も答えることができない。

「わたしね、薬寺といいます。これでも警察官なのよ。警視庁にいるの」

「え……」

つばさが顔を上げて、警察の人、とつぶやく。

「だからといって、今、何をしてあげられるわけでもないけど、あなたを助けるために努力するわ。だから、決して希望を捨てないでほしいの」

「あおいさん……」

「それがあなたの名前なの？」

「お姉さんの……わたしは、結城つばさです」

「え」

　薬寺が大きな声を出す。

　恐らく、監視カメラで見張られているだろうから、できるだけ自分の感情を表に出さないように心懸けていたが、今は、それができなかった。それほど驚いた。

「あなたの名前、結城つばさというの？」

「はい」

「ということは……あおいっていうのは柴山あおいのことね？」

「そうです、警視庁の」

「そういうことか……」

　日曜日の朝、警視庁から連絡があったことを薬寺は思い出した。土曜日の夜から、結城つばさという女子高校生の行方がわからなくなり、父親が深川署に相談し、行方不明者届を出したい、それが無理なら、警視庁の柴山あおいさんと連絡を取りたいと懇願し、深川署の生活安全課の刑事が警視庁に問い合わせてきたのである。話を聞いた薬寺は、あおいに連絡した。そのときは、つばさの失踪《しっそう》がまさか自分にも関係があるとは想像もできなかった。

しかし、現実に、つばさと薬寺は同じ人間によって拉致《らち》され、地下室の檻に監禁されている。何らかの明確な目的があってやっていることであろう。

（うちのメンバーを狙っているわけ？　それなら、この子ではなく柴山をさらうべきじゃないのかしら？）

なぜ、あおいの知り合いの女子高校生を拉致し、その翌日に今度は薬寺を拉致したのか、その目的がはっきりしない。

そのとき、ふと、

（わたしたち二人で終わりなのかしら）

という疑問が湧く。

他にも誰かを拉致するつもりなのであろうか？

現に、この地下室には三つの檻が並んでおり、そのひとつは空なのである。少なくとも、あと一人、誰かを拉致するつもりなのではないか、と薬寺は推測する。

「ねえ、つばさちゃん、諦《あきら》めては駄目よ。わたしたち、必ず、ここから出るからね。そのためにも、今は力を失わないようにしなければいけないわ。いざというときに逃げることができないでしょう？　だから、泣いてばかりいないで少しは食べなさい」

「無理です。食べられません」

つばさの口から嗚咽が洩れる。

「困ったわねえ」

薬寺が溜息《ためいき》を洩らす。

二〇

田淵が戻ってくると、

「どうでした?」

栄太が声をかける。

「駄目ね」

田淵が渋い顔で首を振る。

薬寺が出勤せず、連絡も取れない、何らかの事件に巻き込まれた可能性も考えられるので、薬寺の行方を捜させてほしい、と田淵が前島《まえじま》課長に相談に行ったのだ。

しかし、生憎《あいにく》、前島課長は外出しており、今日は戻らないと知った。それで火野理事官に相談することにした。

火野理事官は田淵の話を退屈そうな顔で聞き終わると、

「それ、本気で言ってるのか?」

「どういう意味ですか?」

「たった一日連絡が取れないくらいで大騒ぎして、本来の仕事を放り出して、薬寺を捜すっていうのか?」

おまえら、バカか、と顔を顰《しか》めて吐き捨てると、

「しかし、薬寺の奴、無断欠勤とは許せないな。明日も休むようなら懲罰ものだ」

「ただ事ではない気がするんです。なぜなら、大切にしているフクロウが……」

田淵は薬寺がフクロウの餌やりをしていないことも話したが、

「もう聞きたくない。胸くそが悪くなるだけなんだよ」

と、火野理事官は田淵を追い払った。

そういう話を、田淵がメンバーたちにすると、

「その言い方はムカつきますが、理事官の言うことにも一理あるんじゃないですかね。班長、明日の朝、何事もなかったような顔で出てくるかもしれないわけだし」

糸居が言う。

「大切なフクロウを放り出して、どこかに行くなんて考えられないでしょう」

栄太が反論する。

「フクロウより大事なことが起きたのかもしれないぜ。具体的なことはわからないけどな。それに、その大事なことってのが事件だとも限らない。誰だって、いろいろな事情を抱えてるわけだからよ」

「それは、そうですが……」

「つまり、わからないことが多すぎるということなのよね」

田淵が溜息をつく。

あれこれ話しているうちに終業のチャイムが鳴る。

佐藤がパソコンの電源を落とし、私物をてきぱきと片付けて帰り支度を始める。

「ホームズ先生、もうお帰りですか？」

糸居が顔を向ける。

「……」

佐藤は糸居に顔も向けず、鞄《かばん》を手にして部屋から出て行く。終始、無言である。

「我関せず、か。あれも、ひとつの生き方だよな。人間関係のストレスで悩むことなさそうだし、案外、悪くないのかもしれないな」

糸居が感心する。

「何らかの事件性が見付かって、捜査を始めることになれば、きっと誰よりも佐藤さんは活躍してくれるはずですよ」

栄太が言う。

「そう信じたいところだ」

糸居が肩をすくめる。

「すいません、わたしも……」

あおいがそそくさと帰ろうとする。

「おまえまで帰るのかよ」

「ちょっと用事があるから」

お先に失礼します、と足早に部屋から出て行く。

「冷たい女だぜ」

ふんっ、と糸居が鼻を鳴らす。

佐藤とあおいが帰った後、尚《なお》も田淵、糸居、栄太の三人は話し合いを続けたが、結局、今の段階でできることは何もない、という結論に達しただけだ。少なくとも今夜は薬寺からの連絡を待つ以外にない。

「明日になっても班長が出勤しなかったら、どうしますか？」

栄太が田淵に訊《き》く。

「そのときは、課長や理事官と話して、何としてでも捜査の許可をもらうわ」

田淵が断固とした口振りで言う。

二

本郷の車は高速を下り、人気のない那須の山道を走っている。人の姿を目にすることは皆無に近く、対向車とすれ違うことも少ない。車も人も少ないのである。

久し振りに対向車が来る。ワンボックスカーだ。

ナンバープレートから、それが星一郎の所有するワンボックスカーだと気が付くと、

（まずい）

横道にでも入ろうと思うが、生憎、そばには見当たらない。観念して、そのまま車を走らせる。すれ違って、しばらく車を走らせてから、路肩に車を停める。

(あいつじゃなかった)

ワンボックスカーを運転していたのは以蔵ではなかった。見たことのない老けた男だった。あれだけ大きな屋敷なのだから、多くの使用人がいるのは当然だろうし、自分の知らない男がワンボックスカーを運転していても少しも不思議ではない。

ふと、ワンボックスカーに薬寺が乗っていて、どこか他の場所に移動させられるのではないか、という疑問が湧く。そうだとしたら、屋敷に忍び込むのは、まるっきり無駄骨になる。念のためにワンボックスカーを尾行するべきではないのか、という考えが心に浮かぶ。

ワンボックスカーは、それほどスピードを出していないので、まだミラーに映っている。Uターンすれば、容易に追跡できそうだ。

だが、薬寺が乗っておらず、ただ単に使用人が何かの用事で外出するだけだとしたら、それこそ時間の無駄になる。どうしようか迷っているうちに、ミラーからワンボックスカーの車体が消える。

(まあ、それならそれで仕方がない)

もし薬寺がすでに屋敷にいないとすれば、それは自分の運のなさの表れということだろう、と本郷は腹を括《くく》る。そう納得すると、また車を発進させる。

二二

ワンボックスカーを運転しているのは山室武夫だ。

薬寺は乗っていないが、星一郎とマリアが乗っている。

山室は、すれ違った軽自動車など気にも留めなかった。そもそも本郷を知らない。

星一郎はぼんやり窓の外に目を向けており、軽自動車も視界に入ったものの、物思いに耽《ふけ》っていたので、まったく注意を払わなかった。

三〇分ほど前、以蔵から連絡があった。

牛島典子を拉致《らち》できそうだというのである。それを聞いて星一郎は喜び、大急ぎで外出支度を調え、山室に運転させて屋敷を出てきた。

ワンボックスカーは高速に乗り、一路、東京に向かう。途中、渋滞に巻き込まれたせいで、以蔵との待ち合わせ場所に到着するのに二時間以上かかった。

以蔵はコインパーキングに車を停めて待っていた。

「もう帰っていいぞ。ご苦労だったな」

星一郎が声をかけると、山室がワンボックスカーを降りる。入れ替わりに、以蔵が運転席に乗り込む。

「ほら」

窓越しに以蔵が車の鍵《かぎ》を山室に渡す。

山室は黙ってうなずくと、以蔵が乗ってきた車に乗り込み、コインパーキングから出て行く。屋敷に戻るのだ。

「どんな様子だ？」

星一郎が訊く。

「仕事しているわけでもないので家に閉じ籠《こ》もっている時間が長くて、なかなか行動が読めません」

「うむ、そうだろうな」

「今夜、暗くなったら、着替えとか、身の回りのものとか、そういうものを取りにマンションに戻るようです。そのときがチャンスだと思います」

「よくわかったな」

「母親と話しているのを聞きました」

「どこでだ？」

「車の中でですが」

「どういう意味だ？」

「外から見張るだけではどうにもならないので、アパートに盗聴器を仕掛けたんです」

「盗聴器だと？」

星一郎の表情が険しくなる。

「そんな細工をして……。足がついたら、どうするつもりだ？」

「セキュリティとは無縁の安アパートですから侵入は簡単でした。誰にも見られていません」

「ドアから入ったのか？」

「旧式の鍵だったので、開けるのに二〇秒もかかりませんでした。玄関から入って、茶の間に盗聴器を仕掛けました。彼女をさらうことに成功したら、すぐに回収するつもりです」

「うまくやれよ」

「はい」

以蔵がうなずく。

「何時に出かけるか、正確な時間はわかりません。最初は、アパートから駅までのどこかでさらえばいいかと思って下調べしましたが、どうもよさそうな場所がありません。むしろ、富士見台の方でやる方がよさそうです。駅とマンションの間のどこかで」

「いいだろう」

「ひとつ気になる点があります」

「何だ？」

「かなり精神的に追い詰められ、様々なストレスに押し潰《つぶ》されそうになっているように見えます」

「そうだろうな」

「心に余裕がなければ、怪我をしている犬を見ても助けようとしないかもしれません」

「知らん顔で通り過ぎるということか？」

星一郎が驚いたように訊く。そういう想像をしたことがなかった。目の前に哀れな犬が現れれば、誰でも救いの手を伸ばすだろうと思い込んでいた。

「それは考えなかったな」

「取り越し苦労かもしれませんが」

「いや、その可能性はある。ふうむ……」

星一郎はしばし思案する。

「そうだ、おまえ、あの女と知り合いだったな？」

「はい」

「万が一、マリアを無視したら、おまえが話しかけろ」

「わたしがですか？」

「何か適当なことを言って、車の近くに誘《おび》き寄せればいい。むしろ、マリアを使うより、その方が簡単かもしれないな」

「さすがに警戒されそうな気もしますが」

「要は二段構えでいくということだ。どちらかがうまくいけばいいんだ。いいな？」

「わかりました」

二三

星一郎と以蔵は富士見台に先回りして待つことにした。

駅とマンションの間を何度かワンボックスカーで行き来し、防犯カメラがなく、人通りが少ない場所をいくつかピックアップする。とは言え、典子がどういう道を選ぶかわからないから、ある程度、臨機応変に対応するしかない。

駅前のコインパーキングにワンボックスカーを停めると、星一郎は車に残り、以蔵は駅に行く。改札付近で典子がやって来るのを見張るためだ。

「おまえは、のんきだな」

後部座席で眠っているマリアを、星一郎が横目で見遣《みや》る。ずっと車に乗っているのにうるさく騒ぐこともなく、おとなしく坐《すわ》っている。屋敷から持参してきたドッグフードを食べさせると、お腹がいっぱいになったのか、満足そうに寝てしまった。

星一郎はシートに深くもたれると目を瞑《つぶ》る。

今夜で拉致は完了する。明日からは次のステップに進むことができる。地下室に監禁している者たちへの拷問を始めるのだ。ひたすら我慢してきたので、星一郎の欲望は限界に達し、今にも爆発しそうだ。

（最初は薬寺だな……）

薬寺をいたぶり、地獄の苦しみを味わわせてやるのだ。すぐには殺さない。数日かけても、じっくり死に至らしめる。薬寺が死んだら、結城つばさへの拷問を始める。いや、牛島典子を先にするべきだろうか。いずれにしろ、美しい女が悶《もだ》え苦しむ姿を眺めるというのは、想像するだけでも楽しい。

（どの道具を使おうか……）

金に糸目を付けずに収集した拷問道具を今こそ使うことができる。選《よ》り取り見取りで目移りがする……そんなことを考えているうちに、星一郎の口からは寝息が洩《も》れ始める。よほど楽しい夢でも見ているのか、幸せそうな寝顔である。

携帯の着信音で目が覚める。

以蔵からだ。

典子が駅に現れたという。

「後をつけます」

「わかった」

携帯を切り、ふーっと大きく息を吐く。頭がぼーっとしている。ほんの少しうたた寝したつもりでいたが、時間を確認すると、一時間近く眠っていたことがわかる。

ペットボトルの水を飲む。ふと横を見ると、マリアが星一郎を見上げて短い尻尾《しっぽ》を振っている。

「おまえも飲みたいのか？」

掌《てのひら》を丸めて水を注ぎ、その掌を差し出すと、マリアが嬉《うれ》しそうに嘗《な》め始める。

「いい子だ。おまえは、よくやってくれる。そのあたりにいる人間たちより、ずっと優秀だぞ。今日も頼むぞ。まさか、おまえのようなかわいい奴を見捨てるはずもないだろうから、きっと、あの女もおまえに騙《だま》されるだろうよ」

三〇分ほどして、以蔵が戻ってくる。

運転席に乗り込み、

「マンションまで後をつけました。帰りも同じ道で駅に向かうのなら、ちょっと厄介そうです……」

その道筋に防犯カメラは設置されていないが、まだ遅い時間ではないので、いくらか人通りがある。

それに近くに公園がない。つばさや薬寺を拉致《らち》したときに比べると、リスクが大きいような気がする、安全第一を考えるのであれば、日を改めた方がいいのではないか、と以蔵が言う。

「ふんっ、もう待つことはしない。多少のリスクは怖れないぞ。今夜、実行する。明日からは別の予定があるからな」

「そうですか。わかりました」

以蔵があっさり引き下がる。恐らく、そういう反応が返ってくるだろうと予想していた。以蔵の目から見ると、今の星一郎は何かに取り憑《つ》かれたように猪突《ちょとつ》猛進している。他人の言葉に耳を傾ける余裕を失っているようなのだ。そんな姿に危うさを覚えはするものの、莫大《ばくだい》な報酬を鼻先にぶら下げられているので、とても逆らう気にはならない。

二四

典子がマンションに戻るのは久し振りだ。何日も、掃除もせず、窓を開けて空気の入れ替えもしていないので、ちょっと黴臭《かびくさ》い臭いがする。

駅を出てからマンションに着くまで、誰か顔見知りに会うのではないか、しつこいマスコミがまだ見張っているのではないか、と不安だったが、そういうことはなかった。杞憂《きゆう》だった。マンションの住人と顔を合わせることもなかった。

数日前、マンションを出たときに部屋のカーテンを閉め切っておいたので、部屋の中は真っ暗だ。

しかし、典子はすぐには明かりをつけなかった。カーテンの隙間から外に明かりが洩れるのを恐れたのである。

部屋に入ると、台所の明かりをつけた。さすがにそれだけでは暗すぎる。トイレの明かりをつけ、ドアを開け放しにする。それでもまだ暗いが、身動きに不自由なほどではない。どこに何があるかはわかっているのだ。

典子は自分と春樹の着替えをまとめ始める。普段、使っていた日用品や春樹のおもちゃも着替えと一緒にボストンバッグと紙袋に入れる。当初、予想していたよりも長く秋恵のアパートに厄介になることになりそうだからだ。

一時間ほどで荷物をまとめることができた。これで当分は、このマンションに戻らなくても何とかなりそうだ、と安堵《あんど》の吐息を洩らす。

すぐに帰るつもりだったが、何となく体が重く感じられるので、ひと息ついてから帰ることにする。コップに水を汲《く》んで、台所のテーブルに向かう。水を飲み、テーブルに肘《ひじ》をつき、両手を組み合わせて顎《あご》を載せる。

いろいろ考え出すと気持ちが暗くなる。今日の昼、秋恵に渡すお金を銀行で下ろした。銀行に行くたびに残高が減っていく。先行きを考えると不安になり、いっそ、マンションを引き払って秋恵のアパートに引っ越したいとも考える。住んでもいないマンションの家賃を払うのは無駄に思えるからだ。

しかし、今、引っ越しなどしたら周囲の注目を浴びかねないし、そもそも、秋恵が同居を承知してくれるかどうかもわからない。

最近は、秋恵もあまり機嫌がよくない。家賃と食費の分としてお金を渡したときも、大してありがたがる様子ではなく、仏頂面だった。はっきりと口には出さないものの、典子と春樹が居座る格好になっていることが気に入らないのであろう。

そのせいか、ちょっとしたことで言い争いが起こる。着替えを取りにマンションに戻ると話したときも、いつまでここにいるつもりなの、と秋恵が訊《き》いた。別に悪気はなかったのであろうが、その迷惑そうな口調に典子はカチンときて、つい、

「そんなに邪魔？」

と言ってしまった。口に出してから、ああ、余計なことを言ってしまった、何てわたしは馬鹿なんだ、と後悔したものの、

「邪魔だなんて言ってないでしょう。どうして、そんな風に食ってかかるのよ。あんたが怒るのは筋違いじゃないの。怒りたいのは、こっちの方なんだからね」

と、秋恵が言い返すと、典子の頭に血が上った。

「今までわがままを言ったり、助けてもらったりしたことなんかないんだから、こんなときくらい優しくしてくれてもいいじゃないの」

と言い、それに対して、秋恵も何か言ったが、もはや、秋恵の言葉など耳に入らず、典子は一方的にまくし立てた。気が付くと、秋恵は真っ青な顔で黙り込んでいる。

ふと、手許《てもと》を見ると、いつの間にか典子は包丁を握っている。

(え)

どういうことなの、いったい、いつ、わたしは包丁なんか持ち出したんだろう、と自分で自分がわからなくなった。

「ああっ……」

秋恵は呻《うめ》くような声を発すると、床にぺたりと坐り込んだ。

咄嗟《とっさ》に部屋の奥に顔を向けると、春樹はまだ昼寝をしていた。母親と祖母が争う姿を見られなくてよかった、と典子はホッとした。しかも、自分は秋恵に包丁を向けたのだ。ただの親子喧嘩《げんか》で済む話ではない。このままではまずい、煮詰まってしまうと、何をしでかすかわからない、自分が何をしているのか自分でもわからなくなってしまう……そんな恐怖を典子は感じる。

(何とかしなくちゃ、何とかしなくちゃ……)

そうは思うものの、秋恵のアパート以外に頼るべき場所がないというのが現実である。

しかも、警察はまだ疑いを捨てていないらしく、明日も朝一番に呼び出しを受けている。建前としては強制ではないが、呼び出しを拒否しようものなら、秋恵のアパートにパトカーがやって来るのは目に見えている。マスコミに嗅《か》ぎつけられたら最悪だと思うから、素直に承知した。

(いつまでこんなことが続くのだろう)

また憂鬱《ゆううつ》になる。

コップの水を飲み干すと、典子は立ち上がる。

お詫《わ》びに何か秋恵に買って帰ろう、何がいいだろうか……そんなことを考えながら部屋を出る。

二五

時間がいくらか遅くなったせいか、駅からマンションに歩いてきたときに比べると、ぐっと人通りが少なくなっている。

視線を落とし、考えごとをしながら歩いていると、犬の悲しげな鳴き声が聞こえてくる。典子がハッとして顔を上げる。

前方に犬が倒れているのが見える。マリアだ。近付いていくと、どこか怪我でもしているかのように苦しげに身をよじっている。

「あら、ワンちゃん……」

足を止め、マリアを覗《のぞ》き込むように腰を屈《かが》める。

「かわいそうに、車にでもはねられたのかしら」

マリアがくんくんと鼻を鳴らし、じっと典子を見上げる。

「ごめんね。何とかしてあげたいけど、わたしには無理なの。すぐに誰かが助けてくれるからね」

そのまま通り過ぎようとする。

その様子を、ワンボックスカーの陰から車椅子の星一郎が眺めている。典子がマリアを助けようとしたら、すぐに出て行くつもりだったのだ。典子がマリアを見捨てたので当てが外れた。

「何だ、あの女。マリアを見捨てる気か？」

ひどい女だ、人でなしめ、と典子を口汚く罵《ののし》る。

「よし、おまえが行け」

以蔵に命ずる。

「お待ち下さい」

「何だ？」

「誰か来ます」

典子の背後から誰かが小走りにやって来る。そのまま典子の横を通り過ぎるのかと思ったら、いきなり、典子につかみかかる。揉《も》み合いになる。星一郎も以蔵も何が起こったのかわからない。

二六

「待ちなさいよ」

背後から典子の腕をつかんだのは徳山千春だ。樺沢不二夫の前妻である。

「やっと見付けたわ。こそこそ荷物なんか持ち出して。どこに隠れるつもりなのよ？」

「何をするんですか、放して下さい」

典子は千春の手をふりほどこうとして身をよじる。

「ええ、放してもいいわよ。あんたが樺沢の隠し財産の在処《ありか》を教えてくれたらね」

「何度も言ったように、そんなものは知りません」

「嘘つき！」

いきなり千春が典子の頬を平手打ちする。あっ、と叫んで典子がよろめく。転びそうになるのをぐっとこらえ、千春に背を向けて逃げ出そうとする。そこに千春が追いすがる。揉み合っている二人は、ゆるゆると近付いてくるワンボックスカーに注意する余裕もまったくない。

エンジンをかけたまま運転席から以蔵が降り、典子につかみかかっている千春に素早く当て身を入れる。千春は、ぐえっ、という変な声を発すると、白目をむいて膝《ひざ》から崩れ落ちる。その千春を抱きかかえ、助手席に乗せる。

「大丈夫ですか？　お怪我はありませんか」

以蔵が典子に声をかける。

「あ……あなたは……なぜ、ここに……？」

「説明は後です。さあ、車に乗って下さい」

以蔵が後部座席のドアを開ける。

「でも……」

「早く」

「はい」

以蔵がぴしゃりと言うと、まるで条件反射のように典子が自分から後部座席に乗り込む。以蔵がドアを閉めた途端、荷台に潜んでいた星一郎が飛びかかり、典子の口をタオルで押さえる。クロロフォルムをたっぷり含ませたタオルである。すぐに典子は意識を失う。

「マリア、カム！」

星一郎が呼ぶとマリアが立ち上がり、ワンボックスカーに走り込んでくる。

以蔵が運転席に乗り込み、ワンボックスカーを発進させる。薄暗い場所に移動すると、エンジンを切ってワンボックスカーを停める。

まず典子を荷台に移動させ、猿轡《さるぐつわ》を噛《か》ませて手足を縛る。次いで助手席の千春も荷台に運び、典子と同じように自由を奪う。

「くそっ、とんだ土産がついてきたな」

星一郎が顔を顰《しか》める。

「まさか、放置もできないと思いますが」

「仕方あるまい。この女も屋敷に連れて帰る」

二七

(くそっ、おれも年だな)

本郷が額の汗を拭《ぬぐ》いながら、舌打ちする。

星一郎の屋敷からかなり離れたところに車を停め、屋敷の裏山を登り始めたのはいいが、密集した茂みに遮られて思うように進むことができない。登るだけで終わりではない。登り終えてからが大変なのだ。そこから切り立った崖《がけ》を星明かりだけを頼りに下らなければならない。

にもかかわらず、登っていくだけで息が切れ、膝ががくがく震えてきた。若い頃に登山を齧《かじ》ったとはいえ、所詮《しょせん》、大昔の話である。最近は、ろくに運動もしていない。昔のように動くことなどできるはずがないし、体力も落ちている。登山経験を生かして屋敷に侵入しようなどと考えたのが甘かったと今更ながら後悔するが、もう遅い。ここまで来たら先に進むしかない。

一時間で登り終え、三〇分休憩して、一時間で崖を下ればいいだろうと高を括《くく》っていたが、とんでもない話で、すでに二時間以上も登り続けているが、まだ登り終えることはできそうにない。

(まったく情けないぜ)

水分補給したり、チョコバーで栄養補給したりしながら、それでも休むことなく少しずつ登り続ける。

結局、裏山の頂上付近につくのに三時間かかった。

地面に腰を下ろし、タオルで顔や体の汗を拭う。四月の下旬とはいえ、標高が高いせいか、暗くなってから、かなり冷え込んできた。汗をかいたままだと体温が奪われてしまう。じっとしていると体が動かなくなってしまいそうなので、己を叱咤《しった》して立ち上がる。すでに全身が筋肉痛である。もたもたしていると体力がどんどん失われてしまうだけだ。そのとき、ふと、

(まさか、ここで遭難するなんてことはないよな)

という不吉な想像が思い浮かぶ。

近くには星一郎の屋敷以外に民家はなく、携帯の電波も届かない。車に乗っているときも、近くを歩いている人間の姿を見かけたことはないし、車と行き合うこともほとんどない。辺鄙《へんぴ》な土地なのである。まして山の中にいたら発見されようもない。しかも、本郷がこの場所にいることを知る者は誰もいないのである。

(おいおい、冗談じゃないぞ)

背筋に寒さを感じながら、不吉な想像を打ち消す。

ゆっくり斜面を下っていくが、思っていたよりも、ずっと暗く、足元を確かめようがない。一歩一歩、慎重に下るしかないが、それでは時間ばかりかかってしまい、まった

く距離を稼ぐことができない。

一時間ほど悪戦苦闘した揚げ句、これでは駄目だと悟った。屋敷の人間に見付かることを警戒して、人工的な光にはできるだけ頼るまいと考えていたが、そんなことを言っていられる状況ではない。リュックからヘッドランプを取り出そうとする。明かりがあれば、もう少し素早く下りられるだろうと考えた。グローブを外し、ヘッドランプを頭に装着しようとしたとき、手が滑り、ヘッドランプを落としてしまった。寒さで手がかじかんでしまい、指がうまく動かなかったのだ。

ヘッドランプを拾おうとして身を屈《かが》めたとき、足が滑る。何とか踏ん張ろうとするが膝に力が入らず、前のめりに倒れ、そのまま斜面を転がり落ちる。顔や手足に茨《いばら》の棘《とげ》が刺さって痛みを感じたが、すぐに何もわからなくなった。気を失ってしまったのだ。

二八

地下室には三つの檻《おり》が並び、向かって右端の檻に薬寺が、真ん中の檻につばさが、左端の檻に典子と千春が入れられている。千春を拉致《らち》したのは予定外だったので檻が足りなくなり、やむを得ず、二人を一緒にしたのだ。二人はまだ眠りから覚めていない。

薬寺も眠っている。夜の食事を済ませた後、眠り込んでしまったのだ。房江が食事に睡眠薬を混ぜておいたせいである。星一郎が命じたわけではなく、房江が勝手にやったことだ。薬寺のおしゃべりが癇《かん》に障るので、少しおとなしくさせたかった、と事後報告した。報告を聞いた星一郎は、一瞬、怒りで顔を赤くしたが、

「今後は勝手なことをするな」

と注意しただけだった。

怒ったのは、睡眠薬で眠らせてしまったら拷問できないではないか、と腹が立ったからだ。にもかかわらず、その怒りを爆発させなかったのは、今日はもう疲れてしまい、拷問する元気がなかったからである。それに房江と言い争うと体力を消耗するとわかっている。

車椅子に深く腰掛け、星一郎は満足げに三つの檻を眺めている。目の前にいる四人の生殺与奪の権が自分の手の中にあることが嬉《うれ》しいのだ。

（ふふふっ、時間はいくらでもある。簡単に殺したりはしないぞ……）

これからのプランを思案するだけで口許《くちもと》に自然と笑みが浮かんでくる。

「旦那《だんな》さま」

房江が車椅子の後ろから話しかける。

「何だ？」

「あの娘、このままではまずそうですよ」

「ん？」

星一郎がつばさに顔を向ける。

拉致され、檻に監禁されてからというもの、つばさは、ずっと泣いてばかりいた。

しかし、今はベッドにうつぶせに横たわったままおとなしくしている。ようやく自分の置かれている状況を受け入れることができたのか、と星一郎は思っていた。

「どこか具合が悪いのか？」

「ショック状態ですね。放っておくと死にますよ」

「それくらいで死ぬのか？」

「ええ、死にます」

「駄目だ。死なせるわけにはいかない。何とかしろ」

自分がつばさを拷問し、その結果として、つばさが死ぬのなら仕方ないが、自分はまだ何もしていない、それなのに死んでしまったら何のために拉致したのかわからないではないか……星一郎の顔が怒りで歪《ゆが》む。

「やり方を任せてもらえますか？」

「何をするんだ？」

「薬ですかね。強い薬が必要です」

「それで死んだりしないだろうな？」

「約束はできませんが、少なくとも、今のままだと死ぬでしょう。それよりは長生きさせられるはずですけどね」

「なら、そうしろ」

吐き捨てるように言うと、星一郎は車椅子を動かして房江のそばから離れる。房江と話していると、その内容にかかわらず、星一郎は不愉快になってしまうのだ。できることなら顔も見たくないし、さっさと屋敷から追い出してしまいたいくらいだが、房江の持つ、ある独特の匂いが星一郎を惹《ひ》きつける。

すなわち、情け容赦のない人殺しの匂いである。

第四部　典子

一

四月二七日（火曜日）

「あ……」

朝露の冷たさが本郷を覚醒《かくせい》させる。目を開けたとき、自分がどこにいるのかわからなかった。大きく息を吐きながら、ゆっくり周囲を見回す。

青い空が見える。

頭上には切り立った崖《がけ》がある。

向きを変えると、崖の下の方が見える。

（そうか。おれは転落したんだった）

ヘッドランプを拾い上げようとして足を滑らせ、斜面を転がり落ちたのである。どうやら斜面の中間地点まで落ちたらしい。

斜面を下から見上げると、その勾配《こうばい》のきつさに驚かされる。想像していたより、ずっと急角度なのだ。大袈裟《おおげさ》に言えば、スキーのジャンプ台のように見える。そんなところを暗い中で、ほとんど手探り状態で下りようとしたのだから無謀と言うしかない。

体の節々が痛むし、頭もがんがんするし、ジャンパーもあちこち破れている。茨や蔓《つる》に引っ掛かったせいであろう。顔や手にも傷がある。

しかし、そのおかげで命が助かった。何にも引っ掛からずに勢いよく転落していたら大怪我をしていたであろうし、下手をしたら命がなかったはずだ。

(まだ運があるな)

これからどうしようかと思案する。

正直に言えば、こんな愚かな冒険を始めたことを後悔している。計画を中止して、さっさと引き揚げたいというのが本音だ。

しかし、今いる場所が悪い。

崖の中腹あたりにいるとはいえ、ここから登るのと下るのとでは大違いだ。

改めて崖を見上げる。とても登れそうな気がしない。無理して登ろうとすれば、また転落するかもしれない。とてもそんな危険を冒す気持ちにはなれない。あたりは明るくなっているし、登るよりは下る方が少しは楽ではないかという気がする。

「仕方ない。初志貫徹するか」

本郷がゆっくり体を起こす。

二

ＳＭ班。

出勤時間を過ぎても薬寺は現れない。

田淵が仲間亜紀に連絡を取り、薬寺から連絡はないかと確認するが、何もないという返事だ。今朝早く、ポンちゃんの世話をするために薬寺のマンションに行ったが、薬寺がマンションに戻った形跡もないということだった。

メンバーたちの反応は、それぞれ違っている。

佐藤は、いつもと変わらず自分の世界に引き籠《こ》もっており、そもそも、薬寺がいないことに気が付いていないのではないか、と他の者たちが疑いたくなるほど、その無関心ぶりは徹底している。

あおいは青い顔で黙り込んでいる。薬寺のことも心配だが、つばさのことも心配なのだ。昨夜は、ほとんど眠ることができなかった。顔色が悪いのは、そのせいだ。つばさの両親が何度も警察署に足を運び、何とか行方不明者届を受理してもらったものの、あおいは警察内部の人間だけに、たとえ行方不明者届が受理されても、事件性が明確にならなければ警察は動かないとわかっている。

「班長も、いったい、どこで油を売ってんだかなあ。まさか、ハワイでバカンスなんてことはないよな。ストレスが溜《た》まりすぎて、何もかも捨てて逃げ出したくなる気持ちもわからなくはないけどよ」

糸居は相変わらず馬鹿なことを言い、一人で、わははは、と大笑いするが誰も相手にしない。

「どうします？」

栄太が心配そうな顔を田淵に向ける。

結局、薬寺のことを最も心配しているのは栄太と田淵ということになる。

「課長に会ってくる。何だか胸騒ぎがするの。班長のことが、とても心配なのよ」

田淵が腰を上げ、部屋から出て行こうとしたとき、火野理事官が部屋に飛び込んできて、危うく田淵とぶつかりそうになる。

「薬寺は、いるか？」

「こちらから何おうとしていたところです。班長は今日も出勤していません」

「何だと、あいつ……。こんなときに何をしてるんだ」

顔を顰《しか》めて舌打ちする。

「何かあったんですか？」

「参考人が姿を消した」

「参考人？」

「牛島典子だ」

典子は、今朝、警視庁で事情聴取に応じることになっていた。

しかし、やって来ない。携帯も繋《つな》がらないという。

「部屋にいないんですか？」

「マスコミがうるさいから今は母親のアパートに避難してるんだ。もちろん、念のためにマンションも母親のアパートも調べさせたが、どちらにもいない」

「逃亡したということですか？」

栄太が訊《き》く。

「わからん。だが、消えたのは牛島典子だけじゃない……」

樺沢不二夫の元妻・徳山千春とも連絡がつかなくなった、と火野理事官は言い、二人とも容疑者ではなく、ただの参考人に過ぎないが、二人同時に連絡が取れなくなるというのは腑《ふ》に落ちないんだよな、と首を捻《ひね》る。

「事件の関係者が突然姿を消すなんて、とても偶然とは思えませんね。あ……」

田淵がハッとする。

「何だ？」

「班長だって、ある意味、事件の関係者じゃないですか」

「警察関係者だよ。牛島典子や徳山千春とは立場が違う」

火野理事官が首を振る。

「でも、違う立場から、この事件に関わったわけじゃないですか。しかも、三人揃って、ほぼ同時にいなくなっているわけですよね？」

「何者かが、この事件に関わった者たちを次々にさらっているとでも言いたいわけか？　あり得ないな、馬鹿馬鹿しい」

「理事官」

あおいが席を立つ。

「実は、わたしの知り合いも行方がわからなくなってるんです」

「何だと？　まさか、その知り合いも事件の関係者だなんて言うんじゃないだろうな」

「直接の関係者ではありません。でも、駅でわたしと別れた直後に行方がわからなくなってるんです。班長の行方がわからなくなる前日です」

「気になる話ね」

田淵が首を捻る。

「おまえの知り合いなんて、事件に何の関係もないだろうが。とにかくだな、おまえたちも牛島典子と徳山千春の行方を追え。もちろん、大部屋でもやってるが、おまえたちのやり方は独特だからな。特に、そいつが……」

火野理事官が横目で佐藤を見る。

「……」

普通なら、周りの会話が耳に入らないはずはないし、火野理事官の視線にも気付くはずだが、佐藤はまったくの無反応である。じっと、うつむいている。

「わかりました。二人だけでなく、班長の行方も追って構いませんよね？」

田淵が訊く。

「ああ、いいだろう。とりあえず、薬寺が現れるまでは、おまえが代理として捜査の指揮を執れ。課長には、おれから話しておく」

「わかりました。やり方は任せていただけるんですね？」

田淵が念を押す。

「あまり勝手なことはするなよ。捜査状況は、逐一、報告しろ」

わかったら、さっさと仕事に取りかかれ、と言い捨てて、火野理事官が部屋から走り出ていく。

「忙《せわ》しない人だぜ」

糸居が肩をすくめる。

「白峰君、ホワイトボード」

「はい」

栄太が部屋の奥からホワイトボードを引っ張り出してくる。

田淵がマジックペンを手にして、
牛島典子
徳山千春

班長
と書く。あおいを見て、その知り合いの名前は、と訊く。

「結城つばさです。紐《ひも》を結ぶの結ぶに、お城の城で結城です。つばさは、ひらがなです」

「結城つばささんね」

その名前も書き加える。

「あおいちゃん、この結城つばささんについてわかっていることをまとめてくれない？　年齢や住所、勤務先、あるいは学校……情報を共有したいから」

「それなら大丈夫です。行方不明者届をプリントアウトすればいいだけですから」

「じゃあ、お願い」

「はい」

「さてと、わたしたちは何から手を付ければいいかしらね……」

田淵が腕組みする。

「ふふふっ……」

糸居がにやにやしている。

「どうかした？」

「おれたちは待てばいいんですよ」

「どういう意味？」

「あれ」

糸居が佐藤を指差す。

佐藤が何やら熱心にメモを取り始めている。

「ホームズ先生、ついに目覚めたようですよ。きっと手がかりを見付けてくれますって」

ペンを放り出すと、佐藤が猛然とパソコンの操作を始める。その姿を見て、

「そうかもしれないわね」

田淵がうなずく。

三

「あ〜っ、おいしいわ。あんた、なかなか料理が上手じゃないの。味に不満はないわよ。でも、この前、言ったじゃないの。わたし、大食いだから、これだと量が足りないのよね。この体を見ればわかるでしょう？」

卵やハムを口いっぱいに頬張りながら、薬寺が苦情を申し立てる。

「……」

檻《おり》の外に房江が苦い顔をして立っている。着替えを差し入れたり、食事を運んできたりするたびに薬寺の饒舌《じょうぜつ》に苛立《いらだ》ちを覚える。だから、昨日は夕食に睡眠薬を入れた。おかげで、すぐに薬寺はおとなしくなった。

しかし、星一郎に禁止されてしまったので、また薬寺のおしゃべりに苛々させられている。

「ふんっ、いつまで、そのおしゃべりが続くもんかね？」

もう三つの檻が塞《ふさ》がってしまったので、これ以上、新たに誰かを星一郎が連れて来ることはないだろうと房江は考えている。星一郎が変態だということは房江にもわかっているから、次の段階は、さらってきた者たちを拷問部屋で痛めつけるに違いないとも推測している。そうでなければ、わざわざ拷問器具を二階から地下に移し替えるはずがないのだ。

恐らく、四人のうち、最初に拷問されるのは、このデブに違いない、なぜなら、このデブに接しているとムカつくからで、それは星一郎も同じだろうと思うからだ。

「あら、どういう意味よ？」

「……」

「口許《くちもと》に笑いなんか浮かべちゃってさ。何だか、嫌な感じだわ」

薬寺が顔を顰《しか》める。

「ちょっと、あんた！　どういうことなのよ、何で、わたしがこんなところにいるの？　出しなさいよ。警察に通報して逮捕させるからね。後悔することになるんだからね」

千春が檻の鉄棒をつかんで喚《わめ》き散らす。

「うるさい奴らばかりだよ、まったく」

房江が千春の檻に近付き、

「おとなしくしないと、その舌を引っこ抜いてやるわよ。脅しだと思う？」

冷たい目でじっと千春を睨《にら》む。

「な、なによ、あんた……」

千春が後退《あとずさ》る。簡易ベッドにぶつかって、すとんと尻餅《しりもち》をつく。その横には典子が坐《すわ》り込んでいる。意識を取り戻してから、ずっと床に坐ったまま動かないのだ。茫然《ぼうぜん》自失という感じである。

そこに車椅子の星一郎が現れる。背後には以蔵が付き従っている。

「何を騒いでいる？」

「この女がぎゃあぎゃあうるさいので黙らせていただけですよ」

「変なことはしてないだろうな？」

「は？　変なことって何ですか？」

「わかっているはずだ」

「してませんよ、何も」

房江が肩をすくめる。

「そっちは、どうだ？」

星一郎がつばさに顔を向ける。

「心配ありません」

「何か薬を与えたのか?」

「ブドウ糖だけです。今は、それだけで十分ですから。更に弱るようなら、また何か考えます」

「よくやった。もう下がっていいぞ」

「いいんですか?」

「そう言ったんだ」

「承知しました」

房江は一礼すると、地下室から出て行く。

「ねえ、ちょっと、わたしのことを忘れてないかしら? もう少しばかりごはんの量を増やしてほしいとお願いしたんですけどね。少しといっても本当に少しじゃ困るけどね。できれば、この二倍……できれば三倍」

薬寺が不満を口にする。

「ふんっ、もっと飯を食いたいか。よしよし、いいだろう。好きなだけ食べさせてやる。但し、運動してからだな。何もしないで食べてばかりだと消化によくないぞ」

星一郎がにやりと笑い、以蔵に向かって顎《あご》をしゃくる。

以蔵は黙ってうなずくと、薬寺の檻に近付く。

「両手をそこから出せ」

檻の正面には食事のプレートを差し入れるための搬入口がある。縦一五センチ、横三〇センチくらいの広さだ。

「あら、嫌ね。まだ食事中なのよ」

「さっさと出せ」

「仕方ないわね」

フォークをプレートに置き、薬寺が両手を搬入口から差し出す。その手に以蔵が手錠をかける。

「わたしをどこかに連れて行こうっていうの？」

「下がれ」

以蔵が命ずる。薬寺が一歩下がると、解錠して檻の入口を開ける。

「来い」

以蔵が薬寺の腕をつかんで檻から引っ張り出す。

その様子を、千春が両目を大きく見開いて見つめている。顔が引き攣《つ》っている。今にも悲鳴を上げそうなのを必死に我慢しているという感じだ。さっき房江に脅されたことを覚えているのであろう。

つばさと典子は無反応である。

星一郎が先になって進む。

壁にある鋼鉄製の頑丈なドアの前で車椅子を停め、電子錠に六桁《けた》の暗証番号を打ち込む。

（３６７２……）

その操作を、薬寺が目で追う。やはり、ただのデブではないのだ。

星一郎がドアを押し開け、中に入る。

薬寺と以蔵が続く。

部屋に明かりがつけられると、

（何、これ……）

思わず薬寺が声を出しそうになる。

そこには様々な種類の拷問道具や処刑道具が所狭しと並べられているのである。

薬寺は拷問道具や処刑道具に詳しいわけではないが、それでもギロチンや鉄の処女くらいは知っている。

（ああ、そういうことか……）

この男の狙いは、これだったのね、わたしたちを拉致《らち》して、拷問するつもりなんだわ、と察する。科警研にいるとき、犯罪者の思考方法を研究したことがあるので、変態趣味を持つ残虐な犯罪者が被害者を簡単には殺害せず、できるだけ苦しみを与え、執拗《しつよう》にいたぶることで喜びを得ることを薬寺は知っている。被害者が苦しめば苦しむほど、より大きな喜びを得るのだ。

（だけど、何で、わたしなの？）

そこがわからない。

薬寺以外は三人の女性たちであり、若くてきれいだから、星一郎が固執するのはわかる。自分だけが異質な感じがするのだ。

（きっと何か理由があるのね）

警察官というのは逆恨みされやすい仕事だから、自分で気が付かないうちに誰かに憎まれるのは珍しいことではない。

「どうしますか？」

以蔵が訊《き》く。

「そうだな……」

星一郎が顎を撫《な》でながら思案する。

ふと、薬寺を見て、

「おまえは朝ごはんが足りないと喚いていたな」

「だって、足りないもの」

「食ってばかりいるから、おまえは太っている」

「余計なお世話でしょ」

「背の高さは一七〇……いや、そんなにはないな。一六五、六というところだろう。で、体重は？　間違いなく一〇〇キロ以上あるだろう」

「だから、余計なお世話なのよ」

「おまえは罪を犯している」

「は？」

「聖書に七つの大罪が記されている。その罪のひとつ、大食の罪を犯している。その罰で、おまえは、そんなに太っているのだ」

「わけのわからないことを……」

「そうかな？　大食いの罪を犯して、ぶくぶく太ることがどれほど罪深いか、おまえに教えてやる」

星一郎が車椅子を押して、部屋の奥に進む。

部屋を入ってすぐの場所には西洋の道具が並べられており、奥の方には日本の道具が置かれている。

壁際まで進むと、星一郎が車椅子を停める。

「おまえには、これがふさわしい」

「……」

薬寺が首を捻《ひね》る。

そこには何も置かれていない。

壁と天井に鉄の環《わ》と滑車がいくつか取り付けられており、その鉄の環と滑車に太縄が通されているだけだ。太縄の一方は壁のハンドルに繋《つな》がれ、ハンドルを回すと太縄が巻かれる仕組みになっている。太縄のもう一方には何もない。だらりと天井からぶら下がっている。

ハンドルのそばに棚があり、布テープや細縄、箒尻《ほうきじり》などが置かれている。

箒尻というのは拷問に使う小道具の棒で、割竹二本を麻糸で固く補強してから、さらに観世紙縒《かんぜこより》で巻いてある。軽くて扱いやすいが、これで打たれると激しい痛みを感じる。

「そこに膝《ひざ》をついて坐《すわ》れ」

星一郎が薬寺に命ずる。薬寺がぼんやりしていると、以蔵が背中をどんと押す。それで足許《あしもと》がふらつき、そのまま床に膝をつく。

以蔵は薬寺の手錠を外し、薬寺の両手を背中に回す。掌《てのひら》が反対の肘《ひじ》につくほど深く交差させ、棚にあった布テープでぐるぐる巻く。

「あ、痛い、痛いわ。骨が折れるじゃないの」

薬寺が悲鳴を上げる。

以蔵は無言で作業を続ける。布テープの上を細縄で巻き、両腕をがっちり固定する。

更に細縄を首と胸に回して縛る。細縄で首が絞まって窒息しないように、首の部分だけは少し緩めて巻く。両腕が背中とくっつくあたりに細縄の結び目を作り、その結び目と、天井からぶら下がっている太縄をしっかり縛る。

「できました」

以蔵が星一郎に顔を向ける。

「よし、始めろ」

「嫌だわ、あんたたち、何をするつもりなのよ」

薬寺は、もう涙目になっている。

以蔵がハンドルをゆっくり回し始める。太縄が巻き上げられ、薬寺の体が少しずつ持ち上げられていく。滑車を利用しているので、少しの力で大きなものを持ち上げることができる。薬寺の体重は一二〇キロだが、以蔵は三〇キロくらいの力を入れればいいだけだ。その分、太縄を長く巻かなければならないので時間はかかる。

床に膝をついていた薬寺が太縄の力で立ち上がり、ついには爪先《つまさき》が床から離れる。

「痛いわ、痛い！　わたし、死んでしまう」

薬寺が見苦しく叫ぶ。

「そのあたりでいい」

星一郎が以蔵にストップをかける。

これは江戸時代に牢屋敷《ろうやしき》で行われていた釣るし責めという拷問で、仕組みは単純だが効果は絶大である。時間の経過と共に、細縄が体に食い込んでいき、耐え難い苦痛を与える。二時間も放置しておくと、細縄が肉を裂き、骨にまで食い込む。極悪非道な男たちが泣き叫んで哀れみを請い、筋肉が弛緩《しかん》して大小便を洩《も》らすという。

この釣るし責めは自分の体重が自分を苦しめるわけで、体重が重い者ほど大きな苦痛を味わうことになる。爪先を床から三寸六分離れるくらいの高さに釣り上げるのが作法である。

「うわっ、うわっ、うわっ……」

薬寺が目を白黒させ、ついには、ぎゃ〜っ、誰か助けて〜っと悲鳴を上げる。

それを見て、

「わははは っ、わはははっ」

と、星一郎が大笑いする。楽しくて仕方がないらしい。

「こらえ性のない奴だな。少しは痩《や》せ我慢したらどうだ」

「だって、痛いんだもの」

「それで叩《たた》け」

星一郎が以蔵に顎《あご》をしゃくる。

以蔵はうなずき、壁際の棚に置かれている箒尻を手に取る。

「どこをやりますか?」

「上から下まで順繰りに叩け。手加減無用だぞ」

「はい」

以蔵が箒尻を振り上げ、薬寺の肩を叩く。

薬寺が、ぎゃ〜っと叫ぶ。

以蔵は容赦なく、肩、腕、胸、脇腹、太股《ふともも》、尻と上から下に次々と叩いていく。その都度、薬寺の口からは絶叫が吐き出される。

隣室からも悲鳴が聞こえてくる。

薬寺の絶叫を耳にして、つばさと千春が叫び出したのだ。

「いやあ、愉快、愉快、こんな面白いものを初めて見たぞ」

笑い涙を人差し指で拭《ぬぐ》いながら、星一郎が嬉《うれ》しそうな顔をする。

笑いが止まらない。星一郎の顔が次第に充血してくる。

「うっ……」

呼吸が止まり、両手で首を押さえて苦しみ始める。

「旦那《だんな》さま、どうなさいました？」

以蔵が声をかけるが、星一郎は返事ができない。両手が宙をさまよう。発作が起きたのだ。

以蔵は携帯電話で房江に連絡し、星一郎が発作を起こして苦しんでいることを伝える。

すぐに房江がやって来て、星一郎に鎮静剤を注射する。

「寝室に連れて行くわ」

房江が車椅子を押しながら言う。

「おれは、どうすればいい？」

「そんなこと自分で考えなさいよ」

「……」

房江と星一郎が拷問部屋から去ると、以蔵は薬寺を床に下ろす。拷問は星一郎の楽しみであって、以蔵の楽しみではない。苦痛でショック状態に陥っている薬寺を何とか檻《おり》まで引きずっていくと、ベッドに寝かせる。檻に鍵《かぎ》をかけ、以蔵も地下室から立ち去る。

四

「ひとつわかったことがある」

パソコン画面を睨《にら》んだまま、佐藤がつぶやく。

その声に、他のメンバーたちが反応する。

「もう何かわかったんすか？　さすがホームズ先生だな」

糸居が感心する。

「牛島典子の母親、牛島秋恵は二二年前、三四歳のときに夫の義雄《よしお》を殺害して四年服役している。典子が一〇歳のときだ」

佐藤が話す。

「参考人の母親が人殺しってことですか？」

糸居が驚く。

「四年は短いわね。何か特別な事情が考慮されたんじゃないかしら」

田淵が言う。

「義雄とは再婚で、典子の実父は典子が三歳のときに病死している。裁判では、秋恵が日常的に義雄から暴力を受けていたことが明らかになっている。弁護側は、秋恵が義雄の暴力から身を守るため結果的に義雄を殺害してしまったと主張したようだ」

「DV被害を受けていたのなら四年というのはわかりますよね。わが身を守るためだとしたら、むしろ、四年は長いくらいじゃないでしょうか」

栄太が首を捻る。

「事件が起こったときの状況によっては執行猶予付きの判決が出てもおかしくなかっただろう。実刑判決が出たのは殺害方法のせいだ」

「どんなやり方をしたんですか？」

あおいが佐藤に訊《き》く。

「包丁で滅多刺しにした」

「それでは正当防衛を主張するのは難しいわね。過剰防衛と判断されてしまうわ」

田淵がうなずく。

「牛島典子の母親が人殺しだとわかっても、班長たちの行方を捜す手がかりにはならないよなあ」

糸居がつぶやく。

「わかったことがあるというのは、それではない」

「他にも何かあるんですか？」

「牛島典子も一八年前に人を殺している。中学生のときだ。当時、一四歳だ」

「は？　親子で人殺し？」

糸居が呆《あき》れたように首を振る。

「誰を殺したの？」

田淵が訊く。

「秋恵の内縁の夫だ。当時、六一歳だ」

「内縁の夫ということは婚姻届は出していないが、同居はしていたということですね」

栄太が言う。

「殺した理由は何ですか？」

あおいが訊く。

「性的虐待を受けていて、身を守るためだったということらしいが、少年審判なので詳しいことはわからない」

佐藤が淡々と答える。

「そうよね、中学生だから家裁で審判をうけるわけよね。一般の裁判と違って、情報はほとんど開示されない」

田淵がうなずく。

「その殺害方法だが……」

そのとき初めて佐藤がパソコンから顔を上げ、他のメンバーたちに顔を向ける。

「包丁で滅多刺しにしている」

「それって……」

あおいが息を呑《の》む。

「母親が夫を殺したのと同じじゃないですか」

「親子だから殺し方も似てるってことかもしれないぜ」

糸居が言う。

「気になったので、ふたつの事件の検視報告書も読んでみた。二三年前の事件では、被害者は全身を三八ヶ所刺されている」

「すげえな、まさに滅多刺しだ」

糸居が大きく息を吐く。

「一八年前の事件では、被害者は四二ヶ所刺されている。ふたつの事件で被害者が刺された場所を比べると、首や心臓、脇腹など共通している場所が二四ヶ所ある」

佐藤が説明する。

「つまり、同じ人間がやったという意味ですか?」

栄太が訊く。

「そう考えるのが妥当だと思う」

佐藤がうなずく。

「じゃあ、ふたつとも母親の仕業で、ふたつ目の事件を娘にかぶらせたということかな」

糸居が言う。

「それは、ない」

佐藤が首を振る。

「なぜなら、一八年前は、アパートの部屋から悲鳴が聞こえたので他の部屋の住人が警察に通報している。警察官が部屋に入ったとき、倒れている被害者の前に、包丁を手にした典子が立っていた。秋恵は留守だった」

「現行犯か。それはごまかしようがないわね」

田淵がうなずく。

「二二年前の事件だが、そのときは秋恵が自分で警察に通報して逮捕されている」

「三二年前の犯人も典子だということですかね。そのときは秋恵が罪を被《かぶ》ったとか……」

糸居が佐藤の顔を見る。

「その可能性はある」

「典子は、どういう処分を受けたのかしら？」

田淵が佐藤に訊く。

「一年ほど鑑別所に収容されている。性的虐待を受けていたことが事実なら、それほど長く収容されなかっただろうし、そもそも、罪に問われることもなかったかもしれない。殺害方法が常軌を逸していたから矯正が必要だと判断されたのだろう」

「その推理が正しいとすると、牛島典子は、小学生のときと中学生のときに人を殺していることになりますね。何だか、すごい話ですね」

栄太が言う。

「ふと思ったんだけど、この女、樺沢の会社に入ったのは偶然なのかしら？」

田淵が小首を傾げる。

「どういう意味ですか?」

栄太が訊く。

「樺沢不二夫と宍戸浩介は若い女性たちを拉致《らち》監禁し、人体パーツを奪って販売し、用がなくなると殺してしまうという凶悪な犯罪を共謀していた。樺沢は収入源を隠すためにダミー会社を作っていた。そんな会社に、過去に異様なやり方で人を殺した女がたまたま事務員として採用されるものかしら?」

「最初から樺沢と牛島典子はグルだったということですか?」

「樺沢はまだ黙秘を貫いているらしいから、本当のところはわからないけどね」

「グルだとしたら高飛びした可能性も考えられますね」

「母親と息子を残して自分だけ高飛び?」

「樺沢の仲間だとしたら、どこかに大金を隠しているでしょうよ。大金が絡むと肉親の情なんか捨ててしまうのかもしれないなあ」

糸居が言う。

「牛島典子だけなら高飛びの可能性もあるでしょうけど、徳山千春は、どうなるんですか?　それに班長や結城つばささん」

栄太が疑問を呈する。

「そうなのよね、わからないわ」

田渕が溜息《ためいき》をつく。

「徳山千春には借金がある。総額は一千万近いな。この状況が続けば、遠からず自己破産することになるだろう」

佐藤が言う。

「でも、徳山千春は、子供の養育費や生活費を樺沢から月々受け取っていたわけですよね？　それなのに大きな借金があるんですか」

栄太が訊《き》く。

「理由はわからないが、借金があるのは事実だ」

「樺沢から受け取るお金だけでは足りなくて借金したということかしら。そうすると、徳山千春は樺沢たちの犯罪には関わっていないということになりそうね。関わっていたら、もっと多くのお金を要求していたでしょうから」

「そうですね」

「牛島典子の殺人履歴、徳山千春の多額の借金……話としては面白いけど、それが班長たちの行方を捜す手がかりになるんですか、ホームズ先生？」

糸居が佐藤に訊く。

「ならない」

「これから、どうするんですか？」

「防犯カメラの分析を行うつもりだ……」

徳山千春と薬寺はどこでいなくなったのかわからないが、牛島典子は自宅マンションに戻ると言い残して秋恵のアパートを出た後に消息を絶っている。秋恵のアパートを出た時間がわかれば、富士見台に到着した時間を予測できるから、その時間帯の駅付近の防犯カメラをチェックするというのが佐藤の方針だ。

もちろん、富士見台ではなく、実際には他の場所へ行った可能性も考えられるが、それはそれで仕方がない、他に手がかりがないのだから、と佐藤は言う。

「もう一人……」

結城つばさは、清澄白河駅であおいと別れた直後に行方がわからなくなっている。駅とその周辺の防犯カメラを分析することで手がかりをつかむことができるかもしれない、と付け加える。

「ありがとうございます」

思わず、あおいが大きな声を発する。

「口で言うと簡単そうだが、実際にはかなり大変な作業になる。顔認識ソフトを使ったとしても、かなり時間がかかるだろう」

「わたし、手伝います。何でも言って下さい」

「必要ない。素人に手出しされても邪魔なだけだ」

「……」

あおいが驚いたように息を呑む。

「さすがだぜ、この傍若無人さ。気配りとか思い遣《や》りとか、そういう感情とは無縁の世界に生きてるんだな。すごいぜ、クールだぜ。おれも少しは見習わないとなあ」

糸居が感心する。

「その必要はないんじゃないですか」

思わず栄太が口にする。

「何で？」

「あ……いいえ、別に」

「はっきり言えよ」

「つまり、あんたは今のままで十分すぎるくらいに傍若無人だし、無神経だし、気配りもできないし、思い遣りもないっていう意味だよ」

あおいが言う。

「へ？　おれが？」

糸居がきょとんとする。

「幸せな奴！」

あおいが顔を顰《しか》める。

「手伝いたいというのなら、ひとつ頼みたいことがある」

佐藤が言う。

「何でも言って下さい」

「牛島典子が母親のアパートを出た正確な時間を知りたい。その時間から富士見台に着いたであろう時間を推測できるからな」

「たぶん、大部屋は把握してるでしょうね」

栄太が言う。

「うちには教えてくれないでしょう。あの理事官、意地が悪いもん。母親に直《じか》に会いに行く方がいいと思う」

「じゃあ、そうしますか」

栄太が腰を上げる。

「おれも行くぜ」

糸居が立ち上がろうとする。

「あんたは、いいよ。ここに残って」

「何でだよ。おれたち相棒なんだぜ」

「まだ本調子じゃないんだから無理しなくていいよ」

「こいつ、気遣う振りをして、本当は、おれと行くのが嫌なんだろうが」

「その通りだよ。図星」

あおいが肩をすくめる。

わかったら邪魔しないでよね、と言い残して、あおいがさっさと部屋から出て行く。

栄太も小走りに部屋を出る。

糸居も追いかけようとするが、足をもつれさせて無様にひっくり返る。

「無理しないでおとなしく坐《すわ》ってなさい」

田淵にたしなめられて、糸居が珍しく落ち込んだ顔になる。

佐藤は淡々と仕事を続けている。

五

「あ〜っ、たまらないわ。体中が痛い。体がばらばらになりそうよ」

ベッドに仰向《あおむ》けにひっくり返って、薬寺が泣き言を口にする。

「あっちの部屋で何をされたの？」

千春が訊く。

「大変だったわよ。後ろ手に縛られて天井から釣るされて、鞭《むち》みたいなもので体中を叩《たた》かれたわ。死ぬかと思った。あの変態が発作を起こさなければ、たぶん、殴り殺されるか、体中の骨がバラバラになっていたと思う。だって、縄一本で体を持ち上げられるのよ。ものすごい痛みだったわ。隣の部屋には他にも、いろいろな拷問道具があったわ」

「つまり、それで、わたしたちを痛めつけるってこと？」

「そういうことでしょうね」

薬寺が返事をした次の瞬間、助けて〜っ、殺される〜っ、と千春が絶叫する。パニックを起こし、極度のヒステリー状態に陥ってしまったのだ。

「嫌だ、嫌だ、何でわたしがそんな目に遭わされるのよ？　わたしが何をしたっていうのよ」

千春の目尻《めじり》が吊《つ》り上がり、形相が変わっている。すでに普通の精神状態ではなくなっている。

傍らに坐り込んでいる典子を見遣ると、

「あんたのせいだからね。あんたが正直に言わないから、こんなことになったのよ。全部、あんたが悪いのよ」

典子の髪の毛をつかんで引き倒し、ふたつの拳《こぶし》で典子の頭を殴り始める。

「何をしてるのよ。やめなさい。わたしたちは誰も悪くないのよ。悪いのは、あの車椅子に乗った変態なんだから」

薬寺が落ち着かせようとするが何の効果もない。

「わたしは何もしてない。悪いことなんて何もしてない……」

典子は両手で自分の頭を庇《かば》おうとする。

「ふざけるな！　あんたのせいなんだよ」

千春は典子を床に押し倒し、腹や腰に蹴《け》りを入れる。それを見て、つばさが悲鳴を上げる。地下室に女たちの悲鳴と怒声が響き渡る。

「いい加減にしなさい。仲間割れして、どうするの？　わたしたちは力を合わせて、ここから逃げる方法を考えないといけないのよ」

ベッドの上で体を起こしながら、薬寺が言う。

「こんな女、仲間なもんか。疫病神のバカ女だ」

千春は、まったく耳を貸さない。

典子に対する暴力は、エスカレートする一方だ。

殴る蹴るの暴力を振るい続ける。

「このクソ女！」

千春が右足を大きく後ろに引き、典子の顔面を蹴ろうとする。千春の体重が左足にかかる。その左足を、典子が自分の足で払う。意識的にやったのか、偶然、そういうことになったのか、傍《はた》から見ていると判断できない。

あっ、と叫んで千春が仰向けにひっくり返る。ベッドの角に後頭部をガツンと強打し、そのまま床に倒れ込む。後頭部の周りに血溜《ちだ》まりが広がっていく。

千春は白目をむき、口から泡を吹いている。

典子は電気ショックでも受けたように、一瞬、体を硬直させて起き上がるが、すぐに力が抜け、千春の体の上に折り重なるように倒れてしまう。

「大変だわ。どうしよう……」

薬寺が息を呑む。

「二人とも死んでしまった。死んじゃった、死んじゃった！」

つばさが泣き叫ぶ。

そこに、

「やかましい!」

房江が現れて、つばさを怒鳴りつける。

星一郎の発作は大したことがなく、すぐに薬で落ち着いた。

星一郎はモニターを見て、地下室の様子がおかしいことに気が付き、何があったか見てくるように房江に命じたのである。

「いったい、何を騒いでるんだい?」

「その人たちが大変なのよ。助けてあげて」

薬寺が言う。

「……」

房江が千春と典子が入っている檻に近付く。

血溜まりは大きくなっている。典子の出血は軽微なので、血溜まりのほとんどすべては千春の血だが、二人とも血まみれで倒れているので、房江は二人とも怪我をしていると思い込む。

携帯を取り出し、星一郎に連絡する。

「女たちが血まみれで倒れています。そうですね……かなりの出血です。生きているかどうか、檻の外からでは判断できません。なぜ、こんなことになったのかもわかりません。このまま放置しておきますか？　さあ、どうでしょう、状態を確認できれば何かできることがあるかもしれませんが、何とも言えません……。ええ、一刻を争うような深刻な状態に見えますね。わかりました……」

房江が携帯を切り、檻の鍵《かぎ》を取り出す。檻に入って二人の状態を確認しろ、と命じられたのだ。

檻に入り、千春の脈を取る。

「あら、この女は、もう駄目ね。死んでるわ」

表情も変えずにつぶやく。

次に典子の首筋に指を当てる。

「こっちの女は脈がしっかりしてるわね。どこを怪我してるのかしら……」

典子の体を千春の体から下ろそうとする。

と、いきなり典子に腕をつかまれる。

（え）

一瞬、何が起こったのかわからず、その分、反応が遅れてしまう。

典子が房江に襲いかかる。房江に覆い被《かぶ》さり、左の耳を食いちぎる。

房江が、ぎゃっ、と悲鳴を上げ、典子を押しのけて逃れようとする。

典子は房江の胸ぐらをつかんで手許《てもと》に引き寄せ、房江の鼻面に強烈な頭突きを食らわせる。房江は仰向けに倒れ、そのまま意識を失ってしまう。

典子がよろよろと立ち上がり、檻から出ようとする。

「ねえ、お願いよ。わたしたちも檻から出して。その女のポケットに鍵があるはずよ」

薬寺が声をかける。

千春と房江の血で赤く染まった顔を、典子が薬寺に向ける。目の光が普通ではない。

「……」

つばさは怯《おび》えきって声を出すこともできない。瞬《まばた》きもせずに、じっと典子を見つめている。典子が腰を屈《かが》め、房江のポケットから檻の鍵を取り出す。檻から出ると、その鍵をつばさの方に放り投げる。つばさまで届かず、檻から八〇センチくらい離れたところに落ちる。

典子は、つばさと薬寺の檻の前を通り過ぎ、エレベーターの方に歩いて行く。

「つばさちゃん、鍵に手が届く？　やってみて。ここから逃げ出すチャンスなのよ」

「やってみます」

つばさが檻から手を伸ばすが、あと少し届かない。

「無理です。届きません」

「がんばって」

「はい」

もう一度やってみるが、やはり、届かない。

「駄目です」

「あ、そうだ。フォークを使ってみて」

食事するためのプラスチック製のフォークがプレートに載っている。

「それで鍵を引き寄せるのよ」

「はい」

つばさがやってみる。うまくいった。鍵がつばさの手に入る。

「よくやったわね。さあ、鍵を開けましょう。あ……ちょっと待って。何もしないで。鍵を隠して、じっとして」

エレベーターの方から物音が聞こえたのである。

ドアが開き、車椅子の星一郎が現れる。すぐ後ろに以蔵がいる。

「何だ、これは……。どうなっている？」

現場を見て、星一郎が愕然《がくぜん》とする。

以蔵が檻《おり》に入って、倒れている二人を調べる。

「一人は徳山千春です。もう死んでますね。もう一人は島田さんです」

「島田も死んでいるのか？」

「いいえ、意識を失っているだけのようです。でも、怪我をしてますね。顔が血だらけです」

「ということは……」

「牛島典子がいません」

「おい」

星一郎が薬寺に顔を向ける。

「いったい、何があった？」

「知らないわよ。そっちで女たち二人が喧嘩《けんか》を始めて、それを止めようとして、あの感じの悪い中年女が檻に入って、中でぎゃあぎゃあ騒いでいるうちに何か悪いことが起こったらしいわね」

「何だ、その説明は！　わけがわからん」

「わからないのは、こっちも同じよ。ここからだと、よく見えないし」

「旦那《だんな》さま、島田さんを急いで手当てする必要があります。耳がなくなっていて、そこから出血してます。場合によっては、救急車が必要になるかもしれません」

「救急車だと？　駄目だ。許さん。おまえが手当てしろ。応急処置の心得はあるだろう。医薬品は揃っている」

「わかりました。上に運びます」

以蔵が房江を抱き上げる。

「ちょっと待て」

星一郎が携帯を取り出し、山室武夫に連絡する。

「山室か。わたしだ。どうやら屋敷に泥棒が入ったらしい。屋敷を封鎖するから、使用人たちを屋敷から出せ。そうだ、全員だ。今日は、もう帰らせていい。危険な人間かもしれないから、念のためだ。一〇分後に封鎖する。皆が外に出たのを確認したら、わたしに連絡して、おまえも外に出ろ。バンガローにいれば心配ないだろう。マリアを連れて行くのを忘れるなよ。ああ、警察には、わたしの方から連絡する。急げ」

携帯を切る。

「屋敷の封鎖ですか？」

「牛島典子を屋敷の外に出すわけにはいかないからな」

「もう上かもしれませんね。さっきエレベーターを二階に呼んだとき、一階に停まってましたから」

「くそっ、絶対に逃がさんぞ」

星一郎たちがエレベーターの方に向かう。

エレベーターが動く音を耳にしてから、

「つばさちゃん、お願い」

薬寺が声をかける。

つばさが自分の檻を解錠し、薬寺も檻から出す。

「あ」

薬寺が転ぶ。食事の量が少なかったことと、拷問されたことで、すっかり体力が落ちてしまい、足がふらついたらしい。

つばさが薬寺に手を貸す。

「ありがとう。やっと出られたわ。だけど、これからが大変ね。どうやって屋敷を封鎖するのか知らないけど、あと一〇分しか余裕がない。急いで外に出ないと」

二人がエレベーターの方に向かう。

しかし、ドアに鍵がかかっている。

そのドアを開けないと、エレベーターホールに出ることができない。

「仕方ない。あっちよ」

方向を転じて、今度は拷問部屋に向かう。

記憶していた暗証番号を打ち込んで、薬寺がドアを開ける。中に入って、明かりのスイッチを入れる。

薬寺に続いて部屋に入ったつばさが、ひっ、と小さく叫んで顔を引き攣《つ》らせる。所狭しと並べられた拷問道具や処刑道具に圧倒されたのだ。

「気持ちはわかるわ。すごく気味が悪いもの。でも、がんばろう。ここから逃げるのよ」

薬寺がつばさを励ます。

二人が出口を探し始める。

六

ＳＭ班。

佐藤は作業を続けている。防犯カメラ映像の分析を行いつつ、行方がわからなくなった四人の情報分析も行っている。

糸居は机の上に足を投げ出して居眠りしている。そのせいでSM班の部屋は珍しく静かである。

「牛島典子について新たにわかったことがある」

パソコン画面に目を向けたまま、佐藤が田淵に言う。

「どんなことかしら？」

田淵が訊《き》く。

「鑑別所に収容されていたときの医療記録だ。厳重に保護されていて、そう簡単にアクセスできない仕組みになっているが、何とかアクセスすることに成功した」

「何か気になることが書いてあるの？」

「精神科医から人格障害の疑いを指摘されているな。深刻な症状だったようだ……」

二重人格とまでは断言できないが、極端に異なるふたつの人格が同時に存在している可能性がある、というのである。一般的な穏やかな性格と、極めて凶暴な性格のふたつだ。何かのきっかけで人格が入れ替わり、その結果、憎い相手を包丁で滅多刺しにするようなことをしてしまうのではないか、と推測されている。

「そんなことがあり得るのかしら？」

田淵が首を捻《ひね》る。

「古い例だが、ジキルとハイドみたいなものかもしれないな」

佐藤がつぶやく。

「その人格障害は完治したのかしら？」

「それはないだろう。二重人格を疑われるほど重度の人格障害を、わずか一年で治せるはずがない。考えられるのは、凶暴な方の人格を心の奥に封じ込めたということだな。普通に生活している限り、もう一方の穏やかな人格しか表面には出てこない」

「ということは、何かきっかけがあれば、その凶暴な性格が現れるということ？」

「そういうことになるな」

佐藤がうなずく。

七

「やったぜ……」

本郷がふーっと大きく息を吐きながら額の汗を拭《ぬぐ》う。ようやく崖《がけ》を下りきったのだ。体中が痛く、疲労も蓄積されている。できることなら、一時間か二時間、ゆっくり休憩したい。

しかし、そんなことは無理だと自分でわかっている。中途半端に休憩などしたら、それきり体が動かなくなってしまうだろう。

「行くか」

重い足を引きずって、ゆっくり屋敷に近付いていく。どうやって屋敷に侵入しようかと思案しながら、屋敷の裏手から、遠回りに屋敷の正面の方に移動する。

　突然、屋敷の正面から何人かの男女が出てくる。七人か八人くらいで、年齢もまちまちだ。

　本郷は咄嗟《とっさ》に身を隠す。

　彼らは屋敷から少し離れたところにある駐車場に歩いて行き、それぞれの車に乗り込んで走り去っていく。あっという間に駐車場が空になる。

（何だ、あいつら……）

　本郷が駐車場に入る。駐車場と屋敷の間にガレージがあり、高級車が二台停められている。その横には、見慣れたワンボックスカーも停められている。

　屋敷から山室武夫が現れる。

　本郷はガレージの中に隠れる。さっきよりも屋敷に近付いているので、慎重に行動しないと簡単に見付かってしまう。

　山室は白いフレンチブルドッグを連れている。マリアだ。リードを手にしたまま、携帯を取り出し、誰かと話し始める。

　突然、ガーッという大きな音が聞こえる。

　屋敷のすべての窓にシャッターが下り始めたのだ。

その音に驚いたのか、マリアが走り出そうとする。リードを不意に強く引かれた山室は、うっかりリードを離してしまう。慌ててマリアを追いかけ、屋敷の中に戻ってしまう。

ガレージのシャッターも閉まり始める。

本郷がガレージから出ようとする。ジャンパーの裾《すそ》が壁の取っ手に引っかかる。それを外そうと、もたもたしているうちにシャッターが下りてしまう。

本郷はガレージに閉じ込められた。

八

山室から、使用人たちが屋敷を出たという連絡を受け、星一郎は屋敷の封鎖を開始した。屋敷内のすべての出入口や窓に一斉に頑丈なシャッターが下りるので、凄《すさ》まじい轟《ごう》音《おん》が響き渡る。

こういうときに備えて、屋敷を大がかりに改造してきたのである。ボタンひとつで、屋敷全体が巨大な密室と化してしまう仕組みなのだ。

星一郎は、屋敷の中にいるのは、自分、以蔵、房江、典子、薬寺、つばさの六人だけだと思っているが、山室も屋敷内に取り残されているし、ガレージには本郷もいるから実際には八人である。

「どうだ？」

「ひどい怪我ですが、出血さえ止めてしまえば、とりあえずは心配ないでしょう。もちろん、後から病院できちんと治療してもらうべきでしょうが」

「島田は専門家だ。自分で何とかするだろう。まだ目を覚まさないか？」

「やってみましょう」

以蔵がアンモニアの小瓶を房江の鼻の下に持って行く。ビクッと体を震わせて、房江が目を開ける。

「気が付いたか？」

「わたしは……どこに……」

「ふんっ、あんな女にやられるとは、おまえも大したことがないな」

「あ……」

何があったか思い出し、屈辱で顔を引き攣《つ》らせる。

「河村が応急処置をした。後は自分でやれ。看護師なんだからな」

「わかりました。あの女は？」

「逃げた。まだ屋敷の中にいるはずだ。屋敷を封鎖したからな。ゆっくり捜せばいい。どうせ、どこにも逃げられない」

「旦那《だんな》さま、お願いがあります」

「何だ？」

「あの女を拷問するとき、わたしにも手伝わせて下さい」

「復讐《ふくしゅう》したいのか？」

「耳をふたつとも切り取って、鼻も削《そ》ぎ落としてやります。それから、目玉をくりぬいて、口に突っ込んでやりたいんです」

「ほう、なかなか面白そうだな。いいだろう。牛島典子を見付けたら、おまえの好きなようにさせてやる」

「ありがとうございます」

房江がよろよろと立ち上がる。

「どこに行く？」

「決まってるじゃないですか。あの女を捜します」

部屋から出て行く。

「おかしなことになってきましたね」

「確かに計画していたこととは違うが、これはこれで面白い。島田が本性を現した」

「わたしも捜しに行きましょうか？」

「必要ない」

星一郎が首を振る。

「広い屋敷だぞ。闇雲に捜し回ったところで、そう簡単に見付けられるはずがない。居場所がわかってから動けばいい」

こっちだ、と星一郎が先導する。以蔵がついていく。二人はモニタールームに入る。壁一面にモニターが並んでおり、屋敷のあちらこちらに設置されている防犯カメラの映像を映し出している。

「ん？」

地下室の映像を見て、星一郎の顔色が変わる。

「くそっ、いないぞ。あの二人もいなくなった。檻《おり》が空っぽだ。どうなっているか調べてこい」

「わかりました」

以蔵がモニタールームから出て行く。

九

典子は、エレベーターを使って地下室から一階に上がった。房江が地下室に下りてきたとき、地下室とエレベーターホールの間にあるドアを施錠しなかったからだ。

一階に上がると、素早く物陰に身を隠して周囲の様子を窺《うかが》う。人格が入れ替わったことで生存本能が研ぎ澄まされ、身のこなしまで敏捷《びんしょう》になっている。

使用人たちが大慌てで帰り支度を始める。

何が起こったのか、典子にはわからないが、しばらく、じっとしていようと決める。

数分後には使用人たちが屋敷から出てしまい、広い屋敷の中がしんと静まり返る。尚《なお》も用心深く周囲の様子を窺っているうちに屋敷の封鎖が始まり、シャッターが下りてくる。急いで窓に駆け寄るが、もう間に合わない。あっという間に封鎖が終わり、典子は屋敷に閉じ込められてしまう。

何が起きたのか依然として理解できないが、どうやら屋敷の外に出るのは難しそうだ、ということはわかった。

広い廊下には、まったく人影がない。

典子が姿を現し、ドアが閉じられていない部屋を覗《のぞ》きながら廊下を歩き始める。

台所がある。かなりの広さだ。大きな冷蔵庫がいくつも並んでいる。

典子は冷蔵庫を開け、ハムやチーズを取り出して、手づかみでむしゃむしゃ食べ始める。牛乳パックを手に取り、パックに口を付けて、ごくごく飲む。満足すると、パックを床に放り投げる。残っていた牛乳が床に広がるが、少しも気にする様子はない。

リンゴを手に取って、がぶりと齧《かじ》る。

食器棚の引き出しを次々に開ける。

典子の手が止まる。引き出しの中を興味深げに覗き込む。何種類もの包丁がきれいに並べられている。

そこから刃が細長い刺身包丁を取る。

タオルも一枚取り、自分の手に巻く。その上で改めて刺身包丁を握る。何かを刺したとき、自分が怪我をしないための用心であろう。

リンゴを齧りながら、典子が台所から出て行く。

一〇

SM班。

あおいと栄太が帰ってくる。牛島典子の母・秋恵に会い、典子がアパートを出た時間を確認してきた。

その情報を元に、また佐藤が作業を始める。

「どうですか？」

あおいが訊《き》く。

「今のところ、これといった成果はないわね……」

清澄白河駅からつばさの自宅までの間にある防犯カメラ映像を分析したものの、つばさが拉致《らち》された場面を見付けることはできていない、と田淵は言う。

「そうですか」

あおいが肩を落とす。

「防犯カメラが設置されていないような小路も多いらしいのよ。犯人が意識的に防犯カメラを避けた可能性もあるから」

「そうですね」

「そう落ち込むなって。ホームズ先生が何とかしてくれるよ」

居眠りから目覚めた糸居が言う。

「新たにわかったこともあるのよ……」

鑑別所に収容されていたときの、牛島典子の治療記録を佐藤が見付けたことを田淵が話す。

「まったく正反対のふたつの人格ですか。そんなことが現実にあり得るんですね」

栄太が驚く。

「今は、どっちの人格なんだろう」

あおいが首を捻《ひね》る。

「樺沢の仲間だとしたら凶暴な方だろう。仲間でないのなら、おとなしい方だな」

糸居が言う。

「何かのきっかけで人格が入れ替わるらしいから、何とも言えないわね」

田淵が言う。

「ふたつの殺人が牛島典子の仕業だとしたら、どちらの場合も義理の父親や同居していた男から性暴力を受けそうになったときですよね。自分の身に危険が迫ると凶暴な性格が現れるんじゃないでしょうか？」

栄太が言う。

「それなら拉致されるときに抵抗するんじゃないのか」

糸居が言う。

「駄目だ……」

突然、佐藤が口を開く。

「どうかした？」

田淵が訊く。

「富士見台駅を出る牛島典子を発見したが、それ以降の映像がまったく見付からない。恐らく、防犯カメラのない道を歩いたな。結城つばさと同じだ」

「珍しいですね。お手上げってことですか、ホームズ先生？」

糸居が茶化すように言う。

「そうは言ってない。拉致される場面を見付けるのは難しいと言っているに過ぎない。他の手を試すだけのことだ」

「どんなやり方があるんですか？」

あおいが訊く。

「人間を捜すのは難しそうだから、視点を変えて、今度は車を捜してみる」

「車ですか？」

「犯人は車を使って拉致したはずだ。防犯カメラの設置されていない、あまり人通りのない場所で、すばやく車に押し込んで連れ去ったと考えるのが妥当だろう」

「そうですね」

「その場合、現場から逃走するとき、防犯カメラの設置されていない道だけを選んで車を走らせるのは困難なはずだ。どこかで幹線道路に出るだろう」

「理屈はわかるわ。だけど、大変な作業なんじゃないかしら。そもそも、どうやって犯行に使われた車を見付けるの？　何の手がかりもないのに」

田淵が訊く。

「結城つばさと牛島典子を拉致するのに使われた車が同じだとすれば、その車は清澄白河と富士見台の両方の防犯カメラに映っているはずだ……」

つばさがあおいと別れた時間の前後一時間以内に自宅と駅の間を通行した車をすべて拾い出し、そのナンバープレートをコンピューターに記憶させる。

次に、典子が富士見台駅に到着した時間の前後一時間以内に自宅マンションと駅の間を通行した車をすべて拾い出して、ナンバープレートをコンピューターに記憶させる。

その上で、ナンバープレートの照合を行う……そんな手順を佐藤が説明する。

「どちらの場所にもいた車が犯行に使われた車だということですね？」

あおいが声を弾ませる。そのやり方ならうまくいきそうだ、という予感がするのだ。

「そんなことは、まだわからない。両方の場所にいた車が見付かっても、偶然、そこにいただけということも考えられるからな。空振りかもしれないが、とにかく、やってみよう」

佐藤がまた作業に没頭する。

拷問道具や処刑道具の間を歩き回り、薬寺とつばさは、どこかに出口がないかと探す。

しかし、出口は見付からない。

一一

「あ」

薬寺が声を発する。エレベーターの音が聞こえたのだ。星一郎か以蔵が下りてきたのに違いない。車椅子の星一郎一人だけなら薬寺でも対処できるだろうが、以蔵が相手では、とても歯が立たない。薬寺もつばさも檻《おり》に戻されてしまうだろう。

「まずいわ」

急いで拷問室のドアを閉める。ドアはオートロックされる。

「隠れるのよ。気持ち悪いだろうけど我慢してね」

つばさをファラリスの雄牛の中に入れる。中が空洞になった真鍮《しんちゅう》製の雄牛である。

薬寺が明かりを消す。部屋は真っ暗になる。手探りで鉄の処女のところに行く。聖母マリアを模した鉄製の人形だ。中に入って扉を閉めようとするが、完全に閉めると扉の裏側に打ち込まれた釘《くぎ》が体に刺さる。釘が刺さらないように身をよじるが、薬寺は巨体なのでうまくいかない。もたもたしていると、ドアが開く音が聞こえた。以蔵が地下室に入ってきたのだとわかる。扉は半開きのままだが、腹を括《くく》っておとなしくする。

以蔵は檻の前に立ったまま、携帯で星一郎に連絡する。

「やはり、檻にはいません。どこにもいません」

「まさか、あいつらもエレベーターで上にあがったのか？」

「いいえ、それはありませんね。ドアには鍵《かぎ》がかかってましたから」

「拷問部屋は、どうだ？」

「確かめます」

以蔵が拷問部屋のドアに近付き、施錠を確認する。

「やはり、閉まっています。一応、中も確かめますか？」

「そうだな。あ……ちょっと待て」

「どうかしましたか？」

「モニターに山室が映っている。あいつ、何で外に出てないんだ？　馬鹿者め」

ちっ、と舌打ちすると、山室がいる場所を以蔵に伝え、そこに行くように命ずる。典子を見付けて檻に戻すまで、山室に屋敷の中をうろうろされては困るのだ。星一郎の許可があるまで、自分の部屋から出ないように以蔵に伝えさせる必要がある。

「了解しました」

以蔵が地下室から出て行く。

ドアが閉まり、エレベーターが動く音が聞こえると、薬寺は鉄の処女から姿を現す。

部屋の明かりをつける。

「これは駄目ね。危うく串刺《くしざ》しにされるところだったわ」

額の汗を拭《ぬぐ》いながら、つばさをファラリスの雄牛から引っ張り出す。

「苦しくなかった？」

「大丈夫です」

「困ったわねえ。どうすれば、ここから出られるのかしら」

薬寺が溜息《ためいき》をつく。

二

本郷はガレージに閉じ込められた。

シャッターを持ち上げようとしたが、びくともしない。シャッターを操作するパネルスイッチを見付けたが、まったく反応しない。なぜ、反応しないのかわからない。停電でもしているのかと思ったが、それでは、なぜ、シャッターが下りたのか、その説明がつかない。あれこれやってみてもうまくいかないので、シャッターを開けることを諦《あきら》めて、他の出口を探すことにする。

ガレージの奥にドアがある。どうせ鍵がかかっているのだろうと期待もせずにドアノブを回すと、意外にも鍵はかかっていなかった。ドアを開ける。外に出られるわけではなかった。薄暗い通廊が続いているだけだ。

（なるほど、ガレージから屋敷に繋《つな》がっているわけだな）

ペンライトで足許《あしもと》を照らしながら、本郷が通廊を進んでいく。ガレージに閉じ込められたときは、もう駄目かと諦めかけたが、思いがけず屋敷への侵入経路を見付けることができた。ツキがある、と思った。

通廊を進んでいるうちに、ふと、

（今なら、まだ引き返せるんだぞ）

という心の声が聞こえた。

氏家星一郎が凶悪な犯罪に手を染めているのは間違いなさそうだし、その秘密を暴けば、大スクープになるのは間違いないが、下手をすると、本郷自身が被害者の一人になりかねない。それほど危険な立ち位置にいるのだ。

（行くのか、行かないのか……）

だが、迷いは一瞬で消える。

本郷とてジャーナリストの端くれである。手の届くところに大スクープがあるのに、そこから引き返すことなどできるはずがない。恐怖心を抑えつけて、本郷は先に進む。

「もうすぐ河村がそこに行く。おまえは、そこから動くな。マリアもそばにいるな？　もうリードを離すんじゃないぞ……」

モニター画面を眺めながら、星一郎が携帯で山室に指示を送る。

携帯を切り、改めてモニターを眺める。

（ん？）

モニターの端の方に黒っぽい人影が映る。映像が不鮮明だ。最初は以蔵かと思ったが、そうではない。体格が違いすぎる。

「牛島典子じゃないか」

慌てて携帯を手に取り、以蔵に連絡する。山室の近くに牛島典子がいる、急いでその場所に駆けつけ、牛島典子を取り押さえるように指示する。

マリアが動いた。リードに引きずられて、山室がモニターの死角に入る。

「馬鹿者が。何をしてるんだ。これじゃ何も見えないだろうが」

クソ間抜けが、と星一郎が悪態を吐く。

一三

一四

「マリア、手を焼かせるな。おとなしくしていろ」

山室が舌打ちしながら、マリアを引き戻そうとする。なかなか力が強く、山室は廊下の角まで引きずられてしまう。角を曲がったとき、いきなり目の前に女が現れたので、山室がぎょっとする。典子である。

「あんた、誰だね？」

見たことのない女である。しかも、全身が真っ赤だ。その赤い色の正体が血液だと察して、山室は悲鳴を上げ、踵《きびす》を返して逃れようとする。

だが、典子は素早く山室の懐に飛び込むと、刺身包丁を山室の腹に突き刺す。

「うっ……」

山室が後退《あとずさ》る。

典子は刺身包丁を引き抜くと、またもや山室に体当たりするようにして刺身包丁を突き刺す。

山室が仰向《あおむ》けにひっくり返る。そこに馬乗りになって、典子が執拗《しつよう》に刺身包丁で刺し続ける。その間、まったくの無表情である。

マリアが怯《おび》え、鳴きながら走り去る。

一五

「どうなっている？」

以蔵から連絡が入り、星一郎が訊《き》く。

「駄目です。もう死んでます」

「やられたのか？」

「滅多刺しですね。ひどい有様ですよ。たぶん、台所から包丁を持ち出したんでしょう」

「あの女が……」

徳山千春を殺し、島田房江の耳を食いちぎり、山室武夫を包丁で刺し殺した……いったい、どういう女なんだ、と星一郎が愕然《がくぜん》とする。

「旦那《だんな》さま、聞いてますか？」

「うむ」

「すぐにモニタールームを出て、パニックルームに避難するべきです。一人でいるのは危険ですよ」

「……」

星一郎が迷う。

確かに自分の安全を第一に考えるのであれば、パニックルームに避難するべきだろう。

だが、そうなると、モニターのチェックができなくなってしまう。星一郎がモニターで典子を見付け出し、そこに以蔵を向かわせるというやり方ができなくなってしまう。すべてを以蔵に任せられればいいが、そうすると以蔵の負担が重くなってしまい、結果として典子を見付けるのに時間がかかることになる。

「とにかく、急いでモニタールームに戻ってこい」

そう星一郎は以蔵に命じる。

一六

山室の遺体を放置したまま、以蔵はモニタールームに戻ることにする。足早に、その場から立ち去る。

以蔵の姿が見えなくなると、柱の陰から房江が現れる。以蔵と星一郎が携帯で話すのを聞いていたので何が起こったのかは理解している。

山室の遺体に近寄り、遺体を見下ろす。山室の死に顔は苦痛と恐怖で歪《ゆが》んでいる。別に山室と親しかったわけではない。山室の死で心が痛むわけでもない。典子が好き勝手なことをしていることが許せないのである。典子に耳を食いちぎられた屈辱と怒りがふつふつと心の底から湧き上がってくる。必ず復讐《ふくしゅう》してやる、と心に誓う。

房江は遺体から離れると、応接室に入る。三〇畳以上の広さがあり、天井には豪華なシャンデリアがある。壁際に暖炉もある。今は火が熾《おこ》されていない。

房江は鉄製の火掻《ひか》き棒を手に取る。長さは七〇センチくらいで、細身だ。何度か振ってみる。軽く振っただけだが、鋭く空気を切る音がする。適度に重さもあるので、これで人間の頭を殴れば、かなりのダメージを与えることができそうだ。

(覚悟するがいい)

口許に薄ら笑いを浮かべながら、房江が応接室から出て行く。

一七

SM班。

「今のところ、これだけだな」

佐藤がパソコン画面から顔を離し、他のメンバーたちを見ながら言う。

ある特定の日時に、清澄白河と富士見台の駅周辺を走っていた車のナンバープレートを照合するという作業を続けた結果、一台のワンボックスカーが浮上した。Nシステムを利用し、そのワンボックスカーを追跡したところ、どちらの日にも那須から東京にやって来て、その日のうちに那須に帰ったことがわかった。車の所在地も判明している。

「たまたま、何か用があって、ふたつの場所にいたという可能性もある。防犯カメラの映像に拉致《らち》の場面は映っていないし、その車に牛島典子や結城つばさが乗っていたとい

「とは言え、これが初めて手に入った手がかりなのよね。他には何もないんだもの」

う証拠もない」

田淵が言う。

「行きます。わたし、そこに行って持ち主から話を聞いてきます」

あおいが椅子から立ち上がる。

「よし、おれもだ」

糸居が拳《こぶし》を突き上げる。

「あんたは、いいって」

「そうはいくか。一緒に行くからな」

「それなら白峰君も行って」

田淵が栄太を見る。糸居の体調は万全ではないから、あおいと二人だけでは心配なのであろう。

「はい」

「田淵さんは居残りですか?」

糸居が訊く。

「ええ、まあね」

ちらりと横目で佐藤を見遣《みや》る。

佐藤は分析能力には優れているが、それ以外の当たり前のことが何もできないので、一人で残していくわけにはいかない。新たな手がかりが見付かっても、それを佐藤がメンバーたちに伝えてくれるかどうかもわからないからだ。

「また何かわかったら連絡するから」

「了解です」

あおい、栄太、糸居の三人が部屋から出て行く。

一八

「ん？」

薬寺が首を捻《ひね》る。

「どうかしましたか？」

つばさが訊く。

「風よ……」

「風？」

「感じない？　どこからか風が吹いてくる」

「そう言えば……」

「あっちの方からではないわね」

薬寺が檻《おり》のある部屋を振り返る。頑丈なドアが閉まっている。

風は、それとは逆の方から吹いてくるのだ。

「こっちだわ」

拷問道具や処刑道具の前を通り過ぎて部屋の奥に進んでいく。

「何もありませんよ」

つばさが肩を落とす。

出口など、どこにもない。壁があるだけだ。

「だけど、壁から風が吹いてくるのはおかしいわ……」

薬寺が首を捻りながら、壁をコツコツと叩《たた》き始める。いろいろな場所を叩いているうちに、叩く場所によって音が違うことに気が付く。壁に手を当てて、あちこち触ると、目で見るだけではわかりにくいが、壁に切れ込みが入っている。

「あっちに木槌《きづち》があったわね」

日本の拷問道具を置いてある場所で木槌を見かけたことを思い出す。拷問の小道具だ。それを取ってきて、壁を木槌で叩き始める。表面のコンクリートがはがれ落ちると、隠し扉が現れる。

「やりましたね。これで出られる」

つばさが目を輝かせる。

「どうだろう……」

そのドアは暗証番号を打ち込んで解錠する仕組みになっている。念のために、拷問部屋のドアを開けるための暗証番号を打ち込んでみるが、ドアは開かない。木槌で叩いても、びくともしない。

「お手上げだわ」

薬寺ががっくりと肩を落とす。

一九

本郷は屋敷に入った。

実際に中に入ると、何をすればいいかわからなくなった。右も左もわからないのだ。星一郎の悪事の証拠をつかむといっても、何をどう探せばいいのか見当もつかない。途方に暮れてしまう。

遠くから、人の悲鳴が聞こえる。山室の断末魔の叫びである。

何事なのかと、本郷は声の聞こえた方に向かう。

男が角から走り出てくる。以蔵だ。小走りに二階に上がっていく。その背中を見送りながら、

(あの男か)

と、以蔵のことを思い出す。

あの角の向こうで何があったのだろうか、と訝《いぶか》りながら本郷が角を曲がろうとする。

が、慌てて引っ込む。女がいる。房江だ。

廊下に突っ立っている。

やがて、そこを離れ、本郷とは反対側に歩いて行く。房江の姿が見えなくなると、本郷は角を曲がって、房江が立っていたところに歩いて行く。

（え）

思わず声を上げそうになる。廊下に血まみれの男が倒れているのだ。山室である。そばに近寄り、恐る恐る、山室の首筋に手を当てる。

「ひっ」

手を引っ込める。脈を取ろうとしたが、そんな必要はなかった。肌が氷のように冷たい。もう死んでいるのだ。

「何ということを……」

本郷は、山室を殺したのは以蔵と房江だと思い込んでいる。警察官を拉致しただけでなく、人殺しまでしている。そんな危険な連中のいる場所にのこのこやってきた己の馬鹿さ加減を呪った。今度こそ何の迷いもなく、この屋敷から逃げだそうと決める。下手をすると自分の命まで危ない。

しかし、どうやって外に出ればいいのか、それがわからない。窓にはシャッターが下りている。ガレージに戻っても同じことだ。

（どこかに出口があるだろう）

房江とは逆の方向に本郷は歩き始める。

二〇

星一郎がモニターをチェックし、典子や薬寺の居場所を見付けようとしている。

そこに以蔵が戻ってくる。

「山室は滅多刺しか？」

「そうです。ひどい状態でした」

「なあ、どうなってるんだ？　あんな弱々しそうに見える女にそんなことができるのか？」

「窮鼠《きゅうそ》猫を噛《か》む、と言いますから」

「それは違うだろう。山室が牛島典子を追い詰めたのなら、その言い方は正しいが、そういう状況ではなかったはずだ」

「確かに、そうですね。襲われたのは山室さんです。たぶん、いきなり襲われたのでしょう。手に防御創が見当たりませんでしたから」

「ごく普通の女にできることか？」

「普通ではなかったのかもしれません。本性を見誤っていたのかも」

「おまえは何度も会ってるじゃないか。それでも見抜けなかったのか？」

「まったくわかりませんでした」

以蔵が首を振る。

「島田のような女だったというわけだな。ふんっ、面白いじゃないか。ますます面白くなってきた。島田とあの女が殺し合えば、滅多に見ることのできない凄絶《せいぜつ》なバトルになるだろう」

星一郎が興奮を隠しきれない様子で言う。

「屋敷の封鎖を解除できるのは、旦那《だんな》さまだけですよね？」

「そうだ」

「封鎖を解除せずに、この屋敷から脱出する方法はありますか？」

「なぜ、そんなことを訊《き》く？」

「島田さんがやられ、万が一、わたしもやられてしまったら、旦那さまが一人きりになってしまうからですよ。あの女と戦えますか」

「おいおい、脅かすな。予想外の展開だとはいえ、所詮《しょせん》、女一人のことなんだぞ。島田がどうなるかはわからないが、おまえまでやられる心配があるのか？　あの女が機関銃でも持っているのなら話は別だが、たかが刃物だろうが」

「外人部隊で多くの戦闘に参加しました。その経験から学んだことがあります」

「何を学んだ？」

「必ずしも強い者が勝つとは限らないということです。時には女や子供が優れた兵士を倒すことがあるのです。運が味方することもあるし、ちょっとした油断が命取りになることもあります。だからこそ、万が一に備えて自分の身を守る策を講じておくべきなのです」

「なるほど……」

星一郎がうなずく。

「心配するな。たとえ封鎖を解除しなくても、この屋敷から脱出する方法はある」

「それを聞いて安心しました。パニックルームに隠れるという手もありますが、それだと、いつ助けが来るかわかりません。それより、屋敷を封鎖したまま、屋敷の外に出る方が安全でしょう」

「ん？」

星一郎がモニターを注視する。

「あれは島田さんですね」

「もう一人いる」

「牛島典子を見付けたのでしょう」

「よし、行くぞ」

「旦那さまは、ここに残った方がいいと思いますが」

「何を言うか。間近で見るのだ。島田があの女を捕らえたら、そのまま地下に連れて行って拷問してやる」

星一郎の目は血走り、呼吸も荒くなっている。抑えきれないほど興奮しているのだ。

二二

典子は、あてどもなく屋敷の中をさまよっている。どこかに屋敷から出られるドアはないものかと探しているのだ。

だが、そんなドアは見付からない。どのドアもロックされてしまってびくともしないし、窓にはシャッターが下りている。それでも新たなドアを見付けるたびにドアノブを回してみるし、シャッターに手をかけてみる。

背後から、島田房江がひたひたと近付いているが、典子は気が付いていないようだ。

前方にドアがあり、典子は、そのドアノブにも手をかける。やはり、開かない。すぐに諦《あきら》めて先に進もうとしたとき、後頭部に強烈な衝撃を受けた。まさに目から火花が出るような衝撃である。房江が火《ひ》掻《か》き棒で典子を殴ったのだ。

典子は前のめりに、ばったり倒れる。

二三

あおい、栄太、糸居の三人が乗っている車が高速道路を走っている。運転しているのは、あおいだ。糸居は助手席に、栄太は後部座席に坐《すわ》っている。

「せっかくだからサービスエリアに寄って何か食べようぜ。佐野《さの》らーめんなんか、どうだ？」

「のんびりしている暇はないよ。先を急がないと」

「別に、犯人逮捕に向かってるわけじゃないぜ。話を聞きに行くだけじゃないか。その後の予定もないしな。慌てても仕方ないだろう」

「あんた、呑気《のんき》だよね。班長のことも大して心配しているようには見えないし。他にも三人の女性の行方がわからないっていうのに」

「一人は柴山さんの知り合いなんですよ」

栄太が口を挟む。

「そんなことはわかってるが、腹が減っては戦はできないとも言うぜ」

「何も食べてないんですか？」

「おまえらがおれを置き去りにして出かけている間に、カップ麺《めん》とおにぎりを食っただけだ」

「それで十分でしょうが」

あおいが舌打ちする。

「旅先では、その土地の名物を食べるのがおれの主義だ。栃木なら、やっぱり、佐野らーめんと宇都宮《うつのみや》餃子《ギョーザ》だろう。デザートは、とちおとめな」

「あ～っ、嫌になる。だから来なくていいって言ったのに」

あおいが嘆く。

二三

（あ）

本郷が足を止める。前方で二人の女が争っている。一人が火搔き棒で、もう一人の女を殴りつけているのだ。

「あれは……」

火搔き棒を手にしているのは、さっき山室の死体のそばから歩き去った女だとわかる。房江だ。

本郷は、以蔵と房江が山室を殺したと思い込んでいるから、ここでも誰かを殺そうとしているのだと考えた。

女二人の争いでなければ、本郷は逃げ出したかもしれない。以蔵がいれば、怖《お》じ気《け》づいたであろう。

しかし、房江だけならば、何とかできるかもしれないと思い、そちらに駆け出した。

「やめろ」

火搔き棒を振り上げている房江の背中を、本郷は両手でどんと押す。

房江が体勢を崩して前のめりに倒れる。

正面に、両手を頭で抱えて背中を丸めている女がいる。その女が顔を上げる。

うわっ、と本郷が叫びそうになる。女が血まみれだったからだ。まさか、その血のほとんどが他人の返り血だとは知らないから、すべてがその女の血だと思い込む。そうだとすれば、大出血であろう。顔全体が真っ赤なので、その女が典子だということも本郷にはわからない。

「大丈夫ですか」

本郷が声をかける。

典子がじっと本郷を見上げる。

房江が体を起こし、またもや典子を火掻き棒で殴ろうとする。

本郷が止めようとすると、今度は本郷に殴りかかろうとする。際どいところで、本郷は火掻き棒を避《よ》ける。その拍子に尻餅《しりもち》をついてしまう。

と、いきなり典子が房江に体当たりする。

「うげっ……」

火掻き棒を振り上げたまま、房江が後退《あとずさ》る。

典子が離れる。両手で刺身包丁を握っている。

房江の腹からは血が噴き出している。

またもや典子が体当たりする。

房江が仰向《あおむ》けにひっくり返る。典子は馬乗りになって房江を滅多刺しにする。山室のときと同じだ。

やがて、典子は立ち上がり、本郷に顔を向ける。

「あ、あんた、牛島さんだな」

そのときになって、その女が牛島典子だと本郷はわかった。

「いったい、どういうことなんだ？　あんた、なぜ、ここにいる？　なぜ、その女を刺した？」

「……」

典子は無言で本郷に近付いていく。手には刺身包丁を持ったままだ。両手で柄を握り直す。

「おいおい、何をする気だ？　待ってくれ。おれはあんたの敵じゃないぜ」

床に尻餅をついたまま、本郷が後退る。

本郷の背後で物音がする。肩越しに振り返ると、星一郎と以蔵が廊下の向こうからやって来る。

「助けてくれ！」

本郷が叫ぶ。

典子は身を翻して走り去る。

二四

「おまえ、なぜ、ここにいる？」

星一郎が本郷を怒鳴る。

「話すと長い。とにかく、外に出してくれ。ここにいたくないんだ」

尻餅をついたまま、本郷が言う。

「何をふざけたことを……」

「旦那《だんな》さま」

以蔵が声をかける。房江のそばにしゃがみ込んでいる。

「島田は、どうだ？」

「死んでますね。急所を正確に刺されています。しかも、何ヶ所も。まるで訓練を受けた殺し屋の仕業のようです。ためらった様子もありません」

「またもや滅多刺しか？」

「そうです。少なくとも、一〇ヶ所以上は刺されてますね」

「お、おい、どういうことなんだよ？」

本郷の声が震えている。完全にびびっている。

「おまえは黙っていろ」

星一郎は本郷を叱りつけてから以蔵を見る。

「だんだん手に負えなくなってきたな。まさか、こんなに呆気《あっけ》なく島田がやられるとは」

「屋敷から脱出するべきです」

「封鎖を解除しろと言うのか？」

「いいえ。それでは、あの女を逃がすことになります。旦那さまを安全な場所に避難させたら、用意を調えて、わたしだけ屋敷に戻ります。素手で立ち向かうのは危険な気がしますので」

「捕らえられるか？」

「それは無理かもしれません」

「殺すのか？」

「それが一番いいと思いますが」

「そうか……」

星一郎が思案する。封鎖を解除すれば、典子だけでなく、薬寺とつばさも逃がすことになりかねない。以蔵の言うように、とりあえず、自分だけ屋敷を出て安全を確保し、その上で以蔵に事態の収拾を図らせるのがよさそうだ、という結論に達する。山室と房江が殺されたのは誤算だった。まさか、こんな反撃を受けるとは予想もしていなかった。

「よし、地下に行くぞ」

「え？」

「脱出口は地下にある」

二五

典子は、房江を殺害して、その場から走り去ったものの、誰も追ってこないとわかると、慎重な足取りで戻り始める。物陰から、星一郎たちの様子を窺《うかが》う。三人は、エレベーターホールに向かう。

三人がエレベーターに乗り込むのを見届けると、典子もエレベーターホールに入る。階数表示を見上げる。エレベーターは地下に下りた。そのまま動かない。五分待ってから、エレベーターを呼ぶ。

扉が開くと乗り込む。そこにマリアが飛び込んでくる。

典子はマリアには何の関心も示さない。

地下一階のボタンを押す。

扉が閉まる。

二六

あおいたちの車が高速を降り、一般道を走る。

那須に着いたのだ。

「あ〜っ、とうとう佐野らーめんが食えなかったぜ、宇都宮餃子《ギョーザ》もとちおとめもな」

「食うことしか考えてないのかよ」

あおいが呆《あき》れたように首を振る。

「今のところ、ブチさんからの連絡はない。ということは、この聞き込みが終わったら暇になるってことだ。そうだな、栄太？」

「まあ、そうですね」

「よし、聞き込みが終わったら、佐野らーめんを食う。宇都宮餃子ととちおとめもだ。文句ないな、特殊部隊？」

糸居があおいを見る。

「いいよ、好きにしたら」

「ようやく物分かりがよくなったな」

「どこでもあんたの好きな店で下ろすから、新幹線で帰ってきて。これ以上、あんたと一緒にいるのは無理だわ」

「ははは、冗談きついぜ」

「ふんっ、冗談だと思ってればいいじゃん」

あおいがアクセルを踏み込む。

車通りも少なく、信号もほとんどないので、いくらでもスピードを出せるのだ。

二七

「困ったわねえ。何て、頑丈なのかしら」

薬寺が額の汗を拭《ぬぐ》う。

壁の奥に隠し扉を見付けたものの、びくともしないのである。木槌《きづち》で叩《たた》いているうちに、木槌が壊れてしまったほどだ。

「他の出口を探す方がいいんじゃないでしょうか」

つばさが心細そうに言う。

「だけどねえ……」

エレベーターホールに通じるドアには鍵《かぎ》がかかっており、そのドアも頑丈だ。

「まさか、こんな隠し扉が他にもあるとは思えないのよねえ」

「そんなあ……」

つばさが肩を落とす。肉体的にも精神的にも疲労がピークに達している。かなり顔色が悪い。

「あ」

薬寺が声を発する。

エレベーターの音が聞こえた。

「つばさちゃん、さっきの道具の中にまた入ってくれる？」

「はい」

つばさがファラリスの雄牛の中に入る。

薬寺は部屋の明かりを消すと、ギロチンの後ろに腹這《はらば》いになる。隠れているとも言えないような場所で、ちょっと後ろを覗《のぞ》かれればすぐに見付かってしまうが仕方がない。他に隠れる場所がないのだ。もう鉄の処女の中に入る気はしない。

二八

エレベーターを下りると、以蔵が地下室のドアを解錠する。以蔵に続いて、星一郎、本郷の順に地下室に入る。

「あの二人は、どこに行ったんだ？　上には行ってないはずだよな」

空っぽの檻《おり》を見て、星一郎が怒りで顔を歪《ゆが》める。

「そう思いますが……」

以蔵が肩をすくめる。周囲を見回しながら、もしかすると、牛島典子と一緒にエレベーターに乗ったとも考えられますね、と言う。

「あの女と一緒にか？」

星一郎は納得できないという表情だが、ここであれこれ話していても時間の無駄である。もたもたしている暇はないのだ。

「向こうに行くぞ」

「え」

「脱出口は隣の部屋にある」

「そうだったのですか」

以蔵は、暗証番号を打ち込んで、拷問部屋のドアロックを解除する。

ファラリスの雄牛の中で、つばさは息を殺している。ドアが開く音が聞こえ、

（え……嘘でしょう……）

不安でたまらなくなってしまう。

見付かったら、また檻に戻されてしまう。薬寺のように恐ろしい拷問を受けることになるかもしれないのだ。

（お父さん、お母さん……）

懐かしい父と母の顔を思い出し、もしかすると、二度と会えないかもしれないと考えると、自然と涙が溢《あふ》れてくる。

「うっ……ううっ……」

嗚咽《おえつ》が洩《も》れる。両手で口を押さえるが、涙も嗚咽も止まらない。

二九

「あれじゃないですかね？」

栄太が前方を指差す。

星一郎の屋敷が見えている。

「すごい家ですね。家というより、お屋敷かな」

あおいがうなずく。

「さぞかし大金持ちなんだろうな。毎日、好きなだけ佐野らーめんと宇都宮餃子が食えるぜ。広い庭でとちおとめを栽培していれば、ただで食い放題だぜ」

わははは、と糸居が大笑いする。

「話を聞いているだけで、あんたという男の器の小ささがよくわかるよ」

あおいがわざとらしく溜息《ためいき》をつく。

「え。おれって、そんなに器が大きい？」

「耳も悪いんだね」

三〇

以蔵、星一郎に続いて拷問部屋に入った本郷は、その場で立ち止まり、呆然《ぼうぜん》とした様子で周囲を見回す。所狭しと並べられた拷問道具と処刑道具を目の当たりにして度肝を抜かれたのだ。

さっきの部屋には三つの檻があり、ここには恐ろしい道具が並べられている。

ここに至って、ようやく本郷は星一郎の企《たくら》みを理解した。なぜ、樺沢不二夫と宍戸浩介の犯罪に異常なほどの興味を示し、松岡花梨のインタヴューに固執したのか……その謎が一気に氷解した気がする。

(つまり、あいつらと同じことをしたかったわけだな……)

女性たちを拉致《らち》監禁し、拷問して痛めつける……それが星一郎の目的なのに違いない。薬寺をさらった理由がわからないが、何か、そうしなければならない理由があるのだろう、と本郷は考える。

とんでもない大スクープを掘り当てたという実感があるものの、今は、それを喜んでいる余裕はない。自分が死んでしまっては、いかに大スクープとはいえ何の意味もないのだ。まずは、生きて、ここから逃げ出すことが最優先である。

「おい、こっちだ」

星一郎に呼ばれて、本郷がハッと顔を上げる。

「来ないのか？」

「……」

「そう心配するな。おまえを殺しはしない」

「その言葉を信じろというのか？」

「信じるしかないだろう。他に選択肢があるか？」

「ないようだ」

本郷が星一郎の方に近付いていく。

「旦那《だんな》さま」

「わかっている。脱出口は奥だ」

星一郎が奥まで進む。

「あ」

壁がはがされ、秘密のドアがむき出しになっている。

「くそっ、あいつらが見付けたんだな。ここから逃げようとしていたらしい。油断も隙もない奴らだ」

星一郎が暗証番号を打ち込む。カチッという音がして解錠される。

「これは、どこに通じているのですか？」

以蔵が訊《き》く。

「ガレージと屋敷を繋《つな》ぐ通廊に出られる」

「しかし、ガレージも封鎖されているのではありませんか？」

「ガレージまでは行かない。途中で通廊から外に出られるようにしてある」

星一郎がドアに手を伸ばそうとしたとき、

「ん？」

「どうかなさいましたか？」

「何か聞こえないか？」

「そう言われると……」

以蔵が耳を澄ます。微《かす》かに泣き声が聞こえる。

「そうか。わかったぞ。どうやったかわからないが、あの二人は檻を出て、この部屋に入ったんだな。そして、今は何かの道具の中に隠れているわけだ」

わはははっ、愚かな奴らだ、と笑うと星一郎は、二人を探すように以蔵に命ずる。

そこに、ワンワンと吠《ほ》えながらマリアが走り込んでくる。

「おおっ、マリアじゃないか。どこにいたんだ。心配してたんだぞ。無事でよかった」

星一郎がマリアに手を伸ばす。

マリアは星一郎の手を嘗《な》めようとするが、急に何かに怯《おび》えたように尻尾《しっぽ》を丸めると拷問部屋の隅に走って行く。

「何だ、あいつ……」

怪訝《けげん》な顔で星一郎がマリアを見送る。

　そこに刺身包丁を手にした典子が現れる。

「うわっ」

　本郷は飛び上がらんばかりに驚き、ギロチンの後ろに逃げ込む。そこには薬寺が腹這《はらば》いになっている。

　薬寺は人差し指を口の前に立てる。

　本郷は黙ってうなずくと、薬寺と同じように腹這いになる。

　典子は真っ直ぐ星一郎に向かっていく。

「ひっ……」

　全身に返り血を浴び、目をギラギラ光らせた典子が迫ってくるのだから、星一郎とて恐ろしくないはずがない。何しろ、強烈な殺気を発散させているのだ。

（この女に殺されてしまう）

　誰かに命を脅かされるという恐怖を、星一郎は初めて味わう。

　星一郎と典子の間に以蔵が立ちはだかる。

　両手で握った刺身包丁を、典子は腰のあたりに構え、体当たりするように以蔵に向かってくる。誰かを刺そうとするとき、最も効果のある姿勢である。

　以蔵は咄嗟《とっさ》に身をかわすが、それでも完全には避《よ》けきれず、刃が脇腹をかすめる。攻撃をかわしながら、典子の手首に手刀を打ち込む。それで典子の左手が刺身包丁から離れる。

典子は右手だけで刺身包丁を持ち、迂闊《うかつ》にも、それを振り上げて以蔵に襲いかかる。

それが失敗だ。

以蔵は左腕で典子の腕を払うと、右の拳《こぶし》で典子の顔を殴りつけ、続けざまに拳を典子の腹にも叩《たた》き込む。典子は体を折り曲げ、床に膝《ひざ》をつく。手から刺身包丁が落ちる。

以蔵が典子に蹴《け》りを入れる。典子が仰向《あおむ》けに倒れる。典子の顔が新たな血で染まる。すでに大量の返り血を浴びているが、そこに典子自身の血が加わったわけである。

尚《なお》も以蔵が典子の顔を蹴ろうとすると、

「もういい。死んでしまうではないか」

星一郎が鋭い声を発する。

「しかし……」

以蔵が訝《いぶか》しげに星一郎に顔を向ける。典子を捕らえるのではなく、典子を殺すと、さっき決めたはずである。

「何が何でも殺せばいいというものではない。もう、こっちの思うがままなのだから、それで十分だ。檻《おり》に戻す。それから拷問だ。もっとも、屋敷の中をきれいにしてからの話だが……」

「山室さんと島田さんの死体を片付けるだけでも大変ですよ。あたり一面が血まみれですから」

「まさか清掃業者を呼ぶわけにもいかないしな。おまえ一人では大変だろうから、本郷といったか、あの男にも手伝わせればいい……」

典子の件はもう決着したという様子で、星一郎と以蔵があれこれ話している。

その傍らに典子は倒れている。ぴくりとも動かない。

朦朧《もうろう》とする意識の中で、典子のふたつの人格が対話している。

「だから、わたしは嫌だと言ったのに。結局、最後には、こんなひどい有様になってしまったわ。また檻に戻されて、今度こそ拷問されるのよ。わたし、とても耐えられない」

「じゃあ、何もしない方がよかった？　檻の中で徳山千春に殺されていたかもしれないじゃないの。それでよかったわけ？」

「そうは言わないけど……」

「いい子ぶってたって、誰も助けてくれないのよ。そんなこと昔からわかってるじゃない。あんたって、いつも他人に踏みつけにされるよね。自分は何も悪くないのにカモにされてばかり。おとなしく我慢してれば問題が解決すると思ってるわけ？」

「そんなことは思ってない」

「口先だけなら何とでも言えるよね。実際には、あんたは虫けらだよ。いいように利用されて、いつだって最後には泣きを見る。そんな風だから、こんなところに拉致されるのよ。もう諦《あきら》める？　春樹にも会えないね」

「そんなのは嫌よ。春樹に会いたい。春樹に会うためなら何でもする」

「本気？」

「当たり前でしょう。わたしの命より大切なんだもの」

「それなら、もっと必死になりなさいよ。できる？」

「うん、できる」

「わたし一人では、もう体を動かせないからね。あんたの助けがいるんだから……」

死んだように横たわっていた典子が、いきなり床を転がり始める。刺身包丁も拾い上げている。檻のある部屋に向かって床を転がり、ドアのそばで素早く立ち上がる。

典子は目を瞑《つぶ》り、明かりを消す。

星一郎と以蔵がハッとして顔を向けたときには、部屋の明かりが消えている。典子がドアも閉めたので、一瞬にして部屋の中は真っ暗になる。

突然、明かりが消えたので、星一郎や以蔵は何も見えなくなってしまう。

しかし、典子は違う。明かりを消す前に目を瞑ったので暗闇に目が慣れている。

人間の目は急激な照度の変化に対応できない。対応するのに時間がかかるのだ。

それが以蔵に対するアドバンテージになった。わずか数秒のアドバンテージに過ぎないが、典子には、それで十分だった。

典子の狙いは以蔵の動きを封じることでも捕らえることでもない。急所を刺して命を奪うことだから、山室を殺したときも、房江を殺したときも、最初の一突きで肝臓を刺し貫いた。

いきなり部屋が暗くなったせいで、目が闇に慣れるまでの何秒か、以蔵は何の防御もできない状態に置かれた。そこを典子が襲った。

ぎゃあっ、という悲鳴が上がる。

「何だ、どうした？」

星一郎が喚《わめ》くが、誰も答えない。

星一郎の周囲では人と人が争う音や声、悲鳴が聞こえる。かなり大きな音も混じっているが、それは誰かが拷問道具や処刑道具にぶつかっているのであろう。最後にばたんと大きな音がする。それきり静かになってしまう。

パッと明かりがつく。

薬寺がスイッチを入れたのだ。

「え」

思わず薬寺が驚きの声を発する。

てっきり典子と以蔵が戦っている姿が目に入るだろうと予想していたのに、部屋の真ん中に星一郎がいるだけで、典子と以蔵の姿が見えないのである。

「何だ、何だ、いったい、どうなっている？」

星一郎が車椅子をくるくる回転させながら大きな声を出す。

「あ……」

薬寺が前方を指差す。

星一郎の視線もそちらに向く。

鉄の処女である。

扉が閉まっている。さっき薬寺が鉄の処女から出たとき、扉は半開きのままだった。その扉が今は閉まっているのである。しかも、中から苦しげな呻《うめ》き声が洩《も》れている。誰かいるのだ。

薬寺が歩み寄り、扉に手をかける。

ゆっくり引く。

扉と共に、何本もの長い釘《くぎ》に串刺《くしざ》しにされた以蔵の体が中から出てくる。扉の裏側にあるこれらの釘は、急所から外れるように打ち込まれているので、たとえ串刺しにされても、すぐには死なない仕組みになっている。もちろん、時間が経てば出血多量で死んでしまうが、それまでは猛烈な激痛に苦しめられることになる。以蔵の体が崩れるように倒れる。

薬寺が、ぎゃ〜っと悲鳴を上げて腰を抜かす。

その声を聞いて、ファラリスの雄牛に隠れていたつばさが転がるように飛び出してくる。恐怖に耐えきれなくなったらしい。

「どういうことなんだ、これは、いったい、どういうことなんだ?」

星一郎が叫び続ける。

三一

「おかしいな、誰もいないのかな？」

あおい、糸居、栄太の三人が星一郎の屋敷の玄関前にいる。

「駐車場にも車がありませんし、門も閉まってましたからね」

栄太が言う。

「鍵《かぎ》はかかってなかったけどなあ」

確かに門は閉まっていたが、鍵がかかっていなかったので勝手に門を開けて敷地に入ったのである。

「だけど、玄関の扉には鍵がかかってるし、チャイムを押しても誰も出てこないし、それに窓にはシャッターが下りてる。やっぱり、誰もいないのかもしれないな」

糸居が屋敷を見上げながら言う。一階の窓にも二階の窓にもシャッターが下りている。だから、屋敷の中を覗《のぞ》き込むこともできない。

「ここまで来て無駄足ってのも空しいよなあ」

「あそこにガレージがあるよ。探してる車があるかもしれない」

あおいがガレージの方に歩いて行く。

糸居と栄太もついていく。

「あらあら、駄目だな。ここも」

ガレージにもシャッターが下りているのである。

「栄太、持ち上げてみろ」

「え。まずいでしょう」

「やってみるだけだよ」

「はあ……」

栄太が屈《かが》んでシャッターの下に手を入れようとするが、そもそも隙間がないので手が入らない。何とか取っかかりに手をかけて持ち上げようとするが、びくともしない。

「無理です。全然動きません」

「どうする特殊部隊？」

糸居があおいに顔を向ける。

「あそこ」

あおいがガレージの屋根を指差す。屋根の頭頂部分に三角形の天窓がある。かなりの高さだ。一五メートルくらいはありそうだ。

「あんなところに登るっていうのか？　無茶するなって」

「中に車があるかどうか確かめるだけだよ」

そう言うと、あおいは、シャッターではなく壁に近付いていく。壁の端に、雨水を屋根から流し下ろすためのパイプが設置されている。そのパイプを利用して、あおいがするすると壁を伝い登っていく。

「おおっ、何だ、これは。まるで、トカゲだな」

「あんたがいつも呼んでいるじゃないの、特殊部隊って。特殊部隊の隊員なら、こんなこと誰だって、できるよ」

あっという間に、あおいは屋根に到達する。屋根を歩いて、天窓に近付いていく。小さな天窓には、さすがにシャッターは設置されていなかった。

「どうですか？」

栄太が声をかける。

「車が停まってるけど、ここからだとナンバープレートが見えない。中も暗いしね。入ってみる」

「は？」

糸居がぽかんと口を開けて眺めていると、あおいは手際よく天窓を外して、その中に体を滑り込ませる。

「なあ、誰にでも取り柄ってのはあるもんだな」

「そうですね」

「おまえの取り柄は？」

「学校の成績がよかったくらいですが……」

「ちぇっ、それは嫌味だぜ」

「糸居さんの取り柄は何ですか？」

「そうだな、いろいろあるが、一番は筋肉美だろうぜ。おれの裸を見ると、みんなが誉めてくれるからな」

わははは、と笑う。

ガレージのシャッターが内側から叩《たた》かれる。

「ねえ、聞こえる？」

「はい、聞こえます」

「佐藤さんが言ってた車があるよ。白いワンボックスカー。荷台にガムテープやビニール紐《ひも》がある」

「おいおい、それだけで犯人と決めつけるのには無理があるぜ」

「わずかだけど血痕《けっこん》もある」

「柴山さん、中からシャッターを開けられますか？」

「駄目そう」

「とにかく、戻って来いよ。いまのところ不法侵入だからな。誰かに見られると、まずい」

「あんたがそれを言うかね……」

あおいが大きな溜息《ためいき》を吐く。

「奥にドアがあって、それは開くんだ。かなり長い通廊があるよ。どこに続いてるのか確かめてくる」

「おい、一人で行くのかよ」

「仕方ないじゃん。何なら、屋根から入ってきてよ」

「それは無理だな。仕方ない。おれたちは、ここで待つ。できるだけ早く戻れよ」

「田淵さんに連絡しておきます」

「よろしくお願いします」

ガレージの中から、あおいの返事が聞こえる。

それきり静かになってしまう。通廊に入ってしまったらしい。

三二

「ひ、ひどいわ……」

串刺しにされた以蔵を見て、薬寺が腰を抜かしたまま仰《の》け反る。科警研時代、無残な死体を数多く目にしてきたが、今の以蔵の状態は最悪のレベルだ。何よりもひどいのは、その状態で、まだ以蔵が生きているということだ。しかも、死ぬのは時間の問題なのだ。たとえ今すぐ救急車を呼んだとしても病院に着くまでに出血多量で死ぬだろう。

「あの女は、どこだ？　牛島典子は？」

星一郎が盛んに周囲を見回す。

「あ……」

つばさが息を呑《の》み、次の瞬間、絶叫する。

全身が血まみれの典子が刺身包丁を手にして拷問道具の背後から現れたのだ。血走った目が爛々《らんらん》と光っている。

典子が星一郎に向かっていく。

星一郎が身構える。

しかし、考えるまでもなく典子と戦う術《すべ》はない。何の武器も持っていない上に、体が不自由なのである。外人部隊出身の以蔵ですら倒されてしまったのだ。星一郎がかなうはずがない。

となれば、逃げの一手である。

車椅子を走らせ、檻《おり》のある部屋に向かう。その部屋を通り抜け、エレベーターホールに入り込んで、背後のドアを閉めることができれば、何とか助かる可能性がある。そのわずかな可能性に、星一郎は賭《か》けた。

だが、現実は、そう甘くない。車椅子では、それほど速く進むことはできないのだ。

典子は易々と追いつくと、背後から車椅子の押し手に手をかけ、急激に進路を変える。曲がりきれずに車椅子が横転する。車椅子から投げ出された星一郎は床を這《は》って逃げようとする。その先にはギロチンがある。

典子は星一郎の首根っこをつかむと、ギロチンまで引きずっていき、星一郎の首を処刑台に載せる。首の上も首枷《くびかせ》で挟むと、星一郎は身動きできなくなってしまう。両手を振り回して、じたばたする。

「おまえ、何をするつもりだ？　やめろ、やめてくれ～」

星一郎が暴れる。

典子が刺身包丁でギロチンの刃を吊《つる》している縄を切る。普通は一本だが、このギロチンの刃は三本の縄で吊されている。何かの拍子に刃が落ちてしまうのを防ぐためだ。

典子は残りの二本の縄も何のためらいもなく切る。

ギロチンの刃が落ちる。

まるで切れ味のいい包丁でキュウリでも切ったかのように、星一郎の首がころりと落ちる。首を受ける桶《おけ》が置かれていないので、その首は床をころころ転がる。首の切断面から、凄《すさ》まじい量の血が噴き出す。

うわ～っと叫んで、ギロチンの後ろに隠れていた本郷が飛び出してくる。

つばさも絶叫する。

薬寺も絶叫する。

「……」

ただ一人、典子だけが無言で星一郎の首を見下ろしている。

三三

「声だ……」

あおいが足を止める。

通廊の壁の向こう側から、大きな悲鳴が聞こえる。一人の悲鳴ではない。少なくとも二人以上はいるようだ。

その瞬間、あおいは、

(きっと、さらわれた人たちだ)

と、ピンときた。

つばさもいるかもしれない。

「どこだ、どこだ」

あおいが足を速める。

すると、前方に微《かす》かに明かりが見える。拷問部屋から洩《も》れている明かりである。星一郎が解錠したので、わずかにドアが開いているのだ。

あおいがドアに手をかける。

三四

（あ、まずい……。逃げないと）

悲鳴を上げている場合ではないと薬寺は我に返り、ここから逃げ出さなければならないと思う。

しかし、エレベーターホールに行くには典子の前を通らなければならない。さすがに薬寺も自分から典子に近付く度胸はない。

マリアがワンワンと鳴く。隠し扉の前にいる。

「こっちよ」

つばさに声をかけながら、薬寺が隠し扉に向かって走る。

しかし、元々、足は遅い。普通の遅さではなく、人並み外れて遅い。傍《はた》から見れば、とても走っているようには見えない。せいぜい、小走りという程度だ。

「薬寺さん、早く」

とうに隠し扉の前に着いたつばさが叫ぶ。

「はいはい、急いでるわよ」

荒い息遣いで薬寺が走る。

その傍らを黒い影が通りすぎたかと思うと、薬寺とつばさの間に典子が立っている。

あっという間に薬寺を追い越して進路を塞《ふさ》いだのだ。

「ま」

薬寺が慌てて足を止める。

典子は刺身包丁を手にして薬寺を冷たく見つめる。

薬寺がごくりと生唾《なまつば》を飲み込む。

しかし、典子は薬寺に向かうのではなく、つばさを振り返る。

つばさが絶叫する。

典子が刺身包丁を腰に構える。

「クソ女が好き勝手なことばかりするんじゃねえ」

本郷が典子に体当たりする。

典子が倒れる。

が、すぐに立ち上がると、本郷に突進する。腰に刺身包丁を構えている。

本郷はかわそうとしたが、避《よ》けきれずに腹を刺される。わずかながら身をよじったおかげで、かろうじて急所は外れている。登山用の厚手のジャンパーを着ていることも幸いした。薄着だったら大怪我をしていたことであろう。

典子が改めて本郷に狙いを定める。

そのとき、隠し扉が開いて、あおいが部屋に飛び込んでくる。

「柴山！」

薬寺が叫ぶ。

「あおいお姉さん!」

つばさも叫ぶ。

その声に反応して、典子があおいに顔を向ける。

「その女は殺人鬼だからね。手加減なんかしちゃ駄目よ。わたしたち、皆殺しにされるからね」

薬寺が言う。

あおいは黙ってうなずくと、腰を沈め両手を胸の前で構える。武器は持っていないが、あおいには格闘術の心得がある。

典子があおいに向かって突進する。

あおいがかわす。

しかし、反撃する余裕はない。すぐに典子が反転して迫ってきたからだ。

またもや、かわす。

今度は刃で腕を傷つけられた。

たかが包丁と侮ることはできない。わずかでも対応を誤れば、刃の餌食《えじき》になってしまう。あおいが倒されれば、つばさも薬寺も本郷も死ぬことになるのだ。あおいとしても慎重にならざるを得ない。

「あおいお姉さん、Ｆｉｇｈｔ、Ａｔｔａｃｋ!」

つばさが大きな声であおいに声援を送る。

と、その声に反応して、マリアが典子の足にむしゃぶりつく。典子が振り払おうとするが、うまくいかない。刺身包丁の柄でマリアの頭をがつんと叩《たた》く。

マリアは悲鳴のような声を発すると、ばったり倒れる。

その隙を、あおいは見逃さない。

すばやく典子との距離を詰め、顔面に連打を食らわせる。仰《の》け反りながら後退《あとずさ》りした典子が体勢を立て直して前に出てくるのを待って、左側頭部に強烈な回し蹴《げ》りをお見舞いする。

典子は体ごと吹っ飛んで床に倒れ、それきり動かなくなる。

「油断しては駄目よ。化け物みたいな女だから。この紐《ひも》でがっちり縛ってちょうだい」

薬寺が釣り下げられたとき縛るのに使われた細紐を棚から取って、あおいに放り投げる。その細紐で、あおいは典子を縛り上げる。

「手だけじゃなく、足も縛るのよ。糸居でも身動きできないくらいにきつく縛って」

「大丈夫です。これなら糸居さんでも身動きできません」

「よかった……」

薬寺が腰が抜けたようにへなへなと床に坐《すわ》り込む。

「お姉さん、助けてくれてありがとう」

つばさがあおいの胸に飛び込んで泣きじゃくる。

その肩を抱きながら、あおいは幸福感と満足感に包まれている。

エピローグ

四月二九日（木曜日）

ＳＭ班。朝礼。

薬寺は、田淵、佐藤、糸居、栄太、あおいという五人のメンバーたちの顔をぐるりと見回すと、

「まず、みんなに心からお礼を言うわ。みんなのおかげでわたしは助かったんだもの」

どうもありがとうございました、と深々と頭を下げる。

「無事でよかったじゃないですか。元気そうだし」

糸居が言う。

昨日一日、検査入院したものの、特に異常はなく、栄養状態も良好というので、夜には退院を許された。

そして、早速、今日から出勤してきたのである。

「本当によかったですよね。おれにも感謝して下さいよ」

「ああ、そうね。あんたには五番目に感謝してるわ」

「班長が無事に戻って、ポンちゃんも喜んでるんじゃないですか」

「ふんっ」

薬寺が糸居に冷たい目を向ける。

「あんたに部屋に入られたことは、わたしにとって一生の不覚だわ」

「そんなこと言わずに、また招待して下さいよ」

「一度も招待したことないし」

薬寺は肩をすくめ、

「感謝の印に食事会でも開いて、みんなを招待するわ。糸居以外の四人ね」

「もう仕事を始めていいか？」

佐藤が言う。

「佐藤さんも食事会に来てちょうだい。あなたには、とても感謝してるの。犯人の車を割り出してくれたおかげで助かったんだもの」

「自分の仕事をしたまでのことだ」

佐藤は自分の机に戻ると、パソコンの操作を始める。

「相変わらずの無神経さだぜ。おれには真似できないな」

「ま、冗談ばっかり」

田淵がくすりと笑う。

「え。何で笑うんすか？」

「糸居君は、うちのムードメーカーね」

「そうですね」

栄太がうなずく。

「そうかなあ。真逆の存在だと思いますけど」

あおいが首を捻《ひね》る。


同じ頃……。

本郷は病院のベッドに寝ている。

典子に切られた傷は、命に関わるほどの重傷ではなかったが、それでも何針か縫う必要があった。もう何日か入院した方がいいだろうと医者に言われている。

病室の天井を眺めながら、

(さて、これから、どうしたものか……)

様々な思案を重ねている。

大スクープの材料が自分の手許《てもと》にあることを自覚しており、どうすれば、その材料を最大限に有効活用できるか検討しているのだ。

すでにテレビ局や出版社が接触してきているし、週刊誌や新聞からの取材依頼も来ている。気の早い編集者からはノンフィクションの書き下ろしを打診されており、必要であれば、原稿の前払いを考えてもいいし、ある程度の初版発行部数を約束してもいいとまで提案されている。破格の好条件と言っていい。

（まずはテレビや雑誌で名前と顔を売って、それから、本を出すのがいいだろうな）

以前は、樺沢不二夫と宍戸浩介の事件に関するノンフィクションを書きたいと思っていたが、その事件については、すでに何人かの同業者が同じような企画を進めていると耳にしている。ライバルが多いのだ。

しかし、氏家星一郎の事件に関しては、今のところライバル不在である。

この事件も衝撃は大きい。

星一郎の屋敷で、わずか一日のうちに、徳山千春、山室武夫、島田房江、河村以蔵、氏家星一郎の五人が殺害された。犯人は牛島典子だ。

本郷は、山室と房江以外とは直《じか》に接触しているし、本郷自身、被害者の一人なのである。しかも、以蔵と星一郎が殺害される現場を目撃もしている。

まさに大スクープである。

これほどおいしい材料を手に入れることなど、一生に一度あるかないかであろう。

（絶対に安売りはしない。うまく利用しないとな……）

そう自分に言い聞かせつつ、更に本郷は思案を重ねる。

五月一日（土曜日）

牛島秋恵と春樹は千葉県の館山《たてやま》にいる。

典子が逮捕された直後からマスコミが秋恵のアパートに押しかけ、普通に生活できなくなった。

秋恵はパートを休み、春樹を連れて、遠い親戚《しんせき》の家に転がり込んだ。何年も音信不通だったのに、いきなり現れて泊めてほしいなどと頼まれて相手の方は露骨に嫌な顔をしたが、

「ほんの何日かで結構ですから」

と、一〇万円差し出すと、掌《てのひら》を返すように態度が変わった。

秋恵としても長居するつもりはない。せいぜい、一週間くらいのつもりでいる。今後のことを冷静に考える時間がほしかっただけだ。方針が固まれば東京に戻って、どこかのホテルに投宿してもいいと考えている。

家が広いので、離れの一室を貸してもらい、そこで寝起きするから家人と顔を合わせることもない。食事は近所の飲食店で外食したり、スーパーで惣菜《そうざい》や弁当を買ったりして、春樹と二人で食べるようにしている。

とりあえず、金の心配はない。

典子が春樹を連れてアパートに逃げてきたとき、まとまった金を受け取っているし、その後も食費としてある程度の金をもらった。

典子が拉致《らち》された日、荷物を取りにマンションに戻る前に、もうしばらく世話になりたいと典子は秋恵に頭を下げ、一〇〇万円を渡した。さすがに秋恵も驚いて、どうして

こんなお金を持っているのか、と問い質《ただ》すと、実は、かなりまとまった金を持っている、と典子は答えた。

樺沢不二夫の裏稼業のことは知らなかったし、その犯罪にも関わっていないが、何か後ろめたいことをしていることは感づいていた。株主優待で送られてくる金券を換金したり、様々な商品をオークションに出品したりするのが典子の主な仕事だったが、樺沢はまったく熱心ではなかった。帳簿もほとんどチェックしないで、典子に丸投げ状態だったから、その気になれば、いくらでもごまかすことができた。そうやってくすねた金が八〇〇万以上あるのだという。

しかし、事件が発覚してから、その金に手をつければ自分も共犯者だと疑われるのではないかと怯《おび》え、その金のことは忘れるようにしていたのだという。

だが、切羽詰まれば、きれい事ばかりも言っていられないから、とうとう手をつけることを決心した。

「ここに住まわせてもらっている間、お金はお母さんに預けるから」

と貸金庫の鍵《かぎ》とカードを渡された。

東京を出るとき、貸金庫から金を持ち出し、その金は今、秋恵の手許にある。

だから、金には困っていない。自分と春樹の生活費としても必要だし、いずれ典子の裁判が始まれば、弁護士も頼まなければならないと考えている。

日中、親戚の家にいることはあまりない。大抵、外出している。海が近いので、春樹を連れて海辺を散歩することが多い。春樹は砂浜でおとなしく遊んでくれるから、その間、秋恵は日向《ひなた》ぼっこをしながら物思いに耽《ふけ》ることができる。おもちゃのスコップやナイフやフォークで砂遊びをするのが好きなのだ。

「おばあちゃん、カニがいたよ」

春樹が秋恵に向かって大きな声を出す。

「うんうん」

秋恵が春樹に手を振る。

春樹はしゃがみ込むと、捕まえたばかりのカニの爪をつかんで胴体から無造作に引き千切る。次々とカニの足を千切ると、じっとカニを見つめる。胴体だけになっても動いているのが不思議だし、とても面白いと思う。その胴体をスコップで掘った穴の中に放り投げる。その穴の中には、おもちゃの網ですくいあげた小魚もいるが、どの魚もおもちゃのフォークで滅多刺しにされている。

「春樹、そろそろ、ごはんを食べに行こうよ。こっちにおいで」

「うん、わかった」

スコップで砂をすくい、穴をきれいに埋めると、春樹はおもちゃを入れたバケツを手にして、秋恵の方に走っていく。

同じ頃……。

あおいがつばさの見舞いに清澄白河の家にやって来ている。

つばさは星一郎の屋敷から救出されてから三日ほど入院した。軽い栄養失調と脱水症状を起こしていた。外傷はかすり傷程度で、大きな怪我はしていなかったものの、精神的なショックが大きかった。

入院していると、時折、大きな不安に襲われるらしく、大きな声で泣き叫んだりした。医者からは、外科病棟より、精神科に入院する方がいいのではないかと勧められたが、つばさ本人は頑《かたく》なに拒否した。うちに帰りたいと言い張るので、今は自宅療養をしている。裕福な家庭なので、住み込みの看護師を雇って、つばさの世話をさせている。

「つばさちゃん、具合はどう？」

「大丈夫です……と言いたいところなんですけど、まだ大丈夫じゃありませんね」

「当然だよ。あんなひどい経験をしたんだから」

「お姉さんは強いですよね。本当に強い。あのとき、しみじみと思い知らされました」

「つばさちゃんだって強くなれるよ」

「そうかなあ……」

「うちの班長が言ってたよ。つばさちゃんは、よくがんばったって」

「薬寺さん、お元気ですか？」

「うん、班長は立ち直りが早いんだよ。ていうか、最初から、めげてなかったんじゃないかな。あの地下室に監禁されてたときも、ごはんが足りないって一人だけ騒いでたんだよね？　自分で言ってた。まるで笑い話みたい」

「そうなんですよ。すごい人だなあと思います」

わたしだって、班長だって、最初から強かったわけではなく、場数を踏んでいるうちに自然に図太くなったんだよ」

「わたしも強くなりたいです」

「うん、強くなれるよ。今は疲れた心と体を癒《い》やすことに専念して、元気を取り戻したら一緒にがんばろうよ」

「はい」

つばさはうなずくと、

「わたし一人では無理かもしれないけど、この子と一緒ならがんばれるかもしれません」

ベッドの傍らに手を伸ばす。

床に寝そべっていたマリアが首をもたげ、つばさの手をぺろぺろと嘗《な》める。

「本当に飼う気なんだね」

「はい。だって、この子のおかげで助かったじゃないですか。マリアちゃんとお姉さんのおかげで」

「確かにね。あのとき、この子があの女に飛びかかってくれたおかげで、あの女に隙ができたわけだからね。偉いじゃゃん、マリア」

あおいがマリアの耳を優しく撫《な》でてやる。頭を撫でてやりたいところだったが、マリアの頭は帽子で覆われている。刺身包丁の柄で典子に殴られた傷がかなりの重傷で、一時は生死の境をさまよったのである。何とか助かったものの、まだ頭の傷は治癒していない。普通に歩くこともできず、一日のほとんどを床に寝そべって過ごしている。

マリアはあおいの顔を見上げて、小さな声で、ワンと鳴いた。

本書は書き下ろしです。

この作品はフィクションであり、実在する人物・団体・名称等とは一切関係ありません。

警《けい》視《し》庁《ちょう》S《エス》M《エム》班《はん》Ⅱ

モンスター

富《と》樫《がし》倫《りん》太《た》郎《ろう》

令和2年 5月25日　初版発行
令和6年 10月30日　7版発行

発行者●山下直久

発行●株式会社KADOKAWA
〒102-8177　東京都千代田区富士見2-13-3
電話　0570-002-301（ナビダイヤル）

角川文庫 22162

印刷所●株式会社KADOKAWA
製本所●株式会社KADOKAWA

表紙画●和田三造

●お問い合わせ
https://www.kadokawa.co.jp/（「お問い合わせ」へお進みください）
※内容によっては、お答えできない場合があります。
※サポートは日本国内のみとさせていただきます。
※Japanese text only

ISBN 978-4-04-107651-4　C0193

◆◇◇

角川文庫発刊に際して

角川源義

第二次世界大戦の敗北は、軍事力の敗北であった以上に、私たちの若い文化力の敗退であった。私たちの文化が戦争に対して如何に無力であり、単なるあだ花に過ぎなかったかを、私たちは身を以て体験し痛感した。西洋近代文化の摂取にとって、明治以後八十年の歳月は決して短かすぎたとは言えない。にもかかわらず、近代文化の伝統を確立し、自由な批判と柔軟な良識に富む文化層として自らを形成することに私たちは失敗して来た。そしてこれは、各層への文化の普及滲透を任務とする出版人の責任でもあった。

一九四五年以来、私たちは再び振出しに戻り、第一歩から踏み出すことを余儀なくされた。これは大きな不幸ではあるが、反面、これまでの混沌・未熟・歪曲の中にあった我が国の文化に秩序と確たる基礎を齎らすためには絶好の機会でもある。角川書店は、このような祖国の文化的危機にあたり、微力をも顧みず再建の礎石たるべき抱負と決意とをもって出発したが、ここに創立以来の念願を果すべく角川文庫を発刊する。これまで刊行されたあらゆる全集叢書文庫類の長所と短所とを検討し、古今東西の不朽の典籍を、良心的編集のもとに、廉価に、そして書架にふさわしい美本として、多くのひとびとに提供しようとする。しかし私たちは徒らに百科全書的な知識のジレッタントを作ることを目的とせず、あくまで祖国の文化に秩序と再建への道を示し、この文庫を角川書店の栄ある事業として、今後永久に継続発展せしめ、学芸と教養との殿堂として大成せんことを期したい。多くの読書子の愛情ある忠言と支持とによって、この希望と抱負とを完遂せしめられんことを願う。

一九四九年五月三日

角川文庫ベストセラー

ハイエナの微睡《まどろみ》
刑事部特別捜査係
椙本孝思

刑事部捜査一課特捜係の佐築勝道が駆け付けた殺人現場は凄惨なものだった。五体バラバラで頭部は電子レンジで加熱されていたのだ。被害者は現役警察官。事件の陰には街を支配する超巨大企業の存在が……!?

警視庁監察室
ネメシスの微笑
中谷航太郎

高井戸署の交番勤務の警察官・新海真人は、妹の麻里を「事故」で喪った。妹の死は、危険ドラッグ飲用による中毒死だったが、その事件で誰も裁かれることはなかった。その時から警察官としての人生が一変する。

警視庁監察室
報復のカルマ
中谷航太郎

新宿署の組織犯罪対策課の刑事・宗谷弘樹が殺害された。そして直後に、宗谷に関する内部告発が本庁の電話にあった。監察係に配属された新海真人は、宗谷関連の情報を調べることになったが——。

脳科学捜査官 真田夏希
鳴神響一

神奈川県警初の心理職特別捜査官・真田夏希は、医師免許を持つ心理分析官。横浜のみなとみらい地区で発生した爆発事件に、編入された夏希は、そこで意外な相棒とコンビを組むことを命じられる——。

脳科学捜査官 真田夏希
イノセント・ブルー
鳴神響一

神奈川県警初の心理職特別捜査官の真田夏希は、友人から紹介された相手と江の島でのデートに向かっていた。だが、そこは、殺人事件現場となっていた。そして、夏希も捜査に駆り出されることになるが……。